AtV

Die Herausgeberinnen:

TANJA DÜCKERS, geb. 1968, studierte Germanistik und Amerikanistik und lebt als freie Autorin in Berlin. Zahlreiche Literaturpreise und Auslandsstipendien, u. a. für Barcelona, Los Angeles (Villa Aurora), Prag, Kraków. Neben drei Lyrikbänden veröffentlichte sie 1999 den Roman »Spielzone«, 2001 »Café Brazil« (Erzählungen) und 2003 den Roman »Himmelskörper«.

VERENA CARL, geb. 1969, lebt nach ihrem Studium als freie Journalistin und Schriftstellerin in Hamburg. Veröffentlichungen in Anthologien und Zeitschriften sowie die Romane »Lady Liberty« (2001) und »Eine Nacht zu viel« (2003). Sie erhielt mehrere Preise, u. a. den Hamburger Literaturförderpreis (2000).

In diesen Geschichten ist ebensooft von Verschwundenen die Rede wie von ungewollten Entdeckungen; Fremde finden unvermutet Gemeinsamkeiten, und nächste Angehörige werden einander unheimlich. Lebensbeichten werden aufgedrängt und Erinnerungen begraben. Daß sechzig Jahre zu Sekunden zusammenschnurren können, läßt aus Großmüttern wieder Kinder werden; daß Enkeln ihre Großeltern plötzlich nicht geheuer sind, macht sie ratlos und fremd.

Die untergründigen Erschütterungen vergangener Erlebnisse und Verbrechen machen sich Jahrzehnte nach dem Ende des zweiten Weltkriegs und der NS-Zeit immer noch in gebrochenen Schicksalen einzelner, in innerfamiliärem Schweigen oder gestörtem öffentlichem Diskurs bemerkbar. Während sich die Eltern mit der Schuld oder Verstrickung ihrer Väter und Mütter und eigenen Kriegserlebnissen auseinandersetzen mußten, bemerken die heute 30- bis 40jährigen zunehmend, daß selbst an sie all diese Erfahrungen weitergegeben wurden. Was liegt näher für Autoren dieser Generation wie Annett Gröschner, Norbert Kron, Tanja Langer, Marko Martin, Norman Ohler und Maike Wetzel, als sich auf die literarisch-historische Spurensuche zu begeben.

Stadt Land Krieg

Autoren der Gegenwart erzählen von der deutschen Vergangenheit

Herausgegeben von
Tanja Dückers und Verena Carl

Aufbau Taschenbuch Verlag

ISBN 3-7466-2045-7

1. Auflage 2004

Umschlaggestaltung und Foto gold, Fesel/Dieterich
Druck und Binden Nørhaven Paperback A/S, Viborg
Printed in Denmark

www.aufbau-taschenbuch.de

Inhalt

III Nachbeben

Vorwort

Die Ära des Nazi-Regimes ist seit beinahe sechzig Jahren vorüber – doch Geschichte ist sie nicht. Verschiedene Versuche der Bewertung oder auch der Umbewertung des Dritten Reichs – der sogenannte Historiker-Streit, die Goldhagen-Debatte, die Diskussion um die Wehrmachtsausstellung und um die Errichtung eines »Zentrums gegen Vertreibungen«, ganz zu schweigen von der neuen »Bombenkrieg-Diskussion«, sowie zahlreiche Publikationen zur Erinnerungs- und Gedächtnispolitik – legen Zeugnis davon ab, wie viele Fragen und wie viele Emotionen diese Thematik nach wie vor aufkommen läßt.

Mittlerweile ist die Täter- oder, wie man heutzutage gerne sagt: Zeitzeugengeneration immer weniger präsent, die Zahl der Menschen, die authentische Erlebnisse mit dem Dritten Reich verbinden, nimmt kontinuierlich ab. Heute sind es vielmehr deren Kinder und Kindeskinder, die den öffentlichen Diskurs – ob es sich um erste militärische Einsätze Deutschlands nach dem Zweiten Weltkrieg oder um die Aktivitäten von Vertriebenenverbänden handelt – bestimmen. Diese intergenerationelle Weitergabe von Themen hat ihren Niederschlag auch in der Literatur gefunden: In den letzten Jahren ließ sich eine wachsende Zahl von Romanen und Erzählungen (oder auch Essays) von jüngeren Autoren verzeichnen, die auf die NS-Zeit rekurrieren bzw. diese zum Gegenstand haben. Auch wenn in der Öffentlichkeit der Themenkomplex »Deutsche Vergangenheit« stets zunächst mit Namen wie Grass und Walser assoziiert wird, fiel uns als Herausgeberinnen auf, wie viele jüngere Autoren fernab der Klischees über die

»Spaßgeneration«, deren literarische Zeugnisse angeblich privatistisch und egozentrisch sind, über welthaltige Themen, über politische Fragestellungen und insbesondere über die deutsche Vergangenheit geschrieben haben. Diese Feststellung motivierte uns, einige der in unseren Augen interessantesten Geschichten in einer Anthologie vorzustellen.

Doch um es gleich vorab zu sagen: Diese Anthologie versteht sich nicht als Sprachrohr einer vermeintlich homogenen »Enkelgeneration«. Kaum erschienen einige Romane jüngerer Autoren, die sich mit der NS-Zeit auseinandersetzten, schufen die Medien in ihrer gegenwärtigen Sucht nach Generationsformeln diesen Begriff. Die von Florian Illies erfundene »Generation Golf« – im Grunde genommen eine Autobiographie – bot schon bei ihrem Erscheinen nur für einige wenige aus wohlhabendem Hause, die zudem auch noch konservativ geprägt sein mußten, eine Identifikationsfolie. Andere Generationsbeschwörungen waren noch hypothetischer. Die Begriffsprägung »Enkelgeneration« scheint nun ein weiterer ins Leere laufender Versuch zu sein, zu kategorisieren, was sich tatsächlich als viel differenzierter und uneinheitlicher darstellt. Ein Begriff der Soziologie wurde ungeprüft auf die Literatur übertragen.

Soziologisch gibt es höchst interessante Ansätze wie z. B. eine von Harald Welzer (u. a.) im Frühjahr 2001 erschienene Generationen übergreifende Studie »›Opa war kein Nazi‹. Nationalsozialismus und Holocaust im Familiengedächtnis«, die Gespräche zwischen Großeltern, Eltern und Kindern in Hinblick auf ihre Tradierungsmuster von mit dem Dritten Reich, dem Krieg und dem Holocaust verbundenen Erlebnissen untersucht hat. Das erstaunliche und erschreckende Resultat dieser Studie ist, daß die jüngste Generation, obwohl sie die über die Grundlagen und Fakten der NS-Herrschaft bestinformierte Generation seit dem Krieg ist, dennoch immer weniger in der Lage ist, sich vorstellen zu können, daß sich geliebte ältere Familienmitglieder als in irgendeiner Form an diesem Phänomen beteiligt erweisen könnten. Je numerisch-abstrakter ein Phänomen wird, desto weniger scheint das eigene Leben, die eigene Familie oder Herkunft mit diesem in Zusammenhang zu bringen zu sein. Das von dem Soziologenteam postulierte »Familiengedächtnis« mit stark subjektiven Aspekten erweist sich auch beinahe sechzig Jahre nach 1945 als stärker als ein offiziell (Schulunterricht, Gedenkstätten etc.) verordnetes, natürlich auch nur vermeintlich objektives »kollektives Gedächtnis«.

Die literarische Gestaltung ist jedoch nicht mit dem Prozeß, der innerhalb von Familiengesprächen stattfindet, nicht mit dem Ergebnis von soziologischen Erhebungen zu vergleichen. Konstruierte Geschichten, belletristische Artefakte befinden sich quasi per definitionem auf einem anderen Reflexionsniveau als authentische Familieninterviews; aus einzelnen künstlerischen Leistungen Hypothesen über die Seelenlage einer ganzen Generation aufstellen zu wollen, ist in jedem Fall verkehrt.

Doch welche Wege beschreiten die hier versammelten Autoren? Worin bestehen Gemeinsamkeiten und eklatante Unterschiede?

In der Anthologie finden sich drei Unterteilungen: »Spurensicherung«, »Frontverläufe» und »Nachbeben«, aber die Übergänge sind natürlich fließend; viele Texte behandeln mehrere Aspekte, dennoch schienen uns diese thematischen Gruppierungen naheliegend:

»Spurensicherung« vereinigt Texte, bei denen das Motiv der bewußt unternommenen Suche nach vermißten Familienangehörigen, nach Beutekunst oder auch nach »Abwesenheiten« in einem allgemeineren Sinne, nach Erinnerungen an den Umgang mit der NS-Zeit in der DDR bzw. einer vom Kalten Krieg überschatteten Kindheit bestimmend ist.

Die unter »Frontverläufe« versammelten Texte kennzeichnet natürlich ebenfalls eine wie auch immer geartete

»Spurensicherung«, dennoch stellen die Texte eindeutiger Fragen nach Täterschaft bzw. setzen sich mit dem (Weiter) Leben der Opfer und ihrer Kinder und Kindeskinder auseinander. Ein Beitrag verweist auf die Psychoanalyse, ein anderer widmet sich den demütigenden Erfahrungen junger Juden in der Gegenwart.

»Nachbeben« wiederum steht für Erfahrungen mit den vermittelten, indirekten, oft von älteren auf jüngere Familienmitglieder übertragenen Schrecken der NS-Zeit und des Kriegs – oft tauchen Reminiszenzen an den Krieg und seine Folgen überraschend auf, im Alltag, dort, wo man sie nicht erwartet. Dort, wo man sie erwartet, tut sich plötzlich eine Leere auf, in der man doch ein fernes Echo zu hören oder zu ahnen vermag ...

Auffällig ist, daß mit zwei Ausnahmen kein Autor seine Handlung im Krieg oder in der unmittelbaren Nachkriegszeit angesiedelt hat. Fast alle Geschichten arbeiten mit Rückblenden oder lassen ältere Figuren sich erinnern. Manche Texte rekurrieren auf historisch-politische Spezifika, andere bauen eher eine diffus-beklemmende Atmosphäre auf und vermeiden bewußt bekanntes Vokabular. Entsprechend groß fallen die Unterschiede in stilistischer Hinsicht aus: In ihrer Erzählung »Ruf und Gegenruf« hat Tanja Langer die Gründe für das immer wieder auftretende plötzliche Verschwinden der Mutter der Protagonistin in eine geheimnisvoll-poetische Sprache gehüllt, die sich der Unerreichbarkeit, der Verschwiegenheit und Rätselhaftigkeit der Mutter anpaßt. Jörg Bernig hingegen verwendet eine sehr knappe, dem Soldatenleben seines Protagonisten angemessene Sprache. Gleichzeitig ist die Konstruktion der Geschichte experimentell und suggeriert in ihrer der vermeintlichen Präzision der Sprache entgegengesetzten »offenen Form« die Bedeutung von Zufall und Schicksal und letztendlich den geringen Entscheidungsspielraum des einzelnen »als Spielball der Mächte« in den Kriegswirren.

Andere Autoren haben mit Elementen der Komik gearbeitet und auf sarkastisch-amüsante Weise die vielen recht fruchtlosen Grübeleien ihrer Helden bei dem Versuch, ihr jeweiliges Gegenüber einzuschätzen – auf der Couch beim Psychoanalytiker oder als Wehrdienstverweigerer –, beschrieben.

Viele Erzählungen haben Begegnungen mit Großeltern und anderen älteren Verwandten zum Gegenstand. Es tauchen jedoch auch unerwartete Themen auf wie zum Beispiel die »Nazi-Hippie-Mutter« in Michael Weins' tragikomischer Erzählung »Das blaue Licht«, für die freie Liebe, Drogenkonsum und -verkauf und Leni-Riefenstahl-Begeisterung sowie Mitgliedschaft in der NPD ineinandergreifen.

Das Spektrum von »Stadt Land Krieg« reicht von privat oder intim anmutenden Geschichten, wo Blicke hinter familiäre Kulissen geworfen werden, bis hin zu politisch-investigativen Geschichten, die, wie in dem Beitrag von Matthias Göritz, fragwürdige Kontinuitäten von Politikerkarrieren unter die Lupe nehmen. Letztendlich durchdringen sich diese beiden Ebenen – »große« Politik und »kleines« Einzelschicksal – natürlich in allen Beiträgen.

Die Mehrzahl der Geschichten spielt hierzulande, ein paar Autoren siedeln ihre Handlungen jedoch auch in New York, Jerusalem oder in Polen an; ost- und westdeutsche Autoren werfen gleichermaßen einen Blick zurück auf ihre Erfahrungen und Lebenswirklichkeiten. Ob die Autoren bekannt sind oder nicht, hat bei der Auswahl keine Rolle gespielt.

Interessant ist neben der Frage, was die Gemeinsamkeiten oder Unterschiede der in dieser Anthologie vorgestellten Texte ausmacht, auch die Frage nach den Überschneidungen oder Differenzen im Vergleich zu älteren Autoren. In der Literatur der Älteren dominieren aus naheliegenden Gründen authentische Berichte bzw. Romane, die auf eigenem Erleben beruhen. Kein nach 1930 geborener Autor hätte »Kindheitsmuster«, »Ein springender Brunnen« oder den »Roman eines Schicksallosen« schreiben können. Die Jüngeren hingegen arbeiten stärker mit Rückblenden bzw. rücken eine andere Figur – kein Alter ego – ins Zentrum ihrer Handlung. Dieses Verrücken der »Zentralperspektive« ist ein gravierender Unterschied, zumal der Fokus nun oft auf eigentlichen Nebenfiguren wie dem »stillen Zuhörer« oder dem »neugierigen Kind« liegt. Man kann die Literatur der Jüngeren also keinesfalls darauf reduzieren, nur das Erleben der Älteren mit einem um Jahrzehnte zeitversetzten Echo wiederzugeben. Wie »die« Älteren haben auch »die« Jüngeren spezifische Erfahrungen mit den Folgen der NS-Zeit – auf familiärer, sozialer, gesellschaftlicher, politischer und geographischer Ebene –, die unverwechselbar sind: Während ihre Eltern entweder selbst in der NS-Zeit aufwuchsen und in den Krieg involviert waren oder sich noch mit der unmittelbaren Schuld ihrer Väter und Mütter und eigenen Kriegserlebnissen wie Bombenangriffen, Flucht etc. auseinandersetzen mußten, finden sich die Jüngeren oft konfrontiert mit Ungereimtheiten, Erinnerungslücken und Geheimnissen in der Familie, fehlenden älteren Angehörigen oder mit gesellschaftlichen Veränderungen der Nachkriegszeit, die sich tief in die kollektive Psyche eingeschrieben haben. Das höchst ambivalente Verhältnis der Eltern/Großeltern zu Begriffen wie »Heimat« und »Vaterland« oder auch die »Amerikanisierung« der deutschen Alltagswirklichkeit sind für viele Jüngere prägend gewesen. Durch Flucht und Vertreibung machten zudem nicht wenige (Groß-)Mütter und (Groß-)Väter die Erfahrung von Entwurzelung und existentieller Verunsicherung, die sie ebenfalls intergenerationell weitergaben. Geschlechtsspezifische Zuschreibungen von männlichem Heldentum und weiblicher Häuslichkeit wurden durch den Anblick der endlosen Kriegsgefangenenkolonnen und kriegsversehrten Väter bzw. der resoluten Trümmerfrauen und Kriegswitwen aus den Angeln gehoben und 1968 noch einmal radikal in Frage gestellt. Mit einem entsprechend anderen Selbstverständnis wuchsen die Kinder der Nachkriegskinder auf. Von einigen dieser Erfahrungen erzählen die in dieser Anthologie versammelten Geschichten.

Zu eigen ist den Geschichten, daß revisionistische Züge – Züge, die in der Literatur älterer deutscher Schriftsteller bisweilen zu finden sind – fehlen. Ohne Pathos, ohne Verharmlosung, aber auch nicht kalt und distanziert, haben sich einige jüngere Autoren in den letzten Jahren auf eine literarisch-historische Spurensicherung begeben – eine Spurensicherung, von der die vorliegende Anthologie versucht, einen Eindruck zu vermitteln.

Tanja Dückers, Verena Carl

Berlin/Hamburg, im März 2004

I
Spurensicherung

Annett Gröschner

Himmel und Hölle – ein Hüpfspiel

Himmel und **Erde** waren schon da, als ich vorbeikam. Die **Hölle** hatte nur meine Mutter gesehen. Sie war ein Keller unter einer Kirche, die als Trümmerhaufen auf dem Keller lag, weswegen der Glaube in ihr nicht bestand. Man kommt nicht in **Himmel** oder **Hölle**, man kommt in die Urne, wird Asche, wird Dünger, bis schließlich der Grabstein verschwindet, also laß dir was einfallen, unsterblich zu werden. (Und wenn etwas ernst gemeint war, dann »Nie wieder Krieg«. Alles andere ließ sich vergessen oder mißachten.) Die Erde, auf die wir **Himmel und Hölle** skizzierten, war voller Keller, das wußten wir nicht. Wir Kinder, wir Nachkommen, wir Geiseln im Dienste von »Nie wieder Krieg« um des lieben Friedens willen, ein schlechter Frieden ist besser als ein guter Krieg. Was bei uns ankam, war ein Kalter Frieden. In den Kellern lagen Spielzeug oder Hände von Putten, Fotografien. Wir gruben nicht, wir hüpften. Kann sein, daß der Stein einen Vogel traf oder jemanden mitten ins Herz, die Regel war anders, wir standen auf **Erde**, der Stein ging in **1**, blieb dort liegen, während wir auf einem Bein und mit Schwung unseren Körper in **2** katapultierten, uns umdrehten, den Stein von **1** klaubten, auf **1** und auf **Erde** zurückhüpften, den Stein auf Feld **2** warfen, **Erde** und **1** betraten, um **2** zu überspringen. Es ist ein ewiges Wiederholen eines Vorgangs, ein Sprung vor, zwei zurück. Wer mit seinem Stein das zu treffende Feld verfehlt oder auf die Begrenzung tritt, scheidet aus, wer den Krieg Krieg und nicht Konflikt nennt, scheidet aus, denn der Krieg heute wird nicht mehr erklärt, er findet statt, wir haben lange genug zugesehen, schmeiß jetzt deinen Stein, diskutiert wird später. In **3** liegt der Stein, es sieht so einfach aus, aber immer auf einem Bein ist zum Gleichgewichtverlieren.

4/5 heißt, mit beiden Beinen aufkommen, im Schlußsprung auch in **7/8** und **Himmel**. Mit beiden Beinen im **Himmel** heißt Handstand oder an den Füßen gefesselt vom Galgen herabhängen. Und immer wieder zurück zur **Erde**, immer wieder die Angst danebenzuspringen. Auszuscheiden aus dem Kreis der Spieler, mit hängenden Schultern zuzuschauen, bis die Mutter zum Essen ruft. Oder Glück haben und weitermachen. Aber nie die **Hölle** betreten. Nur schauen: Wer sitzt dort? Mephisto, nein Goethe, im Kostüm von Mephisto oder, besser gesagt, im Kostüm von Mephisto, das Gründgens trug, oder Mephisto als Goethe oder Goethe, zur Strafe in Gretchen verwandelt, aber nicht gerettet. Sie wiegt ein totes Kind auf dem Arm. Sie sitzt am Feuer mit dem Himmelfahrtskommando, Steinträger, Sisyphosse, bis sie erschöpft zusammenbrechen in der **Hölle** auf Erden. Der **Himmel** ist voller Flugzeuge. Wer zuerst im **Himmel** mit seinem Spielstein ankommt, ist Sieger. Wer nicht nachgibt, ist der Stärkere in der Logik des Krieges. Die Flugzeuge bombardieren die Erde. Sie werden Schaden anrichten, aber sie sollen sehr präzise sein. Für eine gute Sache. Sagt man. Eher friert die **Hölle** ein. Ist das auszuschließen? Im Zeitalter der Gefriermaschinen?

Tanja Langer
Ruf und Gegenruf

Eines Tages kam unsere Mutter von ihrem Spaziergang im Wald nicht wieder zurück. Es war zwischen Weihnachten und Neujahr, Schnee war gefallen, getaut und gefallen. Sie war, wie so oft, nach dem Frühstück aufgebrochen. Wir waren es gewohnt, daß sie verschwand, manchmal für Stunden, manchmal für einen Tag. Als wir noch klein waren, sorgte sie dafür, daß wir nicht allein blieben, daß unser Vater zu Hause war oder wir von einer Freundin vom Kindergarten abgeholt wurden. Sie bereitete sogar ein Essen für die Familie vor.

Mama hat uns selten von sich erzählt. Vincent sagt, ich sei wie sie. Er sagt, ich sei auch eine Waldläuferin. Du nimmst alles auf verschlungenen Pfaden in dein Inneres, sagt er. Er fühle sich dann nackt und einsam. Mir kommt das komisch vor; ich habe nicht das Gefühl, ihm etwas nicht zu sagen, ich fühle mich offener denn je einem anderen Menschen gegenüber. Vincent ist sanft und fragt viel. Er sagt, ich sei zu lange mit einem zusammengewesen, den mein Verschwinden im Innern nicht gestört habe. Darüber denke ich nach. Tatsächlich haben Stefan und ich oft miteinander geschwiegen, oder er hat Klarinette gespielt. Er ist Musiker und muß viel probieren; ich habe ihm immer gern zugehört. Das war, sage ich zu Vincent, auch eine Art Unterhaltung. Mama hörte zu Hause keine Musik, obwohl sie ein paar alte Schallplatten hatte, die im Regal verstaubten. Laß das, sagte sie, wenn ich sie auflegen wollte. Laß das bitte. Es sind allesamt Cellokonzerte, ausgezeichnete Aufnahmen, und ich höre sie inzwischen häufig.

Als Mama wieder einmal verschwunden war, erzählte uns Papa beim Tee – Anka war fünfzehn und ich sechzehn –, daß Mama mit diesen Spaziergängen schon bald nach ihrer Heirat begonnen hatte. Sie ging fort, sie kam zurück, sie sagte kein Wort. Sie habe ihn angelächelt und nach seinem Tag gefragt, über das Wetter oder die Arbeit im Garten gesprochen. Kein Wort über ihren Aufenthalt. Einmal sei er ihr nachgegangen. Tief in den Wald sei sie gelaufen. Irgendwann sei er umgekehrt, vor Erschöpfung und Hunger.

Erzähl mir mehr, sagt Vincent, erzähl mir von ihr.

Ich erzähle ihm also von ihrer feinen Nase und ihren feinen Ohren und davon, wie sehr sie die Vögel liebte. Sie beobachtete sie stundenlang. Die Strandläufer in Norwegen. Die Möwen an der Ostsee. Die Störche, die aus Sibirien kamen. Über Königsberg. Von den Störchen aus Königsberg hat sie besonders oft gesprochen. Im Frühjahr wäre sie gern ins Umland gefahren, um die Ankunft der Kraniche zu sehen. Es ging damals nicht, weil die Mauer noch stand.

Weiter, sagt Vincent.

Wenn wir auf Schiffen fuhren, auf Gewässern, lehnte sie sich oft weit über die Reling. Ich hielt sie fest. Ich war vier oder fünf. Sie sagte: Sieh nur, wie die Wellen springen, wie sie sich zusammenziehen, wie sie Muster bilden! Es sind die Verwandten der Undine, sagte Papa, die die Arme nach ihr strecken und sie hinabziehen wollen. Paß auf! Und später, als wir älter, und, wie er glaubte, verständiger waren, sagte er: Es gibt Menschen, die sind empfänglicher für die Zerbrechlichkeit der Existenz als andere.

Es macht mich ein bißchen wütend, aber Vincent hört nicht auf zu fragen.

Jedesmal, wenn wir verreisten und an einem neuen Ort ankamen, war es für Mama ein Schock. Ich glaube, deshalb bin ich nie besonders gern gereist. Sie reagierte mit allergischen Anfällen auf ungelüftete Räume, unaufgeschüttelte Betten, alte Matratzen. Zuerst wurde sie panisch. Verlangte ein anderes Haus.

Nach einer Weile, zwei Tagen oder drei, gewöhnte sie sich ein.

Wir kannten das schon, ihre Empfindlichkeit. Eine Zeitlang holten sie Leute, die feuchte Keller hatten oder ein Haus kaufen wollten: Sie roch den Schimmel, wenn er noch unsichtbar, noch im Entstehen war. Man konnte sich auf sie verlassen.

In fremden Häusern, in den Ferien etwa, konnte sie nachts nicht allein zur Toilette gehen. Papa mußte sie begleiten, er hat es uns später erzählt, viel später. Auch, wie unausgeschlafen er oft war. Wir hatten es vergessen.

Mama war wunderbar. Sie sang mit uns und erzählte seltsame Geschichten.

Hört mal, konnte sie sagen. Hört ihr, wie der Wind vom Meer kommt? Er heult in den Föhren. Er biegt sie hin und her. Er klatscht gegen das Haus hinter den Föhren. Anka und ich rissen die Ohren auf. Das Heulen, fragte sie, wißt ihr, wie das entsteht? Der Wind geht durch das Feld, du siehst ihn nicht, ihr seht nur das, was er berührt. Es ist das Streichen des Bogens auf den Saiten eines alten Cellos.

Wir sehen nur das, was er berührt.

Das einzige – außer den Schallplatten –, was ich von ihren Sachen aufgehoben habe, ist ein Buch mit Gedichten von Johannes Bobrowski. In der DDR war er bekannt; das Buch ist auch von einem DDR-Verlag; wir haben ihn in der Schule nie gelesen. Ich mag diese Gedichte, sie erzählen von einer Landschaft, die ich nicht kenne und die zu Königsberg gehört und die ich gern einmal besuchen würde:

die Landschaft Sarmatien. Das klingt verwunschen, doch es gibt sie. An der Kurischen Nehrung, von der heute wieder gesprochen wird, in Litauen. Vor allem aber in diesen Gedichten. Eichen, Birken, Steppen. Pirole, Holunder, Gehölze. Ich habe Vincent das Buch gezeigt und ihm daraus vorgelesen. Mama hat Anstreichungen darin gemacht, und an einer Stelle hat sie mit dem Bleistift in ihrer kindlichen Schrift den Namen Alma daneben geschrieben, mit einem Ausrufezeichen. Alma. Die Zeile heißt: »Ruf und Gegenruf«. Das Gedicht ist grausam. Es spricht von Jägern mit zerstörten Augen, die in Wäldern umgehn. Ich habe oft darüber nachgedacht. Der Sprechende verwandelt sich in einen Vogel. »Nun geh ich mit Krallen im Jägerschlaf«, sagt er. Ich weiß nichts von einer Alma. Ich weiß nur, daß Mamas beste Freundin in der Schulzeit Sophia hieß. Sie hat es mir nicht erzählt. Ich habe ein Foto gefunden, in diesem Buch. Neben Mama, die darauf vielleicht fünf Jahre alt ist, lächelt ein anderes kleines Mädchen. Von hinten umfaßt eine schöne Frau mit ungewöhnlich langem Haar liebevoll die Schultern der beiden. Auf der Rückseite des Fotos steht in den großen Druckbuchstaben eines Kindes: Von Sophia.

Weiter, weiter!
Ich bin traurig und aufgeregt.

Eines Tages kam unsere Mutter von ihrem Spaziergang im Wald nicht wieder zurück. Es war zwischen Weihnachten und Neujahr. Schnee war gefallen, getaut und gefallen. Anka war siebzehn, ich achtzehn. Ich stand kurz vor dem Abitur.

Weiter, sagt Vincent ungeduldig, weiter.
Ich stelle mir Mama vor, Mama im Winter, im Wald.

Schnee ist gefallen, getaut und gefallen, denkt sie.

Weich ist er unter meinen Stiefeln, weich über vereisten Schichten. Und Schneegewölk am hellen Himmel, meine Stimme sucht. Ich muß aufpassen. Die Luft ist mild, weich ist mein Haar, nicht so ein schneidender Wind wie in den letzten Tagen, schön ist es, tief zu atmen. Der Wald ist heute eine helle Höhle, es ist, als wäre er in mir und ich in ihm, und von diesem seltsamen Ort aus seh ich hinaus in die Landschaft. Der offene See, die weiß überzogene Fläche, dahinten mein liebes Reiherpärchen, zwei graue dünne Striche. Wie der Wind in den Wipfeln flüstert …

Mama lauscht auf die leisen Geräusche in der Stille des Waldes, ein Knacken, der Wind, ihre Schritte im Schnee.

Um diese Zeit ist es still hier, denkt sie. Ich laufe weiter hinein in den Wald, am Wasser entlang zunächst, dann, mich vom Wasser entfernend, und wie immer auch von den vorgezeichneten Wegen. Nichts schöner als das. Die Wege zu verlassen. Mich treiben zu lassen. Durch Landschaften, die ich mit mir herumtrage, im Körper, in den Träumen. Ich höre die Namen von Orten, höre Schlesien und Böhmen und Sarmatien und hör den Klang, die Flaschenpost in diesen Worten, die Weizenfelder und den Klatschmohn, die Hitze und den Harz. Weites, offenes Gelände, Birkenpilze, Blaubeeren, und alles, was dranhängt, die anderen Kinder, die Hand der Mutter, Lieder, Gerüche. Der Wind streicht durch die Bäume wie ein Cello … wie von dir gespielt … Alma. Ich sehe dein gold schimmerndes, wild gelocktes Haar, bis zur Hüfte hinab. Ein geheimnisvolles Vlies. Der Erde Gesicht, auf den Grund der Flüsse gelegt, in den Sand. Wälder, Steppen. Du hattest das Gesicht einer Luchsin, mit funkelnden smaragdenen Augen und gelben Sprenkeln darin.

Es ist sehr kalt.

Weites, offenes Gelände. Weizenfelder, Klatschmohn, grüner Raps. Ich kannte Almas Landschaft besser als die meiner eigenen Mutter. Sie lag an der nordöstlichen Grenze Deutschlands. Wenn sie spielten, hat Alma erzählt, rief ihre Mutter manchmal hinter ihnen her: Aber nur bis zum Ende Deutschlands! Wenn Alma Cello spielte, nahm sie den Körper aus Holz zwischen ihre Beine, holte Luft und verschwand in der Musik. Ihre Augen hielt sie geschlossen. Ihr ernstes Gesicht, wie aus rohem Holz geschnitzt, wurde anmutig und weich, wie das eines Engels der Renaissance. Dann das eines Babys, kurz bevor es weint, das die Haut seiner Mutter sucht, ihre Stimme, ihren Geruch, und das sein Gesicht in seltsame Falten legt.

Sie zog die Augenbrauen hoch, erstaunt über alles. Warf den Kopf nach hinten, kam wieder heran, so, und so, eine fordernde Geliebte. Legte das Ohr dicht an die Saiten, oben am Griffbrett, fast an der Schnecke: Was sagst du mir, sag es noch einmal. Und ihre Beine schmiegten sich an das Cello, schoben es weg, drehten es hierhin, dorthin. So will ich dich haben, ach, du magst mich dort, na komm, so.

Weit und weiß ist der See, denkt Mama, mindestens zwanzig Zentimeter Schnee haben sich auf die Eisschicht gelegt. Wir haben seit Tagen strengen Frost, und immer wieder fallen einzelne Schneeflocken in das Sonnenlicht hinein. Das Eis ist sehr dick, an manchen Stellen sind Luftblasen eingeschlossen und nah am Ufer sogar Seerosen. Die schlanken Reiher stehen unbeweglich in großen Abständen voneinander. Sie stehen still, unendlich lang, die grauen Jacken eng am Körper, ein wenig gebeugt, die Köpfe geneigt, auf das Eis lauschend, meine wetterfühligen Freunde, traurig sind sie über die Kälte, verharren klaglos, bis der Frühling kommt. Sie frieren nicht, das weiß ich. Ich kann nie lange stehenbleiben, die Füße werden eisig, mir fehlt das Fett am Federkleid.

Weiter, flüstert Vincent zärtlich, weiter.

Ich habe euch niemals von Sophia und Alma erzählt, denkt Mama. Ich habe sie selbst vergessen. Als ich heute zu Doktor Resel fuhr, fielen mir in den Gängen der U-Bahn verwitterte Rohre auf. So sieht mein Herz aus, dachte ich, lauter poröse Bahnen, und deshalb sticht es. Dr. Resel aber sagte: Da ist nichts. Ich weiß, warum es sticht. Sophia kommt zurück in meine Erinnerung und zerrt an meinem Herzen.

Schnee ist gefallen, getaut, gefallen. Weich ist er unter meinen Stiefeln, ich spüre die vereisten Schichten. Ich höre den Specht.

Eine Stimme, die meine sucht. Schneegewölk am Himmel, die Luft ist mild, ich sitze im Wipfel der alten Eiche und lausche.

Weiter, weiter.

Ich weiß nicht weiter.

Ich habe mir ein Herz genommen und Papa gefragt. Es hatte sich ergeben, als er und Anka einmal bei uns zum Abendessen waren. Die beiden kommen hin und wieder zu uns. Anka lebt mit ihren Kindern in dem Haus, das Mamas Eltern gehört hatte und das uns nach der Wende rückübereignet wurde. Es ist ein sonderbares Gefühl, durch das Haus zu gehen, in dem sie ihre Kindheit verbracht hat. Wir haben mehrere Schichten von Tapeten von den Wänden gekratzt; unter ihnen fanden wir Überreste des »Völkischen Beobachters«. Im Keller entdeckten wir über den Heizungsrohren alte Pläne der südlichen Umgebung Berlins bis in den Fläming hinein. Papa hat keine Idee, was es damit auf sich haben könnte, und ich habe bisher nur selten Lust verspürt, all dem nachzugehen.

An jenem Abend also hatten wir über dieses und jenes

gesprochen, wie das in Familien üblich ist. Papa war gut gelaunt, und so sprach ich ihn vorsichtig an.

Eure Mutter trug etwas in sich, sagte er, über das sie nicht sprechen konnte. Wenn es sie überfiel, ging sie fort.

Du meinst, sie ging deshalb fort?

Ich weiß es nicht.

Vielleicht, wenn es Streit gab zwischen euch oder eine Verstimmung? War es immer dann?

Nein, nein, sagte er, ich habe mir wirklich darüber den Kopf zerbrochen.

Wie seltsam. Was hast du gemacht, als sie anfing damit, fragte Anka.

Es fiel mir nicht gleich auf. Erst, als sie einmal am Abend nicht zurückkam.

Wie schrecklich, sagten Anka und ich wie aus einem Munde. Es ist selten, daß wir auf diese Weise miteinander sprechen. Mit unserem Vater.

Ihr könnt euch meine Sorge nicht vorstellen, sagte er.

Doch, Papa, doch, sagten wir und kämpften mit den Tränen. Wir haben jedesmal gezittert, wenn sie weg war. Wir haben es nur nicht gezeigt. Es war ja auch irgendwie normal.

Papa schwieg. Sein Schweigen nahm uns alle gefangen. Bis Vincent unvermittelt sagte: Normal wie die Ängste in der Liebe.

Normal wie die was?

Wir waren überrascht. Ich spürte, daß es Papa peinlich war.

Vincent ist ein mutiger Mann. Er ist ein Nachkriegskind, um einiges älter als ich. Papa ist es etwas unheimlich, daß ich einen älteren Mann liebe, einen, der fast mein Vater sein könnte. Fast. Einen, der sich an Gerüche und Verhaltensweisen erinnert, die ich niemals gekannt, aber an die er, Papa, sich auch erinnern kann. Zum Beispiel die Witwen, die ihre Kinder allein großzogen und die in Vincents Augen ein besonderes körperliches Strahlen hatten, eine Unabhängigkeit, die er mochte. Mamas Vater war auch im Krieg gefallen; und deshalb werde ich es nicht müde, Vincents Geschichten zu hören. Manche sind verzweifelt, andere komisch. In seiner Familie gab es Bauern und Dorfmusiker, und am glücklichsten ist er, wenn wir über Land fahren und Äpfel pflücken und Beeren und Pfirsiche holen. Sie riechen wie im Garten meiner Großmutter, sagt er dann immer, und das ist das größte Lob.

Ich zittere, sagte Vincent an jenem Abend, wenn ich Eva nur kurze Zeit nicht sehen kann. Ich werde entsetzlich unruhig, wenn sie sich in ihr Inneres vergräbt.

Vincents Mut machte Papa offenbar auch mutig.

Ich bin ihr gefolgt, sagte er. Sie lief in den Wald. Immer tiefer. Sie lief nicht auf den Wegen. Sie schlug sich in die Büsche. Sie hatte eine enorme Ausdauer.

Was hat sie nur gesucht, fragte Anka.

Ich weiß es nicht, antwortete Papa, ich weiß es nicht.

Hast du sie denn nicht gefragt?

Ich habe es versucht.

Und?

Ihr wißt es doch selbst.

Wir wissen es und doch nicht.

Mama im Wald. Manchmal fühle ich sie in mir.

Ich habe euch niemals von Alma erzählt und nicht von Sophia, denkt sie.

Alma hatte langes, dichtes, geheimnisvolles Haar in der Farbe einer Luchsin. Es fiel ihr bis zur Hüfte hinab, ein Vlies, in dem es Felder und Flüsse und seltsame Wesen gab und die Landschaft ihrer Kindheit und die Sehnsucht meiner Mutter, die sie liebte. Sie war eine Luchsin und Sophia ihr Luchskind. Ich liebte die Luchsin Alma und ihr Kind. Ruf und Gegenruf, so spielte Alma das Cello. Sie sprach mit dem Cello, mit der Musik, mit denen, die ihr lauschten. Sie gab, sie teilte sich mit, in diesen Momenten, in die ihr Tag einging und ihre Nacht, ihr Gelächter, ihre Tränen, ihre Träume aus der Zeit, als sie vier war oder fünf. Ihre Musik brach in die Räume und die Menschen ein, wie die Liebe manchmal hereinbricht. Doch das Eisvogelweibchen kam mit seinem gellenden, klagenden Schrei. Grelles Gefieder, spitzer Schnabel, leuchtender Edelstein. Wir haben es nicht gleich gehört.

Es hat sie traurig gemacht, fuhr Papa fort, wenn ich sie fragte. Vertraust du mir nicht, hat sie gefragt, und ihre Stimme hat gezittert wie ein Vögelchen in der Hand, dessen Herz du flattern spürst.

Ich habe mit jemandem darüber gesprochen, sagte Anka plötzlich.

Mit jemandem?

Mit einem Arzt.

Papa wurde bleich, Zorn trat in seine sonst so sanften Augen.

Wie konntest du das tun? sagte er und drehte sein Gesicht fort.

Stiche in der linken Brust. Meine Hand drück ich dagegen, manchmal hilft Druck. Zweige, von weißem Reif überzogen, zärtliches Gewirr wie die Adern und Venen zu meinem Herz, linkes Herzohr, rechtes Herzohr. Ich hör den Specht toktok, hör das Rotkehlchen mit seinem leisen Wintergesang auf der Suche nach versteckten Körnern. Kristallglänzende Frostnetze, Eisblumen an den Fenstern unbekannter Landschaft, aus der die Kraniche kommen, wenn sie ziehen, im nördlichen östlichen Land mit Scheunen Ställen Mooren. Das von früher, sagte Alma eines Tages, das geht jetzt nicht mehr. Halb erstarrt wartet alles auf Wärme. Als ob der Tod voll Schönheit wär. Der Tod im Winter ist nur ein Schlaf, in ihm funkeln die Spitzen der

Eiszapfen wie die Eisblumen an unseren Fenstern. Am winzigen Fenster in unserem Dachboden, damals, und manchmal zieht der Reif solch einzigartige Muster wie die Vögel auf der Landkarte und die in der U-Bahn offenliegenden Leitungen, die ich vorgestern sah, oder vorvorgestern, elektrische Kabel, Plastikabdichtungen, aus bröckelndem Putz und rostigen Rohren brechend, schmale Rohre, schöne rostige Rohre, als wären sie lebendig, wie Mineralien, die sich verändern, oder verwitterndes Gestein. Ich dachte, die Leitungen zu meinem Herzen seien auch so verwittert, doch Dr. Hombach konnte nichts feststellen.

Vincent liebt mich voller Ungeduld.

Ich war immer traurig, wenn die Männer, mit denen ich schlief, mich nicht ganz wollten. Wenn sie einen Teil von mir nicht wollten, wenn sie Angst hatten vor mir. Wenn sie sich nicht einließen. Ich dachte irgendwann, so ist das eben. Mehr geht nicht. Dann traf ich Stefan, und er liebte mich, wie man einen guten Freund liebt. Das schien mir verläßlich. Vincent sagt, unsere Zeiten seien gegen die Hingabe; die Hingabe an einen anderen mache uns zu weich, um den Erfordernissen unseres komplizierten, in so viele Bereiche aufgeteilten Lebens gerecht zu werden. Da müsse man immerzu Distanz halten. Er selbst lebt seine Gefühle wie kaum einer, den ich kenne; er ist altmodisch, sagt er, und er will mich, sagt er, mit Haut und Haar. Und tatsächlich, wenn wir uns nah sind, ist es, als atmeten unsere Häute einander. Manchmal habe ich schreckliche Angst davor. Er will so viel von mir. Und manchmal möchte ich ihm sagen: Die Vögel ziehen, sie fragen nicht, warum.

Die Vögel ziehen nach ihrer inneren Uhr, denkt Mama im Wald, eng gekoppelt an die Uhr der Sonne. Die Wärme, die Kälte, die Sterne weisen ihnen den Weg, die Anziehungskräfte der Erde. Die Graugänse, hier so oft über meinem

Kopf, Ruf und Gegenruf, auch lautes Schreien, nach hinten geöffnete Dreiecke, eine Halblinie, parallel am Himmel. Sie verändern dieses Muster, schweigen, fliegen, um bald erneut sich mit Schreien zu verständigen, neue Muster bildend. Sie sind jetzt im Süden. Hätten sie mich mitgenommen, fort von diesen Straßen, in denen mir Sophia begegnen könnte. Und Alma.

Das ist es. Daß ich auf der Straße von weitem einen Schopf sah, einen Luchsschopf wie Almas.

Bitte bleiben Sie doch, sagten die eleganten Damen, speisen Sie mit uns. Bitte bleiben Sie doch, sagten die Blicke der Männer. Das ist nicht meine Welt, hat Alma uns gesagt. Ist in die Küche geschlichen, zum Personal, und hat dort geschwatzt und gegessen und getrunken, was man eine Etage höher auf Silber und feinem Porzellan servierte. Ihre Landschaft haftete an ihr, war ihre Haut, ihr Lachen.

Alma hat in den Villen gespielt, am gischtigen Wannsee. Bevor ihre Bewohner beschimpft, der Ämter enthoben, der Firmen beraubt und des Lebens, und aus dem Land, das sie liebten, vertrieben wurden. Sie hat bei Liebermann im Atelier gespielt, bei Oppenheim im Wohnzimmer, bei den Abendgesellschaften von Minoux. Hat nach dem Spiel den Kasten verschlossen und ist gegangen, einfach so.

Wo bist du nur in deinen Gedanken, hörte ich Vincent plötzlich.

Sie geht Hand in Hand mit dem Glück, diese Angst, sagte Papa still. Ich kenne sie auch. Ich habe eure Mutter sehr geliebt. Wirklich. Sehr.

Nun waren wir betreten. Es war ein so schmerzliches Sprechen. Es war entsetzlich. Wir standen wie unter einem Bann. In meinem Kopf und in meinem Körper wuchs eine außerordentliche Spannung, als wollte meine Haut aus sich selbst heraus. Als wäre sie nur ein dünner, allzu dünner Schutz gegen dieses sonderbare Leben, das wir alle lebten. In dem wir lachten und weinten und arbeiteten und Kinder großzogen, und das mir in diesem Moment so fremd schien und ohne jede Sicherheit. Ich griff nach Vincents Hand. Vincents Wärme floß ein wenig in mich hinein wie ein Echo auf die Wärme, die es immer wieder gibt zwischen uns und die doch manchmal blasser wird in den Strecken eines unerklärlichen Getrenntseins, das wir beide erleben, das uns erschreckt und das sich auf ebenso unerklärliche Weise wieder auflöst.

Eisvögelchen, Mitte des Winters, auch du ein verwandeltes Wesen, Alkyone ist dein Name, auch du eine Liebende. Du verlorst deinen Gatten, er kam nicht wieder von der stürmischen See. Deine Liebe war nicht seelisch allein, da hast du dich ins Meer gestürzt.

Ich habe Mama oft beobachtet, wenn sie dachte, sie wäre allein. Sie saß an manchen Tagen vor dem Spiegel und betrachtete ihre Haut, die Haut in ihrem Gesicht. Deine Haut erinnert mich an die Haut meiner Mutter, sagt Vincent oft zu mir, wenn er mich streichelt, sie war weich und warm, und ich liebte sie zärtlich.

Die Götter aber hatten Mitleid und verwandelten euch in Vögel, leuchtend blau, Aquamarin, Lapislazuli, ein wenig Smaragd.

Diese verrückte Stimmung, die sie um sich verbreitet hat, sagte Anka.

Ich hätte nicht gedacht, daß Kinder das merken, sagte Papa.

Ich habe auch gemerkt, wenn sich das Klima zu Hause verändert hat, sagte Vincent. Bei meiner Mutter, bei den Großeltern. Fröhlichkeit roch anders als Kummer, wieso sollte man die Liebe nicht bemerken, wenn sie sich auf die Haut der Mutter legt.

Oder der Kummer, sagte Anka.

Oder die Sehnsucht, sagte ich.

Du spürst es in den Bewegungen«, sagte Vincent, während mein Vater uns ansah, als sähe er uns zum erstenmal. Du siehst es in den Gesten. Du kannst es nur nicht benennen.

Es gibt sehr seltene Formen der Epilepsie, fing Anka nun wieder an.

Hör auf damit, sagte ich, du siehst doch, wie es ihn quält.

Warum willst du es nicht hören, sagte sie, warum können wir nicht einmal alles sagen?

Wieder legte sich die unerträgliche Stille über uns, sie umklammerte uns, sie nahm uns als ihre Gefangenen. Plötzlich fing Papa an zu weinen. Wir haben ihn selten weinen gesehen. Ich legte meine Hand auf seinen Arm und spürte meine Augen brennen.

Es kommt mir so vor, sagte er, als zerrten wir ihr Geheimnis damit ...

Wohin? Ans Licht? In den Dreck?

Anka, bat ich, Anka.

Nein, nein, nicht so.

Wie dann?

Ich ... ich glaube nicht an solche Erklärungen, sagte Papa. Es gab da etwas, das sie beunruhigte, es war ihr vertraut, so wie es war.

Ich kenne das, sagte Vincent.

Ich war überrascht. Du, Vincent?

Ich meine, ich kenne dieses Gefühl. Daß da jemand ein unbegreifliches Geheimnis mit sich trägt. Daß er selbst nicht heran kann. Du mußt das auch kennen, Eva.

Ich?

Na gut, unterbrach Papa uns, was hast du gefunden?

Anka scheute sich, die Worte auszusprechen, die jetzt langsam und behutsam kamen. Also, sagte sie, es gibt diese seltene Form der Epilepsie, die darin besteht, daß jemand für einen längeren Zeitraum sein Bewußtsein verliert, ohne es zu verlieren. Das heißt, dieser Mensch ist bei vollem Verstand, auch sein Gefühl ist da, aber er oder sie fällt aus der Zeit heraus.

Ich sah Papa an, wie unerträglich ihm das alles war. Was nutzt es uns, unterbrach er Anka, das Verhalten eurer Mutter neurologisch zu erklären? Kannst du mir das sagen?

Jede Erklärung hilft uns, sagte ich, mit einem flauen Gefühl im Magen.

Selten habe ich Papa so aufgewühlt gesehen; er tat mir leid, obwohl ich es wie Anka wissen wollte. All die Jahre hatte ich diesen Wunsch weggeschoben, ihn für unwichtig erklärt. Jetzt stieg er mit einer solchen Wucht in mir hoch, daß mir schwindelig wurde.

Was glaubt ihr, fragte Papa, was sie gesagt hätte, wäre ich mit ihr zu einem Arzt gegangen?

Wir schwiegen. Es platzte aus Anka heraus.

In meinem Epilepsiebuch steht: Die Ehe ist keine Nervenheilanstalt. Du hättest mit ihr zu einem Arzt gehen müssen!

Plötzlich wußte ich es.

Die Züge fahren nach Plan, denkt Mama im Wald. Die Vögel ziehen nach ihrer inneren Uhr, die Wärme, die Kälte, die Sterne weisen ihnen den Weg, die Anziehungskräfte der Erde. Die Züge vom Bahnhof Wannsee. Sie fuhren in den Osten, man nannte es Deportation. Alma kam aus dem Dörfchen Willkischken bei Tilsit an der Memel, nicht weit von Königsberg. Die Störche kommen von Königsberg. Sie fliegen wieder dorthin. Eisvögel dienen Seeleuten als Kompaß, tot und getrocknet hängt man sie auf in der Kajüte, man schaut nach ihnen und sieht: Aus dieser Richtung kommt der Wind. Mir ist nicht wohl, mein Arm ist bleischwer, mein Atem geht kurz. Die Rinde des Baumes ist rissig. Wie liebte ich immer die Rinde der Bäume. Ich habe sie geliebt, die Luchsin und ihr Kind. Sie waren ein Teil von mir. Sie waren meine Sehnsucht, meine Liebe, mein Vertrauen in die Welt. Der Schnee wärmt, und langsam wächst mir ein Gefieder.

Wir konnten nicht darüber sprechen, sagte Papa irgendwann an diesem Abend, ich hatte solche Angst vor ihrer Schwermut, ich zog mich immer mehr zurück. Auch von euch Kindern.

Ihr habt beide geschwiegen, sagte Anka. Warum nur, warum?

Ich bewunderte meine kleine Schwester für ihre Hartnäckigkeit, ich war ihr dankbar, daß ich nicht diejenige sein mußte, die bohrte.

Wir dachten, es würde schon irgendwie gehen. Wir dachten, wir respektierten aus Liebe das Schweigen und den Rückzug.

Und ward nicht mehr gesehen, und ward nicht mehr gesehen –

Eines Tages kam unsere Mutter nicht mehr von einem ihrer Spaziergänge zurück. Schnee war gefallen, getaut, gefallen. So rücksichtsvoll war er mit ihr.

Sie wollte niemals zum Haus der Wannseekonferenz, in dessen Nähe wir doch wohnten und in dem 1942 die Deportation und Vernichtung aller in Deutschland verbliebenen Juden beschlossen worden war. Grausame Jäger dringen ein in die langsame Landschaft Sarmatien. Auch davon spricht Bobrowski. Mama wollte nie auf der Seite des Wannsees spazierengehen, wo nicht weit vom Haus der Wannseekonferenz die Villen von Liebermann und Oppenheim stehen. Und sie wollte nie nach Kleinmachnow, damals noch im Gebiet der DDR, um das Haus ihrer Eltern zu sehen, das von fremden Menschen bewohnt war.

Weißt du, fragte ich Papa, ob die kleine Freundin, die Mama als Kind hatte, ein jüdisches Kind war?

Alle sahen mich überrascht an.

Wir haben seit Tagen strengen Frost.

»Warum weinen, fragt das Gelächter.
Warum lachen, fragen die Tränen.«
So heißt es bei Bobrowski.
Liebe und Respekt.

Der Schnee jenseits der Wege ist tiefer noch, es gibt keine Spuren außer meinen, ich lasse die Stiefel hineinsinken, ziehe sie heraus, unten knirscht es ein wenig, aber der neue Schnee macht keinen Laut. Stiche in der linken Brust. Meine Hand drück ich dagegen, manchmal hilft Druck.

Aber nur bis zum Ende Deutschlands! hat Almas Mutter gerufen. Und alle haben gelacht, denn sie gingen immer weiter, hinüber ins Polnische, Höfe Häuser Ställe Scheunen am Torfmoor vorbei, das ging da noch, einfach so, sie kannten jeden Winkel, jeden Busch. Chausseen, Wiesenland. Willkischken. Es war eine dörfliche Gegend, und doch war man gebildet. Hamann und Herder kamen aus der Nähe, die alten Philosophen, und es war der Dorfschullehrer, der Almas Begabung entdeckte. Bald konnte er sie nicht mehr unterrichten, er schickte sie nach Ragnit, nach Tilsit und, als sie älter war, nach Königsberg. Für Mädchen war es nicht einfach, damals, doch niemand konnte diesem Wesen etwas abschlagen.

Ich bin mir nicht sicher, sagte Papa.

Hatte sie denn Kontakt mit ihr? Weißt du etwas von ihr?

Sie hatte mit niemandem aus ihrer Kindheit oder Jugend Kontakt, das hätte ich gewußt.

Du hast so vieles nicht gewußt, sagte Anka.

Seit mein Herz so laut mit mir spricht, denkt Mama im Wald, geht mein Atem kürzer, und das Schneesteigen, das ich sonst hüpfend unternahm, fällt mir schwer. Ein Schritt, ich will weiter, bis sich in mir alles löst, wie sonst auch, solange bin ich immer gelaufen, bis sich alles löste, manchmal Stunden, einmal zwei Tage, vielleicht bin ich länger fortgewesen, ich weiß es nicht, und wenn es sich gelöst hatte in mir und die Sehnsucht nach den Kindern kam, bin ich zurückgegangen, mühelos, ohne Kompaß, ohne Karte. Ich habe Angst, daß sich nichts mehr löst, daß die stille Weiße mich nicht mehr beruhigt. Ich setze mich einen Augenblick, ich muß die Stille deutlicher hören.

Sophia hatte nicht das überwältigende Haar ihrer Mutter, und darüber war ich froh. Wär sie so schön gewesen, ich weiß nicht, ob ich es gut ausgehalten hätte. Kinder sind nun mal so. Mein Haar war vom gleichen Staubblond wie ihres, und wenn wir uns Zöpfe flochten, hielt man uns für Schwestern. Das gefiel uns beiden und schenkte uns ein Gleichgewicht. Sophia hatte einen eigenen Zauber, etwas so Unbekümmertes, Fragloses, zum Glück Begabtes.

Wie hell der Schnee auf den dunklen Ästen liegt, federleicht. An den Tannenzweigen hängen Eiszapfen.

Eines Tages waren sie fort. Meine Mutter – hat sie mich in ihre Arme genommen, haben wir zusammen geweint, leise, daß Vater nichts merkt? – hat nie mehr über die beiden gesprochen. Eine unausgesprochene Vereinbarung zwischen uns, für immer, nur: Gab ich je mein Einverständnis?

Mein Atem ist entsetzlich laut, meine Augen sind voller Schnee.

Ich habe oft vor den Häusern fremder Menschen gestanden und hineingestarrt, als könnte ich etwas über ein Leben erfahren, in dem man sich vertraut.

Eines Tages kam unsere Mutter nicht von ihrem Spaziergang im Wald zurück. Es war zwischen Weihnachten und Neujahr; Schnee war gefallen, getaut, gefallen. Es war eisig kalt.

Es stimmt, der Schnee wärmt, und langsam wächst mir ein Gefieder, die Füße dünn wie Krallen, der Mund ist fest geworden, spitz und hart, und einen Reiherzug lang fühl ich mein Herz, es ist weit geworden, windhell und luftig, es wächst in meiner Brust, mein Atem strömt leicht, ins Herzohr hinein, aus dem Herzohr hinaus, es wächst aus meiner Brust heraus, mein Herz, hebt mich hoch, wo sonst das Laubgehäus, und wir wachsen ins Gewölk, ins schneehelle, dichte, daß es so weit werden kann, mein Herz, und ich hör das Eisvogelweibchen rufen, fern, nah, seinen türkis gellenden Ruf, und meinen Gegenruf in die weiße Stille schickend, laß ich mich heben von diesem immer weiter wachsenden Herz –

Und ward nicht mehr gesehn, und ward nicht mehr gesehn –

»Nun geh ich mit Krallen im Jägerschlaf.« Ich habe oft vor den Häusern fremder Menschen gestanden und hineingestarrt, als könnte ich etwas über ein Leben erfahren, in dem man sich vertraut. Mir ist so vieles unzugänglich, von meinem eigenen Leben.

Ich lese zu viel Gedichte.

»Wie Blatt zu Blatt / legt meine Stimme sich / an deine Stimme«, heißt es im Gedicht von Bobrowski, neben das Mama Almas Namen schrieb. Das ist so.

Ruf und Gegenruf.

Ich möchte so gern eine Antwort.

Vincent legt seine Hand auf meine, er zieht mich in seinen Arm, ich fühle seine ganze Wärme.

Du hast sie doch längst bekommen, sagt er.

Du findest sie.

Haut an Haut.

Maike Wetzel
Großvater

Das Haus meiner Eltern steht auf einem Hügel aus Sand, eine dünne Schicht loser grauer Erde bedeckt den roten Boden. Ich bin acht Jahre alt, das Haus ist älter. Mein Großvater hat es errichten lassen, als er aus dem Krieg zurückkam. Meine Großeltern leben im selben Dorf, in der Nähe des Bahnhofs. Unser Haus hat einen spitzen Giebel, die Decke meines Zimmers neigt sich. Vom Fenster aus blicke ich auf den großen Garten hinab, mein Großvater bestellt die Beete darin. Er kommt oft zu uns, um den Rasen zu mähen, die Blumen zu düngen, Unkraut zu jäten. Auf die Harke gestützt, zieht er an seiner Zigarette. Er soll nicht rauchen, meine Oma verbietet es ihm, er hatte bereits einen Herzinfarkt. Deshalb kommt er in unseren Garten, hier hindert ihn niemand am Rauchen. Der Opa spricht nicht viel, seine Lippen sind nach innen gestülpt. Schlupflider überschatten seine Augen. Er schaut zweifelnd. Meine Mutter sagt, er wirke gutmütig – aber so, als traue er sich nicht, es zu zeigen. Sie bringt ihm einen Kaffee nach draußen, entkoffeiniert. Sie reden über die Johannisbeeren. Ich laufe die Treppen hinunter, hinaus in den Garten, will meiner Mutter etwas zeigen. Ich habe Knochen gefunden in der Erde. Bei der Schatzsuche stießen mein Freund Sebastian und ich auf viele kleine und große Knochen. Sie lagen nicht tief in der Erde. Sogar ein Unterkiefer ist dabei, mit großen gelben Zähnen. Meine Mutter drückt meinen Arm mit den Knochen weg von ihrem Körper, sie will nicht, daß ich sie damit berühre. Ich schaue meinen Opa an. Er war dabei, als die Bauarbeiter die Grube für den Keller aushoben. Mein Großvater löscht seine Zigarette mit dem Absatz seiner Arbeitsschuhe, anschließend hebt er den Stummel auf. Er steckt ihn in eine Plastiktüte, nachher schmeißt er sie in unseren Mülleimer, damit die Oma sein Rauchen nicht bemerkt. Mein Großvater spricht langsam und ruhig. Er erklärt, die Knochen stammten von einem ehemaligen Mieter unseres Hauses, einem Jäger. Der Mann habe die Reste des erlegten Wildes seinem Hund gegeben, der vergrub die Knochen im Garten. Ich denke an den Jäger im Märchen vom Rotkäppchen, das den Weg verließ und vom Wolf verschlungen wurde. Der Jäger ist ein guter Mann, er hat das Mädchen befreit. Im Bilderbuch trägt er einen Gamsbart am Hut. Ich glaube meinem Opa nicht, daß jemand vor uns in unserem Haus lebte, ich kann es mir nicht vorstellen. Insgeheim beschließe ich, einen Detektivclub zu gründen, Sebastian soll Mitglied werden. Wir werden Mörder suchen im Dorf. Doch meine Mutter sagt, die Knochen stammen tatsächlich von Tieren, das Gebiß gehört einem Hirsch. Meine Mutter und mein Großvater rätseln, wie lange die Wildreste wohl schon hier lagen. Mein Großvater sagt, der Jäger ist fünf Jahre nach dem Krieg eingezogen, das ist jetzt mehr als dreißig Jahre her. Mein Großvater spricht nie von seiner Zeit als Soldat, meine Oma erzählt nur vom Kriegsende, wie die Franzosen und Amerikaner kamen und sie befreiten. Ein paar Brocken Französisch hat sie während der Besatzungszeit gelernt, und ich lernte den Spruch von ihr: »Le bœuf, der Ochs/ la vache, die Kuh/ fermez la porte, die Tür mach zu.«

Mein Großvater arbeitet auch in unserem Garten, wenn wir nicht zu Hause sind. Manchmal stellt er Körbe voller Obst oder Gemüse vor die Tür. Eines Morgens steht eine Schüssel mit Pflaumen auf dem Fußabtreter. Ich nehme eine Pflaume in die Hand und versuche, die weiße Schicht abzuwischen. Die Pflaume sieht aus wie ein violettes Ei. Meine Mutter backt einen Kuchen mit dem Obst, wir essen ihn zu dritt am Samstagnachmittag, mein Opa taucht nicht auf. Erst abends klingelt das Telefon. Danach fährt mein Vater zu meiner Großmutter, er muß sie trösten. Mein Opa hatte seinen zweiten Herzinfarkt, er hat ihn nicht überlebt. Ich weiß aus dem Fernsehen, die Menschen greifen sich ans Herz, das sich zusammenkrampft, und sterben. Ich darf nicht mit auf die Beerdigung. Sebastian und ich spielen auf dem Hof, während die Glocken für meinen Opa läuten. Ich zähle die Schläge, vergesse die Zahl aber sofort.

Ein paar Wochen nach dem Tod meines Großvaters löst sich das Scharnier unseres Badezimmerschranks. Die Tür hält nicht mehr. Mein Vater hängt sie aus. Meine Mutter will, daß die Handwerker kommen. Mein Vater kümmert sich nicht darum, wahrscheinlich aus Trotz, meine Mutter redet gern von seinen linken Händen. Der Schrank bleibt offen. Niemand repariert ihn, der Opa ist tot. Kurz darauf versagt auch einer der Rolläden in meinem Zimmer. Er läßt sich nicht mehr öffnen, aber ich habe noch ein zweites Fenster. Das reicht für eine Weile. Die Hausaufgaben erledige ich im Gästezimmer. Mit der Zeit häufen sich die kaputten Gegenstände im Haus. Sie legen eine Spur, die uns an den Großvater erinnert. Meine Eltern ernten noch einmal all das Obst und das Gemüse, das der Opa in ihrem Garten angebaut hat. Dann wird auf den Beeten Rasen angelegt, eine große grüne Fläche. Die Werkzeuge liegen im Keller verstaut. Ich erinnere mich an ihre Geräusche, das Kreischen der Säge zum Stutzen der Bäume, das Scharren des Besens auf dem Asphalt vor dem Haus, das Zischen des Wasserschlauchs zum Bewässern der Beete. Auf der Straße vor unserem Haus tanzen die Blätter der Birken, niemand liest sie auf. Mein Vater ist im Büro, meine Mutter hat Schmerzen in den Gelenken, sie legt sich hin. Ich wandere allein durch das Haus. Im Garten reichen mir die Halme des Rasens bereits bis zu den Knien. Im Gras liegend, sehe ich nichts außer der Sonne über mir. Ihre Strahlen blenden mich.

Torsten Schulz
Die wahren Kommunisten

Eigentlich konnte ich mir überhaupt niemanden aus unserm Viertel vorstellen, der fähig gewesen wäre, Fisch-Winkler umzubringen. Aber was wußte ich schon über diesen Mann?

Ich wußte, daß er billiges Bier verkaufte, aber Anschreiben gab es bei ihm nur in Ausnahmefällen und mit Zinsen. Deshalb wohl hatte Rudi ihn manches Mal einen knickrigen Nazi genannt. Für mich klang das so, als wäre Nazi die zwangsläufige Steigerung von Geiz. »Halt 'n Schnabel, Rudi«, sagte Oma Otti stets darauf. Sie wollte nicht, daß er in meiner Anwesenheit über so was redete.

Nach Ansicht meiner Klassenlehrerin Frau Heinrich oder der meines Vaters gab es im Grunde genommen keine Nazis in der DDR. Sie waren, wie es hieß, historisch überwunden. Vielleicht, dachte ich, kann jemand historisch überwunden sein, und trotzdem gibt es ihn. Zumindest bis er mit einer vollen Bierflasche erschlagen wird. Aber wie verhielt es sich mit Oma Otti, die von der Kinderverschickung, den Müttergenesungsheimen und »Kraft durch Freude« schwärmte? Oder was war mit Rudi, der mir den Krieg beschrieb wie ein Abenteuer mit tollen Kameraden und unberechenbaren Russen, von denen viele zu den Deutschen übergelaufen seien, nur würde das heutzutage keine Geschichtslehrerin vor ihren Schülern zugeben? Immer wieder hatte er mir vom Krieg erzählt, der ganz bestimmt gewonnen worden wäre, wenn nicht dieser verfluchte russische Winter einen Strich durch die Rechnung gemacht hätte. Waren Rudi und Oma Otti nicht eigentlich auch Nazis? Im Falle Rudis tröstete ich mich damit, daß er ja nicht mein Großvater, sondern nur der sechste Mann meiner Großmutter war. Nach den Worten meines Vaters: eine historisch überwundene Person. Aber Oma Otti?

Rudi, die historisch überwundene Person, lag nach wie vor im Bett und verließ es nur, um aufs Klo zu gehen. Inzwischen war Fisch-Winkler exakt sechzehn Tage tot und immer noch kein Täter in Sicht.

»Guten Tag, Opa Rudi«, sagte ich mit ausgesuchter Freundlichkeit durch die geöffnete Schlafzimmertür.

»Tach, tach«, entgegnete er stöhnend.

»Sag mal ... was ich dich mal fragen wollte ... hast du eigentlich schon gehört, ob Fisch-Winklers Mörder inzwischen gefunden wurde?«

Keine Antwort. Nicht mal ein Bewegen des Kopfes als Ja oder Nein. Eigentlich war es unsinnig, ihn danach zu fragen, da er Informationen zu dem Fall ja nur von meiner Großmutter bekommen konnte. Aber es war doch möglich, daß sie ihm Dinge erzählte, die sie mir vorenthielt. Jedenfalls interessierte mich seine Reaktion, und sei es nur ein Gesichtsausdruck. Mißtrauisch, geradezu ängstlich erschien er mir. Aber das konnte natürlich auch von seinen Kopfschmerzen herrühren. Wie auch immer, ich hielt es als Verdachtsmoment fest.

Wie manches Mal, wenn ich sein hageres, rotgeädertes Gesicht betrachtete, fragte ich mich, wo in seinem Kopf sich der Splitter gerade befinden mochte. Über dem linken Ohr war er eingedrungen, auf dem Rückzug durch Rußland. Vielleicht bewegte er sich seitdem von einem Ohr zum anderen. Vielleicht wanderte er auch völlig ziellos umher. Oder aber er wollte raus aus dem Kopf und war deshalb ständig unterwegs. Vielleicht wäre es möglich gewesen, den Splitter durch eine Operation zu entfernen, doch Rudi wollte nicht einmal darüber nachdenken. »Die machen mir den Kopp uff und nich mehr richtig zu«, hatte er gesagt, als meine Großmutter ihn dazu bringen wollte, wenigstens mal zur Untersuchung zu gehen. Vielleicht befürchtete er, man würde ihm nicht nur den Splitter, sondern das ganze Gehirn herausnehmen und dafür das eines hundertprozentig linientreuen Kommunisten einsetzen. »Den Kommunisten is doch allet zuzutrauen«, hatte er mehr als einmal gesagt. Und ihm? War ihm zuzutrauen, daß er das Wesentliche verheimlicht hatte? Daß er nämlich am besagten Abend nach dem »FEUERMELDER« doch noch schnell zu Fisch-Winkler gegangen war und ihn umgebracht hatte?

»Nu mach mal hinne, Linsensuppe is warm«, rief meine Großmutter aus der Küche. »Außerdem muß ick dringend uff 'n Friedhof.«

[...]

Sooft ich in den nächsten Tagen durch die faustgroßen Gardinenlöcher in den »FEUERMELDER« schaute, Karl Wegner konnte ich dort nicht mehr entdecken. Er schien tatsächlich nicht mehr zu trinken. Vermutlich hatte er sein letztes Bier anläßlich von Fisch-Winklers Bestattungsfeier getrunken. An diesem Abschiedstag hatte er, der Achtzigjährige, sich wie siebzig gefühlt. Seither mußte die Verliebtheit, die er für meine Großmutter empfand, ihn noch weiter verjüngt haben. Nicht, daß seine Falten weniger geworden wären oder gar die Nasenporen kleiner, vielmehr deutete sein Verhalten mir gegenüber darauf hin. Wie hatte er gesagt, als er mich auf dem Friedhof erwischt hatte? Hab ick früher auch gemacht: Hinter andern Leuten herschleichen ... Nun schlich er hinter mir her.

So jedenfalls kam es mir vor, als ich am 24. November von der Schule aus die Scharnweberstraße hinunterging und er an der Ecke zur Mainzer plötzlich neben mir war.

»Na, habt ihr im Unterricht wieder über Walter Ulbricht gesprochen?«

Wie kam er denn auf den? Natürlich sprachen wir über den Genossen Walter Ulbricht, wie er von den Lehrern genannt wurde. Der Genosse Walter Ulbricht, der als

Staatsratsvorsitzender alle Fäden in der Hand und den Überblick behalten mußte. Der unermüdlich zum Wohl des Volkes tätig war. Eigentlich verging keine Politinformation – die jeweils erste Stunde eines jeden Montags –, in der Frau Heinrich den Genossen Walter Ulbricht nicht mindestens einmal erwähnte. Wollte Karl Wegner über Walter Ulbricht irgendwie auf meine Großmutter kommen, die mich angelogen hatte, um Rudi zu decken? Was wollte er mir sagen?

»Wie kommen Sie denn auf den Zickenbart?« fragte ich.

Karl lachte. »Den Namen haste wohl von deiner Oma, was?«

Na also, da war er schon bei ihr. Seine Augen strahlten. »Der nuschelnde Sachse mit seiner Piepsstimme, sagt sie auch manchmal.«

»Oder«, ergänzte ich, »der häßliche Vogel mit seinem Hut auf der Glatze.«

Karl lachte wieder. »Haste eigentlich gesehen, wie er am Tag der Republik auf der Ehrentribüne stand, den Kopp kerzengrade, als würde der Hut bei der kleinsten Bewegung runterfallen? Das darf ja nich passieren, daß der runterfällt, der Hut, das kann ja 'ne Konterrevolution auslösen, verstehste? Da muß man wachsam sein, wenn man den Panzern zuwinkt, die an einem vorbeidröhnen.«

Karl war richtig in Fahrt gekommen. Vermutlich waren alle möglichen Gefühle bei ihm intensiver, seitdem er in meine Großmutter verliebt war. Nun aber ging ein schadenfrohes Grinsen über sein Gesicht. »Wußtest du eigentlich, daß der nuschelnde Sachse mal zusammen mit Joseph Goebbels auf 'ner Tribüne gestanden hat? Jaja, mein Junge, die waren mal Verbündete.«

Nein, das wußte ich nicht. Joseph Goebbels, der Reichspropagandaminister. Einer der obersten Nazis. Wir gingen, nunmehr recht gemächlich, die Mainzer Straße hinunter, und ich hatte soeben eine Sensation erfahren. Oder war es eine Sensation, die Karl sich ausgedacht hatte?

Wie um mir den Wind aus den Segeln zu nehmen, sagte er: »Neenee, mein Junge, 'ne Lüge is das nich. Die Nazis und die Kommunisten, die waren damals Verbündete. Gegen die Sozialdemokraten. Der Feind meines Feindes is mein Freund, kennste nich das Sprichwort? Dann, als dreiunddreißig nich die Kommunisten, sondern die Nazis an die Macht kamen, flüchtete der Zickenbart nach Rußland zu Stalin. Und dem half er dann, die wahren, die echten, die ehrlichen Kommunisten umzubringen.«

Das war ja allerhand. Das hatte ich natürlich weder in der Politinformation noch im Geschichtsunterricht erfahren. Mein Geheimwissen erhielt brisanten politischen Zuwachs. Doch konnte ich diesem Mann glauben, der eventuell der Helfershelfer eines Mörders war?

»Die wahren Kommunisten«, fuhr Karl fort, »die kleben nich an ihrer Macht, an ihren Posten. Die stehen nich auf irgendwelchen Ehrentribünen. Das sind feurige Visionäre. Die gehen auf die Straße, die stürmen die Universitäten, verstehste? Ick hab sie gesehen, als ick jetzt aus Bayern zurückkam, auf'm Ku'damm hab ick sie gesehen, wie sie demonstrieren, gegen den Muff von tausend Jahren unter den Talaren, verstehste, gegen den Schah von Persien, gegen die Nazis in der Justiz. Die Freunde und Kampfgefährten vom Rudi Dutschke hab ick gesehen, der kommt doch von uns, der Rudi Dutschke, aus Luckenwalde kommt der. Jetzt geht's ihm schon langsam wieder besser nach dem feigen Attentat. Bald wird er wieder dabeisein ... Sogar mein Neffe, was der Sohn meiner Schwester is, geht auf die Straße in Freising, wo ick war, aber die Stadt wirste nich kennen.«

Woher sollte ich diese Stadt kennen? Ich hatte noch nie von ihr gehört. Ich wußte auch nichts von Talaren, und vom Schah von Persien wußte ich schon gar nichts. Allenfalls von den Nazis im westdeutschen Justizapparat hatte ich gehört. »Die Nazirichter«, hatte mein Vater gesagt, »sind übergangslos vom Faschismus in den westdeutschen

Imperialismus übernommen worden.« Und Rudi Dutschke, den kannte ich aus dem Westfernsehen, das ich mit meiner Mutter sah, wenn mein Vater nicht zu Hause war. Rudi Dutschke, soviel wußte ich, war der Anführer der Studenten in Westberlin. Er kämpfte auch für die Arbeiter, aber ausgerechnet ein Arbeiter hatte ihm in den Kopf geschossen. Andere Studenten hatten längere Haare als Rudi Dutschke, Oma Otti jedoch äußerte sich trotzdem abfällig über ihn: »So 'n Beatle. Oder hat der keen Jeld für 'n Frisör?«

Was diesen Studentenführer betraf, konnten die Meinungen von Karl und meiner Großmutter, frisch verliebt oder nicht, sicherlich kaum gegensätzlicher sein.

»Aber nich nur drüben«, fuhr Karl erneut fort, »gibt's die aufrechten Kommunisten. Die gibt's auch bei uns. Im verborgenen arbeiten die, aber wirkungsvoll, verstehste?«

Ich verstand nicht, aber ich war gespannt.

»Und Fisch-Winkler, der war doch nichts anderes als ein oller geiziger Nazi, verstehste?«

Ich fing gerade erst an zu verstehen: Wenn Fisch-Winkler ein Nazi war – nicht unwahrscheinlich –, dann mußte Rudi entweder ein Kommunist sein – sehr unwahrscheinlich –, oder aber nicht er, sondern diese wahren Kommunisten hatten zugeschlagen. In jedem Fall bedeuteten die neuen Informationen: Rudi war vielleicht doch nicht der Täter. Aber – woher hatte Karl Wegner sein Wissen über die wahren, verborgenen Kommunisten und über Goebbels und Ulbricht gemeinsam auf einer Tribüne? Somit die letzte Möglichkeit: Karl Wegner war einfach ein Spinner.

Ich konnte es kaum erwarten, daß das Wochenende vorbeiging, um bei der nächsten Politinformation mehr Licht ins Dunkel zu bringen. Ich meldete mich auf Frau Heinrichs allwöchentliche Eröffnungsfrage, was es denn Neues in der vergangenen Woche gegeben habe, mit der Gegenfrage, ob es denn der Wahrheit entspräche, daß der Genosse Walter Ulbricht mit Joseph Goebbels vor dem Beginn der schrecklichen Naziherrschaft – schreckliche Naziherrschaft war auch so ein Leitwort der Lehrer – auf einer Tribüne gestanden hätte.

»Was soll denn das?« entrüstete sich Frau Heinrich nach einigen Momenten ratloser Verblüffung. Dann fügte sie drohend hinzu: »Wenn dein Vater wüßte, was du für Fragen stellst.«

Ich wußte nunmehr immer noch nicht, ob Karl Wegner mit seiner Behauptung recht hatte. Zumindest konnte dieses Thema eine Lehrerin wie Frau Heinrich ziemlich aus dem Konzept bringen. Und das sprach wohl eher dafür, daß der Liebhaber meiner Großmutter doch kein Spinner war.

»So«, sagte Frau Heinrich, »nun wollen wir uns mal wieder auf den Boden der Tatsachen begeben.« Dann begann sie, ohne, wie sonst üblich, Fragen zu stellen, über die politischen Ereignisse der vergangenen Woche zu reden.

Das hielt meinen Banknachbarn Ecki Manzke aber nicht davon ab, mich flüsternd zu fragen, um was es denn Ulbricht und Goebbels gegangen sei.

Bedeutungsvoll flüsterte ich zurück: »Es ging um die Sozialdemokraten, den gemeinsamen Feind.«

»Sozialdemokraten, was is 'n das?« fragte Ecki.

Da ich es auch nicht wußte, hüllte ich mich in geheimnisvolles Schweigen, während Marita Fuchs, die hinter uns saß und deren Vater im Glühlampenwerk an der Warschauer Straße Parteisekretär war, in ihrem üblichen Besserwisserton erklärte: »Die gibt's nur noch im Westen. Bei uns ist ja die Geschichte schon weiter. Da gibt's die nicht mehr.«

»Bist du dir da so sicher?« entgegnete ich und gab mich sehr überlegen. Marita Fuchs bemühte sich, ebenso überlegen zu wirken. Ihr Lächeln war aber eher gequält.

Nach dieser Politinformation stieg mein Renommee in der Klasse beträchtlich: Nicht nur, daß mein Vater, eigentlich ein kleiner ABV, in den Augen meiner Mitschüler mit dem außerordentlichen Fall Fisch-Winkler zu tun hatte, ich wußte auch um sogenannte historische Begebenheiten – wieder so ein Begriff der Lehrer –, über die man öffentlich besser nicht redete. Hinter vorgehaltener Hand ließ ich Ecki Manzke, Burkhard Stolle oder auch Annegret Peters und Lilo Müller wissen, daß es die wahren Kommunisten, die im Westen auf die Straße gingen und die Universitäten stürmten, auch bei uns gäbe, allerdings im verborgenen.

»Kennst du denn einen?« fragte mich Annegret Peters.

Ich dachte an Karl Wegner. Natürlich konnte ich ihn nicht preisgeben. Ich sagte zu Annegret: »Würdest du, wenn du einen kennen würdest, ihn verraten?«

»Nein«, sagte sie beeindruckt. »Natürlich nicht.«

[...]

Im Mordfall Erich Winkler kam die Kriminalpolizei keinen Schritt weiter. Im Gegenteil: Am 6. Dezember wurde Burkhard Stolles Vater aus der U-Haft entlassen. Die Brigade »Wilhelm Pieck« des VEB Kabelwerk Oberspree hatte in einem Brief an die Polizeiführung gebeten, im Interesse der Planerfüllung zu prüfen, ob ihr vorbildlicher Kollege, der Hilfsschlosser Karl-Heinz Stolle, nicht wieder zur Verfügung stehen dürfe. Entscheidend aber war, so mein Vater, daß gegen Stolle keinerlei Beweise vorlagen. Er genoß es, zu Hause bei jeder Gelegenheit auf das Versagen der Kripo hinzuweisen.

Burkhard Stolle war zutiefst deprimiert. Er sagte im Unterricht und auch in den Pausen kein Wort. In der eindringlichen Art eines Freundes sagte ich unter vier Augen zu ihm: »Hör mal zu, Burkhard, noch ist gar nix entschieden. Aber wir brauchen Beweise. Die Kripo findet einfach keine. Du mußt ihn beobachten und dir alles mögliche merken, und dann mußt du ihn fragen, geschickt fragen ...«

»Und dann krieg ick eins in die Fresse, oder wat?« unterbrach mich Burkhard.

»Kriegste sowieso«, versuchte ich ihn zu beschwichtigen.

Dieses Argument leuchtete ihm ein. Er nickte bestätigend, blieb aber verzagt. Mehr als die Prügel betrübte ihn jedoch, wie mir schien, die Tatsache, daß er wahrscheinlich nicht mehr der Sohn eines Mörders war.

Fisch-Winklers Laden war inzwischen als Konsum wiedereröffnet worden, aber Flaschenbier wurde, womöglich aus Sicherheitsgründen, nicht mehr verkauft. Ich fragte mich, ob die Fische in dem unverändert modrig stinkenden Becken noch aus der Zeit vor Winklers Tod waren. Ich ging in den Laden und versuchte es herauszufinden, indem ich sie eingehend betrachtete.

»Kuck die nich so an, die erschrecken sich noch vor dir«, sagte eine der Verkäuferinnen, deren Dutt noch höher war als der meiner Mutter. Außerdem trug sie eine weiße Gummischürze mit dem großen Konsum-K.

»Die erschrecken sich nicht vor mir, höchstens vor Ihnen«, entgegnete ich und beeilte mich, den Laden zu verlassen. Wenn überhaupt eine Frau, später mal, dachte ich, dann niemals eine mit Dutt.

Auf dem Boxhagener Platz war ich als Mitspieler beim Fußball begehrt wie nie zuvor. Zwar war ich allenfalls unteres Mittelmaß, aber der Mordfall Fisch-Winkler erfreute sich immer noch größten Interesses. Kein Spiel, in dem ich nicht gefragt wurde, wie denn der Stand der Ermittlungen sei. Da ich einen Verdächtigen nicht so einfach aus dem Hut zaubern konnte, ohne Gefahr zu laufen, als Hochstapler dazustehen, befriedigte ich die Neugierde meiner Mitspieler auf andere Weise. »Die stockende Ermittlung«, log ich, ohne mit der Wimper zu zucken, »zieht Konsequenzen nach sich: In der Führung der Kripo wird es Wechsel geben. Es ist sogar die Rede davon, daß der Berliner Chef der Polizei gehen muß.«

Die Fußballspiele fanden zwischen zwei Klettergerüsten statt, die als Tore dienten. Nur wenn Eddy kam, um an einer ganz bestimmten Klettergerüststange die Riesenfelge zu turnen, mußten wir aufhören zu spielen. Das hatte Jochen Grundorff so angeordnet, der Eddies Turnkünste bewunderte und überhaupt sein Beschützer war. Eddy war als Fünfjähriger im Krieg während eines Bombenangriffes verschüttet gewesen und hatte seitdem, wie Jochen sagte, nicht mehr alle Neune bei'nander. Niemand jedoch durfte ihn hänseln, geschweige denn Angst einjagen. Jochen sagte: »Der Eddy, der hat wat erlebt, davon können wir alle nich mal träumen. Der war schon hinüber und is wieder zurück. Der is dem Tod vonne Schippe jeturnt.«

Einmal hatte ich Eddy gefragt, was er denn erlebt habe, als er schon hinüber war. Eddy starrte mich daraufhin mit weit aufgerissenen Augen an, plötzlich aber grinste er übers ganze Gesicht und sagte: »Nüscht.«

Ich hatte ihm natürlich nicht geglaubt, aber seine Antwort respektiert. Er mußte Gründe dafür haben, nichts aus dem Reich der Scheintoten zu berichten. Vielleicht hatte er sich verpflichten müssen, den Lebenden keine Auskunft zu geben. Vielleicht hatte er nur durch diese Verpflichtung sein Leben zurückhaben dürfen. Im Diesseits war er nur seiner Mutter verpflichtet, die ihn versorgte und mit von seiner Invalidenrente lebte.

Eddy sollte mich nicht nur als ehemaliger Scheintoter beschäftigen. Nein. Er rief mich zu sich, nachdem er wieder mal seine Riesenfelge geturnt hatte, und fragte, ob er mich unter vier Augen sprechen dürfe.

»Klar«, sagte ich. Auf Eddy war ich immer neugierig.

Wir spazierten die Krossener Straße hinunter, und Eddy fragte, ob ich endlich wisse, wer der Mörder sei.

Es war klar, wessen Mörder er meinte. Ich sagte: »Nein.«

»Kannste auch nicht«, sagte Eddy. Er hatte eine geradezu diebische Freude daran, meine wachsende Neugierde zu erleben.

»Warum denn nicht?« fragte ich.

»Tja«, sagte Eddy und entschied sich zu einer Art Überraschungsangriff: »Ich war's.«

»Du?«

»Sag ich doch: Ich war's.«

Ich glaubte ihm nicht. Andererseits war seine Behauptung derart heftig, daß sie mich nicht unbeeindruckt ließ.

»Und warum?« fragte ich. »Was war dein Motiv?«

Nun war Eddy überrascht, daß ich mich wohl entschlossen hatte, ihm zu glauben. »Konnte den nicht leiden«, sagte er. »War immer unfreundlich zu mir. Sagte zu mir, ich hätte 'ne Macke.«

»Haste die nicht?« entgegnete ich, ohne ihn beleidigen zu wollen.

»Vorsicht, Vorsicht. Ich hab nicht alle Neune beieinander. Ich war ja auch verschüttet gewesen, als Berlin bombardiert wurde. Das ist aber noch lange keine Macke.«

»Und wenn ich das jetzt der Polizei erzähle? Muß ich doch, oder?«

Eddy grinste hämisch. »Die glauben dir doch sowieso nicht. Die denken doch, ich bin viel zu doof für'n Mord.«

»Bist du dir da so sicher?« erwiderte ich und ließ mich hinreißen, meinen peinlichen Vater als Waffe einzusetzen. »Du weißt doch, wer der Abschnittsbevollmächtigte ist. Der braucht dich bloß mal richtig zu verhören, so richtig in die Mangel zu nehmen.«

Eddy bekam Angst. Ich sah es an seinen Augenlidern, die zu flattern begannen. Aber er wußte, wie er sich wehren konnte: »Jochen hat verboten, mir Angst einzujagen. Ich sag Jochen Bescheid.«

Er hatte seine Trumpfkarte ausgespielt. Jochen ist zu gut, dachte ich, und Eddy nutzt das einfach nur aus. Ich hatte Lust, ihm so richtig auf den Zahn zu fühlen. Er hatte tatsächlich nur noch einen Zahn, den Kuchenzahn, wie er ihn selber nannte. Eine bräunliche Ruine, von der Eddys berühmt-berüchtigter Mundgeruch ausging. Ich hätte den einstmals Verschütteten womöglich auch foltern können, indem ich Bombenalarm nachahmte. Ich hatte mir diesen Sirenenton von Oma Otti beibringen lassen. Ich malte mir aus, wie Eddy unter größten Seelenschmerzen zugeben würde, daß er nur ein Wichtigtuer sei und obendrein eine gehörige Macke habe. Ein bißchen schämte ich mich für meine bösartigen Vorstellungen, aber nur ein bißchen.

Beim Mittagessen zu dritt – erneut Karls Lieblingsessen: Erbsensuppe – erzählte ich von Eddys Selbstbezichtigung.

»'n Grund hätte er wenigstens«, sagte Karl. »Am Ende des Krieges is er verschüttet worden. Den Krieg hatten die Nazis verschuldet. Fisch-Winkler war 'n Nazi. Der war bei der SS, und wenn er voll war wie 'ne Strandhaubitze, prahlte er sogar damit.«

»Karl!«

»Wieso denn, Otti?« erregte sich Karl. »Wieso soll 'n der Junge das nich wissen? Nur weil in der Schule erzählt wird, daß es in der DDR keinen mehr gibt, der mal in der SS war? Wo sind sie denn alle hin?«

Tatsächlich war diese Frage in der Schule tabu. Wenn wir im Unterricht gefragt wurden, wie das Wort Masse oder Rasse oder Klasse geschrieben wird, durften wir nicht antworten: mit SS. Die Sprachregelung lautete: mit Doppel-S. SS zu sagen, ohne die SS zu meinen, war unanständig, mindestens. Daß sich hinter dieser Abkürzung ein so harmlos klingendes Wort wie Schutz-Staffel verbarg, hatte mich zunächst etwas beruhigt. Bis Frau Heinrich uns erzählte, daß diese Schutz-Staffel in Rußland ganze Dörfer vernichtet und zu Hause in Deutschland etliche Widerstandskämpfer auf dem Gewissen hatte. War Rudi vielleicht auch bei der SS gewesen? Und Fisch-Winkler, sein Kamerad aus alten Tagen, hatte gedroht, genau das uns allen zu verraten? Kein Wunder, wenn er deshalb durch Rudis Hand sterben mußte.

»War Rudi«, fragte ich, »auch bei der SS?«

»Siehste«, sagte Oma Otti zu Karl, »jetzt is der Junge völlig durch'nander.«

Nina Petrick
Ein Sonntag

Im Wohnzimmer der Großeltern hing über einem Sideboard aus Eiche eine gemalte Birken-Landschaft in Öl. Der ehemals vergoldete Gipsrahmen war weiß überstrichen worden. Das Sofa und die zwei Sessel waren mit dunklem Leinen bezogen. Der große Ledersessel stand zu nah am Eßtisch. Über dem dreiteiligen Schrank lächelten Familienangehörige auf Fotos von der Wand. Die Stehlampe und die Deckenlampe mit den weißen Lampenschirmen waren unauffällig. Auf dem Boden, über der schlichten grauen Auslegware, lag ein imitierter Orientteppich, neben der Loggiatür stand ein großer Fernseher – in dem gerade ein Musikkanal lief. Über die Bildfläche stöckelte ein Fußballstar in roten Pumps.

P.s Großmutter zeigte auf den Bildschirm. »Heutzutage haben alle nur noch Sex im Kopf.« Sie sprach es wie »sechs« aus. »Jeder mit jedem und keiner findet etwas dabei. Damals gingen die Mädchen ins Wasser, oder sie hängten sich auf wie Anna. Die hat sich an der Klopfstange aufgeknüpft. Sie war in anderen Umständen ... Der Mann, mit dem sie sich traf, war verheiratet. Er hätte sie auch sonst nicht geheiratet. Anna war Jüdin – und er kam aus einer deutschen Familie. Nie werde ich vergessen, wie sie da hing. Der Mund stand leicht offen, die Zunge lag wie eine blaugraue Schnecke zwischen den Lippen.« P.s Großmutter schauderte.

P. versuchte sich die tote Anna vorzustellen.

»Mit der Anna war ich nicht befreundet. Die kannte ich bloß vom Sehen, weil sie in der Nachbarschaft wohnte. Ganz anders war das mit Elli. Elli war meine beste Freundin.«

P. war erstaunt. »Du hast noch nie von Elli erzählt.«

»Elli. Sie hatte schöne Haare. Ganz lang waren die und gewellt. Wir haben uns oft gegenseitig gekämmt, Zöpfe geflochten, Blumenkränze gebunden. Als Kinder haben wir jeden Tag auf dem Hof zusammen gespielt. Haben die Puppen in unseren Wagen ausgefahren. Manchmal haben wir auch unsere Katzen mitgenommen, die saßen dann neben den Puppen. Peterchen und Mohrle, so hieß meine, liebten das sehr. Jeden Tag haben wir uns auf dem Hof an der Klopfstange getroffen. Elli konnte auf Händen laufen und radschlagen, sogar schwimmen konnte sie. Ich hab's bis heute nicht gelernt. Wasser hat keine Balken.«

Sie räusperte sich, fuhr dann fort: »Gesungen haben wir auch gerne – und Klavier gespielt. Ich hatte ja nur dieses olle Ding. Völlig verstimmt war das. Stand bei uns in der Küche und kein Ton klang so, wie er sollte. Elli hatte einen richtigen Flügel. Ihre Eltern waren reich. Der Vater war Direktor bei der Bank. Sie wohnten im Vorderhaus, in der Beletage. Deren Flur war größer als unsere gute Stube. Ein Dienstmädchen hatten sie auch. Bei denen schlief keiner in der Küche, noch nicht mal die Katze. Manchmal spielten wir gemeinsam auf dem Flügel. Das war ein Erlebnis. Diese Töne.« Großmutter summte. »Ich war gar nicht mal schlecht. Hätte ich so einen guten Klavierlehrer gehabt wie sie, wer weiß …« Großmutter summte wieder.

P. betrachtete ihre Großmutter, die ihre Augen halb geschlossen hatte, als könne sie so besser in die Vergangenheit schauen.

»Elli sprach gerne von später. ›Später‹, wenn wir berühmt geworden sind, leben wir in Amerika. Später werden uns dort die Menschen zu Füßen liegen. Später werden wir glücklich sein … Als sie das sagte, war ich schon von der Schule abgegangen und arbeitete in einem Laden. Ich war ja so dumm. Kurz vor meiner Hochzeit wohnte ich natürlich noch bei meinen Eltern und Elli bei ihren. Wir sahen uns nur noch selten. Aber wenn wir uns begegneten, setzten wir uns auf die Treppenstufen, um miteinander zu sprechen.« P.s Großmutter fuhr mit der Hand über ihren linken Arm. Wieder und wieder. »Als der Lastwagen vor dem Haus hielt, war es noch früh am Morgen. Und heiß war es – keine Wolke am Himmel. Es ging alles schnell. Ich hatte Milch geholt und stand in der Toreinfahrt. Vier Uniformierte sprangen aus dem Lastwagen und polterten durchs Vorderhaus. Sie haben ihre gesamte Familie mitgenommen: Elli, ihre Eltern und den Großvater, den jedes kleine Ladenmädchen ehrfürchtig mit ›gnädiger Herr‹ anredete. Sie schubsten Elli an mir vorbei. Sie sah mich nicht an. Als ihr Großvater stolperte, fiel seine Brille auf den Boden. Sie haben sie zertreten, und wenige Sekunden später saß Elli mit ihrer Familie in dem Laster. Ich hab sie nie wiedergesehen.«

P. und die Großmutter schwiegen. Es war keine Stille, in der man den anderen wohlig anlächelt.

Beide zuckten zusammen, als es klingelte. P.s Großmutter ging in den Flur und öffnete die Wohnungstür. P. hörte Stimmengemurmel. Ihre Großmutter kam mit einem etwa vierzigjährigen großen Mann mit blonden Haaren und einem riesiggroßen weißen Tulpenstrauß in den Händen zurück ins Wohnzimmer.

»Guten Tag«, sagt der Mann auch zu P. »Mein Name ist Weidenfeld. Ich komme von der Gemeinde. Ich bin hier, um Ihrem Mann beziehungsweise Großvater im Namen des Bezirks zu seinem achtzigsten Geburtstag zu gratulieren!« Weidenfeld reichte der Großmutter die Blumen. Sie bedankte sich, murmelte etwas.

P. hatte Angst, daß sie sagen könnte, sein Name klinge jüdisch. Die Großmutter ordnete Nachnamen gerne ein.

Weidenfeld lächelte.

Großmutter hatte aus der Küche eine Vase geholt und stellte die Tulpen hinein. »Das ist ja ein wirklich riesiger Strauß! Sehr großzügig!« Dann murmelte sie wieder etwas so leise, daß nur P. es verstehen konnte: »Großzügiger, als man denkt.«

»Mein Großvater hatte letzte Woche Geburtstag«, sagte P. zu Weidenfeld.

»Wie ist das nur möglich?« fragte Weidenfeld erstaunt und blätterte in einem kleinen Notizblock herum.

In dem Moment kam Großvater – er hatte im Garten den Rasen gemäht – zur Tür herein und schaute den Gast fragend an.

»Guten Tag, Weidenfeld ist mein Name. Ich komme von der Gemeinde. Ich wollte Ihnen ... äh, gratulieren, nun überbringe ich Ihnen quasi nachträglich die besten Wünsche zu Ihrem Geburtstag. Viel Gesundheit. Das ist mir aber peinlich, ich muß in der Liste verrutscht sein.«

Großvater sagte aufgeräumt: »Wo Sie schon mal hier sind ... Wie wäre es mit einem Gläschen Obstler? Ein Gläschen in Ehren kann niemand verwehren.«

Großvater goß Schnaps in drei Gläser. Die drei Erwachsenen stießen miteinander an und tranken. Großvater goß nach, obwohl Weidenfeld eine abwehrende Bewegung mit der Hand machte.

Weidenfeld: »Ich kann wohl nicht nein sagen. Aber dann will ich nicht länger stören. Vielen Dank für Ihre Gastfreundschaft.« Er verabschiedete sich im Flur mit einigen Floskeln von der Großmutter.

Während Großvater sich im Badezimmer von der Gartenarbeit frisch machte, goß sich die Großmutter schnell noch einmal das Glas voll. »Gut sah der aus, fast ein bißchen so wie mein Chef damals.« P.s Großmutter lachte und ging in die Küche, um die Rouladen vorzubereiten.

Die Großeltern und P. aßen wie fast jeden Sonntag Fleisch mit Kartoffeln und Soße, dazu Gurkensalat. P. hätte sich gerne die Ohren verstöpselt, Großvaters Gebiß knackte so beim Kauen. Wie fast jeden Sonntag pries er auch diesmal die Qualität der Rouladen. »Besonders gutes Fleisch ist das heute.« Er könne sich noch gut an die Zeit im Krieg und danach erinnern. »Da waren wir arm wie die Kirchenmäuse. Das kann man sich nur vorstellen, wenn man es erlebt hat.«

Großvater schob sich noch eine Gabel zerquetschte Kartoffeln in den Mund und sprach mit vollem Mund weiter. Großmutter seufzte. Meistens sagte sie an dieser Stelle: »Schlimme Zeiten waren das. Schlimm. Unsere besten Jahre.« Manchmal erzählte sie von »dem Russen«. Sie hätte 45, als sie mit ihrer Mutter und P.s Vater in der Zone lebte, den Russen erlebt. Schnaps und Frauen. Mit einem Messer unter dem Kopfkissen hätte sie geschlafen. Gebraucht hatte sie es nie. Einer hatte reinen Alkohol getrunken, der hat die ganze Nacht geschrien. Am Morgen sei er tot gewesen. Meistens erwähnte sie noch, daß viele deutsche Frauen von Russen vergewaltigt wurden. P. dachte, sie sollte überlegen, wer überhaupt den Krieg angefangen hatte.

Großmutter sagte: »Sei froh, daß du nicht dabei warst, als sie kamen. Mitten in der Nacht – zu dritt. Die waren scharf auf unsere Motorrad-Lederjacke. Das ganze Haus haben die durchsucht und dabei mit langen Messern in die geöffnete Truhe gestochen. Meine Mutter hat sie beschimpft, die hatte keine Angst vor denen. Den Schmuck und die goldene Uhr haben sie auch mitgenommen. Ein Wunder, das sie mir kein Haar gekrümmt haben. Zum Glück hatte ich die Unterlagen – Großvater war doch in der Partei, obwohl er ja eigentlich Kommunist war – und das Buch im Garten verbrannt. Ich hab es nie gelesen. Dabei habe ich viel gelesen.«

Manchmal sagte die Großmutter nur, sie würde das alles kennen, wenn jemand sie nach dem Krieg fragte. Sie sagte es so, als würde es die Frage beantworten.

»Es ist nun Gott sei Dank vorbei«, sagte der Großvater. »Vorbei.«

P. hörte gar nicht mehr richtig hin. An dieser Stelle folgte stets: Er habe ja noch Glück gehabt, weil er nicht im Krieg, sondern bei Daimler war. Er hatte für die Rüstungsindustrie Flugzeugmotoren hergestellt und wurde deshalb nicht an die Front geschickt. Es war – wenn das Gespräch darauf kam – immer wieder dieselbe Litanei.

Jeder hatte sein Stichwort.

Aber heute hörte es sich doch anders an. »Volkssturm«, sagte der Großvater. »Die letzten Wochen von April bis Anfang Mai.«

Lag es am Schnaps? Hatte der die Zunge gelockert? P. mußte an die Zunge der toten Anna denken.

Großvater war aufgesprungen und stand mitten im Raum wie ein Schauspieler auf einer Bühne. »Ich habe es nicht gewollt!« rief er. Und sagte nicht wie sonst, man müsse vergessen können; Es würde zu nichts führen, sich zu erinnern; Ändern könne man dadurch nichts; Hört mir auf mit Politik.

Er lief in das kleine Zimmer neben der Küche, das P.s Vater als Kind mit seiner Oma geteilt hatte, und kehrte mit einer Bibel zurück. P. dachte, daß die Großeltern nur Weihnachten in die Kirche gingen.

Der Großvater legte die Hand auf die Bibel: »Ich sollte sie doch ›leiten‹. Ich war doch ihr Zugführer, aber das habe ich nicht gewollt!«

»Was?« fragte P.

»Daß sie allesamt sterben!« rief der Großvater. »Sie sind alle tot! Alle elf Jungen. Nur ich hab's bis zu den Engländern geschafft. Der jüngste war zehn und der älteste gerade mal dreizehn.«

Im Fernseher setzte sich ein Schwarzer eine blonde Perücke auf und küßte einen Rothaarigen.

Barbara Bongartz
Eine schmutzige Geschichte

Mörder und Künstler brauchen ideale Bedingungen.
Edgar Degas

Daniel Hirschfeld sei vollkommen unbeteiligt gewesen, als das Urteil verkündet wurde, nur sein Vater habe laut aufgeschluchzt. Der junge Mann hatte erst auf Miriam, dann auf Josef Hirschfeld geschossen. Die Mutter wurde tödlich in Herz und Lunge getroffen, der Vater überlebte nach einer langen Operation mit schweren, nur langsam heilenden Verletzungen, deren Folgen zähe Aufenthalte in der Klinik, schließlich in einem Rehabilitationszentrum notwendig machten. Er leide, vermutlich für den Rest seines Lebens, unter mehreren Traumata, unter anderem an plötzlich auftretendem Orientierungsverlust und Sprachstörungen. Er müsse starke Medikamente nehmen. Der angesehene Geschäftsmann sei gegen den Willen der behandelnden Ärzte zur Gerichtsverhandlung gekommen, auf der ein Staranwalt das Plädoyer hielt, und wirkte vollkommen zerrüttet, als sein Sohn nicht freigesprochen wurde. Er hatte ihm längst verziehen, trotz des Todes der geliebten Ehefrau.

Der Fall war in der Presse zunächst als *Mysteriöser Mord* überschrieben worden. Im Morgengrauen, hieß es, hätte der Sohn seine Eltern in deren Schlafzimmer entdeckt, das sich in der Beletage eines zu einem Innenhof hin liegenden Hauses in der Fasanenstraße befindet.

Als ich die ausführliche Beschreibung des Ortes las, wußte ich sofort, welche Hofanlage gemeint war. Den bemerkenswerten Gebäudekomplex aus Backstein mit Friesen von grob behauenem Granit, vermutlich Ende des 19. Jahrhunderts erbaut, ziert mittig ein Springbrunnen mit allegorischen Figuren. Uralte Farne von über einem

Meter Höhe, in verschiedene Formen geschnittene Buchse und Kübel mit üppig blühenden Funkien, an den Fassaden der Nebengebäude hochklimmender Wein und wucherndes Efeu schaffen einen Schauplatz verwunschener Anmut, und durch das Wasserspiel entsteht sogar bei sommerlicher Hitze der Eindruck eines *locus amoenus*.

Ich komme oft an diesem Grundstück vorbei. Anfangs stand ich gebannt vor dem schmiedeeisernen Gitter. Das Ensemble erinnerte mich vage an einen anderen Ort, den ich früher irgendwo auf der Welt gesehen hatte, bis mir einfiel, daß es von jenem Stilmischmasch gezeichnet ist, den man häufig an Häusern der Upper East Side in Manhattan findet, uneinheitliche Fassaden, die auf einem einzigen Straßenzug vorgeben, man befände sich auf einer Reise von Byzanz in das alte Europa.

Ich genieße den Anblick durch das Portal und habe gleichzeitig das befremdende Gefühl schmerzlosen Unwohlseins, denn der Ort in der Fasanenstraße ist weder ruhig noch romantisch, der Lärm des nahen Durchgangsbetriebs dringt bis in den scheinbar verträumten Hof, als hätte jemand die falsche Tonspur an einen Film gelegt.

Diese Verkehrsgeräusche mochten dafür verantwortlich sein, daß niemand die Schüsse gehört hatte. Von dem Täter fehlte an dem Morgen nach dem Verbrechen jede Spur, und vor allem war kein Motiv erkennbar gewesen. Zwei Tage später hatte Daniel Hirschfeld die Tat gestanden, und dennoch bleibt ein Rest von Unerklärbarkeit: Er hatte keinen Grund angegeben, und die Experten stritten sich darum, ob er ihn zurückhielt oder keinen hatte. Ein *acte gratuit*?

Wahrscheinlich hätte ich den Artikel nicht weiter beachtet, wenn ich nicht kurz zuvor einen Roman gelesen hätte, der mit einem *seltenen Verbrechen* begann. Ein Junge aus guter Familie hatte seinen schlafenden Vater getötet. Unmittelbar danach hatte er ein Geständnis abgelegt. Der Kommentar des Schriftstellers bewegte mich mehr als die Tat selbst. *In den meisten Fällen können Söhne ihre Väter nicht von Angesicht zu Angesicht angreifen. Da der Vater in der Nähe als unbezwingbar erscheint, erfolgt der Angriff meist im Schlaf.* Nach etlichen genaueren Ausführungen die fast hilflose Frage: *Welche Strafe steht auf Vatermord?* Daniel Hirschfeld bekam lebenslänglich, die Schwurgerichtskammer sprach von *besonders schwerer Schuld* durch Vorsatz und Heimtücke. Das bedeutet, daß er kaum Chancen hat, nach fünfzehn Jahren auf Bewährung entlassen zu werden. Aber in Deutschland gilt Vatermord, im Gegensatz zu Frankreich, nicht als das schlimmste Verbrechen. Das schlimmste Verbrechen in Deutschland, so weiß ich inzwischen, ist Landesverrat.

Es sind glühend heiße Sommertage im Juli, jeden Morgen wünsche ich mir den Abend mit Gewitter und einem heftigen Regen herbei – vergeblich. Die Hitze läßt mich kaum schlafen, ich verlasse die Wohnung früh und sitze schon vor acht im Büro.

In den meisten Fällen können Söhne nicht ... und Töchter ihre Mütter? frage ich mich, während ich mit dem Kaffee in der Hand meine Mails abrufe. Klärung der Provenienz des Gemäldes No. 39 von 1870, Klärung der Provenienz einer Sèvres-Vase No. 87, angeboten über London, als Tina hereinplatzt und sich wundert, daß ich schon da bin.

»Könntest du diesen Degas für mich überprüfen, ich schaffe das heute nicht mehr, ich habe gleich um zehn einen Auswärtstermin und bin auch morgen unterwegs.« Sie zeigt mir die Abbildung. »Ich habe mit der Recherche schon angefangen und bin steckengeblieben. Da riecht etwas komisch.«

Die schlauen Bücher, so zeigt sie mir, verweisen auf eine Privatsammlung in Paris, klassische Moderne und zweite Hälfte 19. Jahrhundert, die bis zum zweiten Weltkrieg in der Rue Desbordes-Valmore beheimatet war. »Die Verortung heute ist zweifelhaft. Das Palais ist längst in anderer Hand, die Nachkommen der Familie leben vielleicht nicht mehr in Frankreich. Lies das hier.« Sie reicht mir einen mit

Le franc des autres überschriebenen Artikel über *Auflösungen privater Sammlungen in Paris während der Deutschen Okkupation* aus einem Schweizer Bulletin.

»Von letztem November. Ich habe ihn ohne konkreten Grund behalten. Schau, da, der Degas: Laut Textlegende scheint genau dieser angeblich einer anderen Sammlung zugewandert zu sein. Aber der Wechsel ist durch die Jahrzehnte nicht genau nachzuvollziehen. Nirgendwo steht genau, ab wann er in dieser anderen Sammlung auftaucht, durch wen und wie. Sagt dir dieser Name etwas?«

»Abetz? Fragst du mich ernsthaft? Otto Abetz, Dienststelle Ribbentrop, war während der *années noires* deutscher Botschafter in Paris. Das riecht nach Beutekunst, vielleicht von Juden. Und ein Enkel in Berlin hat den Degas? Ich dachte immer, der sei nie verheiratet gewesen.«

»Degas?«

»Quatsch, der Botschafter. Aber auch das wäre natürlich kein Grund, keinen Enkel zu haben, dem man seine Sammlung vermacht.«

Am Abend trete ich den Heimweg zu Fuß über die Fasanenstraße an und bleibe wieder stehen vor dem Haus, in dem der Mord geschah. Der Springbrunnen, die Efeuwände, der das Mauerwerk hinaufklimmende Wein ... ganz deutlich sehe ich es vor mir ... Es war nicht die Upper East Side New Yorks, sondern eine Anlage in der Rue Greuze, im 16. Arrondissement von Paris, die dieser hier glich.

»Kann ich Ihnen behilflich sein?« Eine Dame kommt aus dem Seiteneingang eines hinteren Flügels auf mich zu und fragt mich durch das Gitter.

»Ich denke, nicht. Ich fühlte mich nur an – an die Wohnung meiner Großmutter erinnert. Es ist lange her«, sage ich.

»Die Wohnung ihrer Großmutter?«

»Paris. Ihre Wohnung lag in einem ähnlichen Häuserkomplex mit Innenhof wie diesem hier – damals.«

Da geschieht etwas Merkwürdiges. Die Frau öffnet das Tor und bittet mich herein.

»Wenn es Sie an die Wohnung Ihrer Großmutter erinnert, dann möchten Sie es sich vielleicht aus der Nähe anschauen. Ich bin Irène Abetz, ich hüte vorübergehend die Wohnung meines Bruders. Ich komme auch aus Paris.« Den letzten Satz spricht sie betont und fast erleichtert, als sei sie froh, in Paris und nicht in Berlin zu Hause zu sein. Ich versuche höflich zu lächeln und damit über die unerwartete Begegnung mit dem Namen hinwegzutäuschen. Ich wage nicht zu fragen, ob es einen verwandten Bezug zu dem ehemaligen Botschafter gibt. Sie wohnt also als Deutsche mit diesem Namen in Paris. Ich sehe sie verstohlen an, versuche immer noch mein Lächeln zu halten und meine Gedanken zu verbergen. Viele meiner Freunde haben Deutschland grundlos verlassen in Zeiten, in denen man gar nicht mehr fortgehen und alles stehen- und liegenlassen mußte. Sie leben heute in London, New York, Amsterdam oder in Italien auf dem Land. Warum Irène Abetz nicht in Paris? Schließlich ist ihr Vorname französisch.

Sie scheint mir plötzlich einsam, als hätte sie hinter einem Fenster gelauert, ob jemand vorbeikäme, den sie hereinbitten könnte. Ich stelle mich vor, bedanke mich, folge ihr in den Hof. Ihr langsamer Gang deutet auf die Trägheit in der Bewegung, die oft sehr großen, stattlichen Frauen eigen ist, scheinbar linkisch bemüht, mit den schweren Gliedern die Menschen in ihrer Umgebung nicht zu stören. Es scheint ihr unangenehm zu sein, soviel Raum einzunehmen. Ich wundere mich nicht, als sie mich bittet, nach oben zu kommen und mit ihr einen Aperitif zu trinken, ich wundere mich auch nicht, als ich an dem Klingelschild der Etage den Namen Hirschfeld sehe. Ich beziehe mich darauf und erkläre ihr, daß ich von dem Unglück gelesen habe.

»Es war kein Unglück, allerdings ist das Glück unvollendet geblieben«, sagt sie, als wir einander gegenübersitzen. Ihr Busen und auch ihr Gesicht wirken klein im Verhältnis zum restlichen Körper. Ihr Haar ist sehr glatt und seitlich gescheitelt. Sie trägt es blondiert, wahrscheinlich weil es inzwischen grau geworden ist.

Die Halle, in der wir sitzen, ist wie ein Wohnraum mit einigen Sesseln ausgestattet, überladen, aber seltsam förmlich, fast museal, als würde hier nie jemand sitzen. Das Ausmaß des Raumes, seine Höhe sowie der unpolierte Steinboden lassen die wenigen Teppiche schäbig wirken, obwohl es durchaus schöne sind, zwei Afghanen, frühes 18. Jahrhundert, meine ich, ein sehr großer dunkelroter Buchara aus einer etwas späteren Zeit und eine Kasak-Galerie, deren Alter mir unbestimmbar ist. Sie mündet in einen Korridor, der sich in Dunkelheit verläuft. An der Wand inmitten einer bunt gemischten Hängung der Degas, dessen Abbildung Tina mir heute morgen zeigte. Nie zuvor ist mir aufgefallen, daß Degas Bilder malte, in denen er eine Geschichte anreißt und nicht zu Ende erzählt. Er lockt den Betrachter in eine Szene, deren Fortgang er ihm vorenthält. Frau Abetz folgt meinem Blick, und ich meine, ihr Lächeln auf meiner Wange zu spüren, ohne es zu sehen, als sie spricht. »Ja, der Degas. Dieses Bild, glaube ich, war der Anfang.«

Ich wende mich zu ihr, fragend, stumm.

»In dieser Familie hat wenig gestimmt, wissen Sie. Nicht einmal der Name. Mein Bruder hat kein Recht, ihn zu tragen – auch er hieß früher Abetz, mit Vornamen Maurice, er ist Halbwaise wie ich. Unser Vater starb bald nach dem Krieg. Als Maurice die Firma kaufte, hat er sich nach der Firma genannt: Josef Hirschfeld.«

Ich bin nicht darauf gefaßt, daß sie mir ihren Familienroman erzählt, die Offenbarung fremder Intimität ist mir unheimlich. Sie könnte meine Mutter sein, rätsele ich, nicht von der Physiognomie, sondern vom Alter ihres Bruders abgeleitet, das der Zeitungsartikel mit Anfang Sechzig angab.

»Hirschfeld«, sage ich, »das klingt – ungewöhnlich«, ich habe eigentlich etwas anderes sagen wollen.

Sie senkt ihren Blick. »Der Name klingt ausgestorben. Er klingt wie ein jüdischer Name, aber er ist es nicht.« Ihre Stimme kippt kaum hörbar. Die überladene Dekoration der Halle mit Samtportieren wie vor hundert Jahren erlaubt den Stimmen keinen Klang. »Auch wenn mein Bruder gern den Eindruck erweckt, es sei ein jüdischer, es sei sein jüdischer Name. Aber unser Name ist Abetz. Ein Name ohne Schnörkel und ohne Geschichte. Es gibt weder Hugenotten noch Juden in der Familie, geschweige denn Aristokratie, nichts von dem, was man hierzulande so gerne hat, auch keine –«, sie hält inne, als sei sie sich im letzten Augenblick bewußt, daß es besser wäre, die Worte zurückzuhalten. Sie starrt auf ihre Hände. Sie sind sehr gepflegt, diese Hände, mit nicht allzu langen, makellos lackierten Nägeln von feinem dunkelroten Oval, das den goldgefaßten Turmalinring, den sie am rechten kleinen Finger trägt, ganz wunderbar leuchten läßt. Sie dreht an dem Ring – eine verlegene Geste, die gar nicht zu ihrer üppigen Erscheinung paßt.

»Ja?«

»Nichts. Der Name eines deutschen Straßenköters, wollte ich sagen. Wirklich nichts Besonderes.«

»Aber Maurice … und Irène …«

»Unsere Mutter. Sie hat uns so genannt. Sie war –«, und wieder zögert sie, wohl überlegend, ob sie aussprechen soll, was sie auf der Zunge hat, »Französin.«

»Ach, Sie wuchsen in Frankreich auf?«

»Nein. Ich bin allein nach Paris gegangen. Ich wohne in der Rue Lauriston, dort, wo unsere Eltern damals gewohnt haben, bevor unsere Mutter mit unserem Vater nach Deutschland kam.«

»Aber dann kennen Sie die Rue Greuze.«

»Gewiß, ich weiß um die Straßen dieses Arrondissements.«

»Kennen Sie auch das Haus in der Rue Debordes-Valmore Nr. 30, dort soll es eine große private Kunstsammlung gegeben haben – vor dem Krieg.«

»Das war vor meiner Zeit. Unser Vater ... Er hat Glück gehabt, irgend jemand hat ihn laufenlassen. Dann hat er Pech gehabt und starb an Diphtherie. Unsere Mutter mußte sich in Deutschland allein durchschlagen, das waren andere Verhältnisse als in der Rue Lauriston. Nach seinem Tod hat sie für andere Leute die Wäsche gewaschen und geputzt. Das war nicht leicht. Als sie noch in Frankreich lebte, hat sie Maurice als ihren kleinen Bruder ausgegeben, aber sie hat dort besser gelebt. Ich selbst bin in Berlin geboren, in der Nürnberger Straße. Unsere Mutter hat es mir sehr übelgenommen, daß ich nach Paris gegangen bin. Sie sagte, ich würde sie verraten damit, und Maurice wäre der einzige in der Familie, der Charakter hätte.«

»Eine Französin so kurz nach dem Krieg, verheiratet mit einem Deutschen ...«

»Es gibt mehr von denen, als Sie vielleicht denken. Es gab einen Ausdruck dafür.« Sie bricht ab.

»Ja, ich weiß.« Es ist, als würde es jede von uns still für sich sagen und als hätten wir vorher vereinbart, es lautlos zu tun und kein Wort darüber zu verlieren, so wie man einen Rosenkranz betet. Dann sage ich: »Es tut mir leid, Frau Abetz, ich muß gehen.« Warum sage ich das? Weil ich mich schäme? Weil ich weiß, wovon sie gesprochen hat?

Sie begleitet mich zur Tür, geht voran, schaukelt ihre schweren Hüften zum Ausgang, die bunten Seidentulpen auf ihrem Rock bewegen sich wie in einem Luftzug. Ich komme mir kalt und abweisend vor, sie mitten in dem Gespräch abgewürgt zu haben, nicht nachzufragen, was es mit dem Kauf der Firma und des Namens auf sich hat, nicht nachzufragen, was mit dem Degas begann. War dieses Bild der Auftakt zu dem Unglück, das sie ein unvollendetes Glück genannt hatte? Und gibt es einen Zusammenhang zwischen diesem Degas und dem Papier, das Tina heute morgen in den Händen hielt – und dem Mord? Ich schäme mich, daß ich die Zusammenhänge scheue, die wirklichen, daß ich nichts davon wissen will, weil ich die

Explosionen fürchte, ich schäme mich, daß ich wußte, wovon sie sprach, und gegangen bin, nicht ihresgleichen sein wollte, keine Brut aus diesem Pack.

Ich schlendere die Fasanenstraße ein Stück nach Norden und überlege, ob ich zu Fuß nach Mitte gehen soll, mich fragend, was die Stromerei und Unruhe seit meiner Kindheit bedeuten, die schnüffelnde Neugier und die fast fixe Idee, überall Geheimnisse und Verbindungen zu sehen – und ob überhaupt eine Bedeutung in all dem liegt. Es ist noch nicht spät, aber die Geschäftigkeit und der große Verkehr sind aus diesem Viertel gewichen, die Leute sitzen in Terrassenrestaurants, essen, trinken Wein, als ich in eine Seitenstraße einbiege, dicht mit Bäumen bestanden, eine Buchhandlung, ein kleiner Laden mit indischen Saris, eine Bar ... Es gibt kein Zeugnis der neuralgischen Vergangenheit hier. Ich versuche, mir den alten Westen vorzustellen, die Nachkriegszeit, in die Irène Abetz hineinwuchs, und die Zeit davor, Berlin 1945, aber da war es schon nicht mehr der alte Westen, da waren auch Schöneberg, Wilmersdorf, Charlottenburg nur noch Stücke einer Totenstadt, gevierteilt, die am Leben gebliebenen Menschen, die Heimkehrer warteten darauf, daß ihnen zur Strafe die Haut abgezogen würde.

Die Gegend, die ich durchlaufe, überhaupt die Stadt ist mir immer noch fremd, ich habe vergessen, warum ich nach Berlin gezogen bin. Meine Erinnerung an meine Kindheit beginnt mit einem Photo von mir auf einem Rollfeld. Ich bin drei oder vier Jahre und sehe beglückt auf einen Koffer, auf dem die Abzeichen vieler Fluglinien prangen. Es sieht so aus, als sei ich 1963 schon häufig geflogen, tatsächlich ist es mein erster Flug nach Amerika. Ich flog ohne Eltern, und die Stewardeß, die mich begleitete, war so freundlich, alle diese Abzeichen zu besorgen und auf meinen Koffer zu kleben. Sie legen falsches Zeugnis ab, das Photo steht heute auf meinem Schreibtisch, und ich könnte jedem glaubhaft versichern, daß ich im Alter von drei oder vier Jahren bereits etliche Flüge hinter mir hatte. Diese Lüge könnte sich leicht in meinem Leben einnisten, vielleicht liebe ich deswegen die eingefrorene Wirklichkeit der Photographien.

Ich gehe nicht zu Fuß nach Mitte. Ich ziehe mich in mein Quartier zurück, durchlaufe das Bayerische Viertel nach Schöneberg, um mich im Dickicht der Nollendorfstraße zu verkriechen. Als ich in die Stadt zog, war zufällig gerade eine Wohnung in dem Haus frei geworden, in dem Christopher Isherwood seine Berlin-Romane geschrieben hatte, ich nahm sie, ohne lange zu überlegen, ob ich die Miete zahlen könnte, weil er darin gelebt hatte, aber auch, weil diese Straße so schmal, so kurz und so dicht mit Bäumen bestanden ist. Ich dachte, ich könnte die satte Geborgenheit des alten Westens gut brauchen in dieser gefährlichen Stadt, von der ich heute mehr denn je den Eindruck habe, sie käme nie zur Ruhe, als stünde sie unter dem Fluch, niemals ungeteilte *Identität als Prinzip der Logik, nach dem jedes Seiende sich selbst auch unter veränderten Umständen gleich ist* ... für sich beanspruchen zu können. Durch Berlin frißt sich das verkrüppelte Verlangen nach sich selbst, verendend in schrillem Schein und lackierter Fassade, durch die immer wieder ein sinistres Muster schlägt, einem Menetekel gleich, dessen Ruf man vergessen will. Isherwood verließ die deutsche Hauptstadt am Vorabend des Krieges in Richtung USA, Irènes Mutter verläßt Paris nach der deutschen Kapitulation in Richtung Berlin, Irène verläßt Berlin in Richtung Paris, wann, hat sie mir nicht gesagt.

Auch meine Großmutter ist noch einmal nach Paris aufgebrochen, heimlich von Münster aus nahm sie mich mit, um mir eine Straße und ein Wohnhaus in Paris zu zeigen, jenes in der Rue Greuze. Ich wunderte mich, wie gut sie Französisch sprach, denn anders als viele Franzosen sprach sie ohne jeden Akzent Deutsch, als hätte sie sich gedrillt, jeden Hinweis auf ihre Herkunft auszumerzen, und obwohl wiederholt durchsickerte, daß sie Französin sei, war es mir nie wirklich deutlich. Damals: Wie sich bewegende Erdschollen schoben sich Identitäten übereinander bis zur Unkenntlichkeit, und am Ende stehen die Wechsel der Namen: die nun freistehende Aneignung *fremden Lebens* vielleicht?

Als ich nach Hause komme, in der Wohnung von Isherwoods Haus das Licht anzünde, weil die Bäume vor meinem Fenster die Räume selbst im Sommer vor Einbruch der Dämmerung schon sehr düster machen, fällt mir der Degas wieder ein und mein Versprechen, Tina bei der Recherche zu helfen. Ich hätte nachfragen müssen, unbedingt, ob es sich um ein Original oder eine Kopie handelt bei dem Bild.

Am nächsten Abend klingele ich bei Hirschfeld, in dem Wunsch, mein Versäumnis nachzuholen und Irène Abetz nach dem Degas zu fragen. Eine Frau Ende Zwanzig öffnet mir. Sie hat honigfarbenes Haar, eine Farbe, die ungewöhnlich geworden ist in unserer Zeit und die ich persönlich nur durch die Kolportage von Filmen kenne. Durch das meergrüne hochgeschlossene Kleid, das sie trägt, wirkt die Honigfarbe noch tiefer im Ton, sämig, als könne man sie schlürfen. Erst jetzt wird mir klar, daß dieses eines jener Häuser im Westen ist, die über keine automatischen Türöffner verfügen, nicht etwa, weil der Hauseigner dafür kein Geld locker machen will, sondern weil man davon ausgeht, daß in den Wohnungen der Mieter Personal vorhanden ist. Darüber hinaus schätzt man kein unkontrolliertes Kommen und Gehen durch die Höfe. Die Honigfarbene lächelt so selbstgewiß, daß ich sie nie für Personal halten könnte.

Ich stelle mich vor. »Ich möchte zu Irène Abetz, ich habe eine Frage, den Degas betreffend.«

»Tante Irène ist abgereist. Ich werde Sie zu Alexander bringen«, hauchen ihre himbeerfarbenen Lippen. Ihr Teint ist sehr weiß, als hätte ein Institut künstlich nachgeholfen. Sie geht vor, das meergrüne Kleid, hauteng bis zum Knie, erlaubt ihr kaum, die nicht allzu hohen dickflorig belegten Treppenstufen hinaufzugehen. Sie macht das sehr gut. Im zweiten Stock dreht sie sich vor der halbgeöffneten Eingangstür um, fragt mich, ob sie vorgehen dürfe. Als wir eingetreten sind, schließt sie die Tür hinter mir und ruft, nicht allzu laut, aber laut genug, daß ich begreifen muß, hier herrscht ein familiärer Ton, der das Sprechen durch mehrere Räume erlaubt, nach Alexander. Dann verschwindet sie in dem dunklen Gang, als sei der Ruf nur die Einleitung gewesen zu dem nun folgenden, diskret und ausführlich zu erstattenden Bericht.

Ich stehe allein in der Halle, in der mir Irène gestern die Geschichte ihrer Familie erzählte. Ein Herr taucht auf aus dem dunklen Korridor, kaum älter als ich, elegant gekleidet, schwarzhaarig, duftend pomadisiert. Ich bin erstaunt, daß er nicht wie ein Zuhälter wirkt, vielmehr scheint er die Nachhut einer äußerst komplizierten Konvention zu sein, die er selbst erfunden hat.

»Alexander Abetz: Ich freue mich …«

In dem Weinglas, das er mir wenig später anbietet, spiegelt sich verschwommen das Ornament des Bucharas. Ich erinnere mich an eine Photographie in einem Buch über Drieu La Rochelle, wie dieser mit Otto Abetz die Freitreppe eines Pariser Palais hinuntergeht. Aber es ist mir ganz unmöglich zu sagen, ob dieser Mann, der dem Alter nach sein Enkel sein könnte, dem Botschafter ähnlich sieht.

»Ich bin wegen der Sammlung hier, genauer gesagt, wegen dieses Bildes dort.« Ich weise auf den Degas und krame in meiner Handtasche nach einer Visitenkarte unseres Auktionshauses. »Vielleicht aber ist das alles ein Irrtum. Ich, ich dachte, dieses sei die Wohnung von Josef Hirschfeld.«

»Ganz richtig, es ist die Wohnung des jüngeren Halbbruders meines verstorbenen Vaters.« Er lächelt angestrengt, als hätte er das Kontingent des Louvre übernommen. »Aber die Sammlung gehört mir. Mein Großvater war so kühn ... Geht es nur um den Degas, oder möchten Sie alle Bilder sehen?« Er sieht auf meine Karte. »Ich muß Ihnen allerdings leider sagen, Frau Dr. Gilles«, er spricht meinen Namen deutsch aus, was sehr fröhlich klingt, »daß keines davon verkäuflich ist. Ich gehe gerne vor.«

Ich folge ihm in den nächsten Raum und bin sprachlos, fast verliere ich das Gleichgewicht. Es hängt alles da, was man sich nur wünschen kann, wild durcheinander, und ich wage nicht zu fragen, wie es zusammengekommen ist. Ich bedanke mich, erkläre ihm, daß ich gehofft hätte, ihn davon überzeugen zu können, den Degas in die Auktion zu geben.

»Oh«, er winkt ab, »ausgeschlossen.« In seinen Augen blinkt Stolz. »Die Sammlung ist delikat, das wissen Sie, unsere ganze Familie ist es.« Er macht eine bedeutungsvolle Pause. »Wir haben notgedrungen gelernt, dieses Erbe zu tragen, auf unsere Art. Meine Tante ist zurück nach Frankreich gegangen, mein Onkel hat sich einen anderen Namen zugelegt. In dieser Generation ist das wohl noch verständlich. Aber ich meine, in unserer Generation«, er lächelt und blickt mich vielsagend an, »in unserer Generation, Frau Dr. Gilles, müssen wir der Wirklichkeit in die Augen sehen. Mein Cousin Daniel war dazu leider nicht in der Lage. Er ist daran zerbrochen. Es ist traurig, schmutzig geradezu. Aber auch das werden wir mit Würde zu tragen wissen.« Er sagte *wir*, aber er meinte *ich*.

Ich lasse Grüße ausrichten an den Onkel, beste Genesung, an Tante Irène, an die Honigblonde und fliehe aus der Wohnung, als hätte ich mir die Fußsohlen verbrannt. Ich verstehe nicht, wer mit wem wie verwandt ist in dieser Familie, wer warum welchen Namen trägt, ich will auch nicht verstehen, warum es ein Glück sein soll, ein unvollendetes Glück, daß Daniel seine Mutter erschoß und seinen Vater verfehlte.

Aus dem Ekel, der meine Schritte direkt nach Hause

lenkt, löst sich ein Bild, schwimmt vor mir auf der Straße. Meine keifende Mutter steht im Gang unserer Wohnung in Münster, schreit Großmama an, wie sie mich nur auf diese Reise hätte mitnehmen können, ob es nicht reiche, zu sein, was sie sei, ob sie auch noch stolz darauf wäre, mir die Rue Greuze als Tradition in den Schoß zu legen. Da habe ich den Ausdruck zum ersten und einzigen Mal gehört, den Irène Abetz nicht ausgesprochen hat, *poule à boches*. Großmama standen Tränen in den Augen, die Augen meiner Mutter waren glasklar und blau und hart. Sie war so selbstgewiß, als sie ihre Schwiegermutter bespuckte. Irène hatte recht, es hat mehr Französinnen gegeben, als man denkt, die sich mit einem deutschen Soldaten eingelassen haben. Ich hatte Großmamas Hand genommen. Ich glaube, sie wollte nur noch einmal in die Stadt, in das Arrondissement, ich glaube, sie hatte Angst, dorthin allein zu gehen.

Als ich nach Hause komme, blinkt das Band. Tinas aufgeregte Stimme sagt, nicht nur der Degas und der Rest der Sammlung Abetz seien Fälschungen, sondern auch Alexander Abetz selbst. Es sei in gewissen Kreisen (was immer das auch heißt?!) bekannt, daß er, nicht unbegabt, die Bilder selber male. Er sei mit Hitlers Botschafter und den *années noires* sowenig verwandt wie sie oder ich, er stamme einfach aus irgendeiner Familie, die Abetz heiße ... Solche Leute seien ein gar nicht so neues Phänomen, und daß es sogar einen Ausdruck dafür gäbe ...

Verena Carl

Schlachtensee

estern nacht habe ich zum ersten Mal seit langer Zeit wieder von meinem Großvater geträumt. Wir fuhren mit dem Zug und mußten mehrmals umsteigen. Ich hatte eine Menge Gepäckstücke dabei, abgewetzte Taschen und Schachteln, die aussahen, als hätten sie schon einen weiten Weg zurückgelegt. An jeder Station versuchte ich, unauffällig eine davon auf dem Bahnsteig stehenzulassen. Der Traum muß noch weitergegangen sein, aber das Klingeln eines Telefons schnitt den Film in meinem Kopf einfach durch.

Die Bahnhofsuhr zeigt sieben Minuten nach drei. Berger hat nicht verstanden, warum ich unbedingt mit der S-Bahn zum Flughafen fahren wollte, und hat sich ein Taxi gerufen. »Was sind Sie denn so stur, so brauchen Sie ja ewig nach Tegel. Lassen Sie uns lieber in der Lounge noch einen trinken auf Ihren neuen Job.« Und als ich nicht gleich antwortete: »Außerdem haben wir's eilig, junge Frau.«

Ich habe abgelehnt. Ich brauche diesen letzten Blick auf Berlin, meinen Abschiedsblick. Und dabei kann ich keinen Begleiter brauchen. Heute war meine letzte Baustellenbegehung, künftig betreut Berger die Neubausiedlung am Rand des Grunewaldes. In ein paar Stunden werde ich zurück sein in meiner Wohnung in Köln, in der sich schon die Kisten auf dem Flur stapeln mit allem, was eingelagert werden soll. Und dann noch drei Tage bis New York: wieder eine neue Arbeit, wieder eine neue Stadt. Kein neues Leben, das nicht. Man kann seine Existenz nicht einfach wegwerfen wie einen leeren Plastikbecher. Aber ein Leben mit

Reggie, in einem Appartement auf der Lower East Side mit einem rissigen Holzboden, der mir Splitter unter die Haut treibt, wenn wir dort am Nachmittag auf allen vieren die Sonnenflecken jagen. Reggie mit seiner Haut, von der ich nicht genug kriegen kann, mit einer Farbe wie Sand in der Dämmerung. Reggie mit seinen hellen Handflächen, die immer frisch gewaschen aussehen.

Ich gehe ein paar Schritte auf und ab, trete mit der Schuhspitze nach einer Zigarettenkippe, finde einen benutzten S-Bahn-Fahrschein in meiner Manteltasche und drehe ihn zu einem Röhrchen zusammen. An jedem Ende des Bahnsteiges steht ein orangefarbener Automat, in der Mitte ein gefliestes Häuschen mit dem Wort »Fahrausweise« in Frakturschrift. Das Sichtfenster ist mit Brettern vernagelt. Mein Blick wandert nach oben und bleibt an einem Schild über der Wartebank hängen: Buchstaben auf Email, die sich zusammenfügen zu einem Wort, das ich kenne, einem Namen aus dem Fotoalbum in der Schrankwand meiner Großmutter. »Schlachtensee, 1938« steht dort mit einem weißen Stift auf schwarzem, verstärktem Papier geschrieben, unter sepiafarbenen Fotos mit gezacktem Rand, auf denen ein Baby im Kinderwagen zu erkennen ist. Im Hintergrund ein Baum mit gebeugter Krone, eine Villa mit einem halbrunden, von Säulen umstandenen Vorplatz.

Ich frage mich, ob meine Großmutter manchmal auf diesem Bahnsteig in Schlachtensee an diesem Schalter angestanden hat, im Kinderwagen ein Baby, das später meine Mutter werden sollte, an der Hand ein kleines Mädchen, meine Tante Ingeborg. Ob sie sich hier eine Fahrkarte zur Friedrichstraße kaufte. Ein Bummel Unter den Linden, ab und zu auch auf einen Sprung zu ihrem Mann ins Büro am Pariser Platz mit Blick aufs Brandenburger Tor, wo Ingeborg auf einem Drehstuhl durchs Zimmer sausen durfte, Kekse und Kakao bekam. »Speer«, sagte sie, ich habe die Stimme meiner Großmutter noch im Ohr, wenn sie neuen

Bekannten das Haus in Freiburg zeigte, den Wintergarten, die Sauna im Keller, »mein Mann hat das selbst entworfen, mein Mann war Angestellter bei Albert Speer.« Als ich vor zwölf Jahren angenommen wurde an der Uni, schenkte sie mir einen Kasten mit altmodischen Zeichengeräten. »Damit hat Heinrich gearbeitet« sagte sie, und: »Du als Architektin, dein Großvater wäre stolz auf dich gewesen.« Ich fragte mich, warum ausgerechnet dieses Kästchen den Krieg überstanden hatte, die überstürzte Abreise meiner Großmutter mit ihren Töchtern ins Salzkammergut, später die Flucht vor den nachrückenden Russen nach Bayern, während ihr Mann in Berlin blieb, in Kriegsgefangenschaft geriet, krank wurde, eines Abends aus dem Transportzug nach Osten geworfen wurde wie überflüssiger Ballast und mit letzter Kraft einen Fußmarsch zurück nach Deutschland überlebte.

Die Frage nach dem Kästchen war vielleicht die unwichtigste unter den vielen Fragen, die ich seit Jahren nur noch mir selbst stelle. Als Teenager hatte ich ein paar Anläufe genommen, ermutigt von meinem Geschichtslehrer, von meinem Konfirmandenpfarrer: »Oma, was habt ihr gewußt, was habt ihr getan?« – »Warte nur«, das war ihre Antwort, »warte nur, bis du einmal eigene Kinder hast, dann wirst du alles verstehen.« Wenn ich mich nicht damit abspeisen ließ, klagte sie abends über Kopfschmerzen, und dann schlich meine Mutter durchs Haus, schloß leise eine angelehnte Tür hinter sich und warf mir dabei einen vorwurfsvollen Seitenblick zu. Später, als ich erwachsen wurde und aus dem Haus ging, kamen die Herzrhythmusstörungen dazu, die Lähmungserscheinungen, die Atemnot. Nun ist meine Großmutter seit drei Jahren tot, mein Großvater seit über zwanzig Jahren, und der Gedanke an eigene Kinder paßt nicht in mein Leben, schon gar nicht jetzt.

Schon immer habe ich mich in Berlin nach einem Ort gesehnt, an dem ich mich zu Hause fühlen würde. Ich meine damit nicht, daß ich in Berlin hätte leben wollen. Auf der Rückseite meines Personalausweises kleben Etiketten mit Stadtwappen übereinander wie die Bodenschichten einer Ausgrabungsstätte. Freiburg, München, Göttingen, Köln, nicht aber Berlin. Die Sehnsucht setzt immer erst ein, wenn ich dort zu Besuch bin.

Früher, noch zu DDR-Zeiten, kam ich meistens mit dem Zug, und schon die südlichen Vororte machten mich sentimental: die silbrige Morgensonne auf einem See, kopfsteingepflasterte Bürgersteige, Frauen mit Pferdeschwänzen und teigigen Armen. Ich malte mir eine Kindheit aus, die es so nie gegeben hatte, dachte an frische Brötchen, an Walderdbeeren und Pflaster auf den Knien von Fahrradstürzen auf dem Kopfsteinpflaster, und dann verfing sich mein Blick an einem offenen Fenster, und ich wünschte mir, es wäre mein Kinderzimmer gewesen.

Mittlerweile fahre ich kaum noch Zug, ich fliege, seit letztem Jahr sogar mehrmals wöchentlich, morgens hin, abends zurück. Natürlich könnte ich mir in Tegel ein Taxi zur jeweiligen Baustelle nehmen, aber wenn die Zeit es zuläßt, steige ich immer in die S-Bahn. Ich durchquere die Stadt entlang ihrer Narben, vorbei an immer neuen Kranformationen, und wenn die Bahn so nah an den Häusern vorbeifährt, daß ich einen Blick in die Wohnungen werfen kann, dann ist sie wieder da: die Sehnsucht, der Wille, beinahe mit jeder einzelnen dieser Gestalten zu tauschen, die dort an ihren Küchentischen sitzen oder in zerwühlten Betten liegen.

Nach dem Krieg trafen sich meine Großeltern in Bayern wieder und zogen nach Freiburg, wo mein Großvater ein Architekturbüro gründete. In der Zeit des Wiederaufbaus war das fast so viel wert wie eine Lizenz zum Gelddrucken. Daß er bei Hitlers Leibarchitekt gelernt hatte, scheint ihm keiner angekreidet zu haben – wahrscheinlich galt es als gute Referenz. Bald danach heiratete Tante Ingeborg einen

Lehrer (sie sagte: Oberstudienrat), dessen Familie aus Ostpreußen kam. Und meine Mutter lernte später einen Ingenieur aus Hamburg kennen. Meinen Vater.

Ich selbst bin in Freiburg geboren, in Freiburg zur Schule gegangen und habe bis zu meinem zwanzigsten Lebensjahr dort gewohnt. Doch ob Weinfest oder Fasnacht, nie fühlte ich mich, als würde ich dazugehören. Es war nicht so, daß meine Eltern etwas gegen Traditionen gehabt hätten. Sie interessierten sich schlicht nicht dafür, wußten nicht, zu welchem Feiertag man Linzer Torte servierte oder wo man sich beim Rosenmontagsumzug am besten hinstellte. Meine Lehrer fragten mich häufig, wo ich herkam, und auch später, in München, Göttingen oder Köln, machte man mir häufig Komplimente für meine Sprache. Sie war wie eine klare Flüssigkeit, in der nicht ein Dialektbröckchen schwamm, und ich sagte: Muttersprache. Aber ein wenig lag es auch an meinem Vater, daß ich niemals heimisch wurde. Meinem norddeutschen Vater, der beharrlich »Freiburch« statt Freiburg sagte. Meinem Vater, der den Wind vermißte und den weiten Blick und das Wattenmeer mit seiner Farbe wie Flüssigbeton. Als er kurz vor meinem zehnten Geburtstag eines Abends seine Hemden und eine Seifenschale einpackte und ging, verließ er weniger seine Familie als eine ungeliebte Stadt. Er ging zurück nach Hamburg, so wie man zu einer Jugendliebe zurückkehrt. Das war es, was meine Mutter mehr verletzte als alles andere. »Heimat«, sagte sie und sprach das Wort aus wie ein Schimpfwort, »Heimat ist doch bei den Menschen, die man liebt.«

Die Tür öffnet sich mit einem müden Zischen und läßt einen Balalaikaspieler ein. Der Wagen ist neu, mit Musterpolstern und einer Digitalanzeige für die Namen der nächsten drei Stationen. Ich vermisse die S-Bahnen mit Holzbänken, die noch vor zehn Jahren durch Berlin gerattert sind, jedes Rumpeln, jeder Stoß eine Verortung. In so einem Zug würde ich gerne mit Reggie sitzen, um ihm Berlin zu zeigen.

Wir haben uns in einem Club kennengelernt. Es war der Abend nach meinem Vorstellungsgespräch. Ich kannte niemanden in New York, war hin- und hergerissen zwischen Enttäuschung und Euphorie, ich wollte nicht allein sein, aber eigentlich wollte ich auch mit niemandem sprechen.

»Was denken Sie über die zeitgenössische Bauweise in Deutschland?« hatte der Chefarchitekt mich gefragt, und ich hatte von Projekten in Ostdeutschland erzählt, von ganzen Straßenzügen, die historischen Vorbildern nachgebaut wurden, hatte das Ganze »a ridiculous kind of Disneyland« genannt und dann von der Bauhaus-Tradition geschwärmt und wie man sie weiterführen könnte, ohne wieder bei Sechziger-Jahre-Zweckbauten zu landen. Je schneller ich sprach, desto weniger sagte er.

Als ich das Büro verließ und wieder auf die Avenue of the Americas trat, war es fast acht Uhr, und ich fragte einen Taxifahrer, wo ich jetzt ein Bier und etwas Abwechslung bekommen könnte. »Waren Sie schon einmal bei einem Poetry Slam?« fragte er zurück, und so landete ich schließlich auf der Stufe einer Feuerleiter bei den Dichtern im Nuyorican Poets Cafe, gerade als Reggie die Bühne betrat und seine Finger zart an das Mikrophon legte. Ich war so offen an diesem Abend, daß seine Worte einfach in mich hineintropften, Zeilen über eine Großmutter, die vor dem Zubettgehen fremde, weiche Worte sang, über den Geruch von Brotfruchtbäumen und die Farben des Himmels, wenn ein Sturm aufkam. Ich fühlte mich ihm nah, und ich dachte mir, es ist egal, was in deinem Paß steht, es sind ja doch überall die gleichen Dinge, die Menschen zum Weinen bringen. Später, in der Pause, kam er direkt auf mich zu, legte eine Hand auf meinen Arm und sagte: »Ich habe dich gesehen, die ganze Zeit.« Stellte sich nicht vor, fragte nicht, ob ich einen Drink wollte, so wie es Amerikaner sonst tun. Reggie war nicht wohlerzogen, keinen Moment lang.

Am nächsten Morgen kannten wir unsere Körper, am nächsten Abend unser Leben, skizzenhaft, im Schnelldurchlauf. Ich rief im Hotel an, der Portier hatte ein Fax für mich, nach einigem Hin und Her las er es mir am Telefon vor: »...would be pleased to offer you the job.« Reggie und ich liefen drei Blocks zu einem Liquor Store, um etwas zum Anstoßen zu kaufen. Die Nachricht, daß ich bald in New York leben würde, ließ ihn nicht zögern, nicht ängstlich werden, machte ihn nicht einmal stiller. Er hielt mich an der Hand, verfiel immer wieder in einen Hüpfschritt und sagte zwischendurch Dinge wie: »Woman, this is fate.« Schicksal, dachte ich, das ist ein großes Wort, darunter paßt so vieles. Im bleichen Licht des Ladens studierten wir kalifornische Sektsorten. Die Flaschen waren in Papier eingeschlagen wie Geschenke. Später, wieder im Bett, lehnte er sich zurück, entblößte seine Achselhöhlen, verschränkte die Hände hinter seinem Kopf.

»Dein Großvater war also auch Architekt«, fragte er, »was hat er denn gebaut?« Draußen im Gang rüttelte der Wind an einer Tür.

Nach dem Tod meines Großvaters und der Scheidung meiner Eltern, als ich zwölf oder dreizehn war, wollte meine Mutter noch einmal die Orte ihrer Kindheit besuchen. Wir fuhren zu viert: sie und ich, Tante Ingeborg und meine Großmutter. In Tiroler Dörfern staunten wir über die Lüftlmalereien an den Fassaden, wir aßen Schweinshaxen in bayerischen Gasthäusern, wir fotografierten uns gegenseitig vor Wegkreuzen, wir benahmen uns wie Touristen. Meine Großmutter erzählte, wie der Großvater sie und die Kinder fortgeschickt hatte aus Berlin, im Bombenjahr 42, so nannte sie es, und wie sie im Sommerhaus eines Studienfreundes untergekommen waren. Später dann die Flucht, Zwangseinquartierung, Hunger, und Tante Ingeborg sagte ein ums andere Mal: »Aber im Grunde hatten wir's ja noch gut« und erzählte, wie sie 1948 zu Weihnachten schließlich der Brief des Vaters erreicht hatte, sein erstes Lebenszeichen nach Jahren. Geschichten, die ich schon damals kannte, Geschichten, die mir heute vorkommen wie ein hell erleuchteter Gang, auf dem meine Verwandten sich durch ein düsteres Gebäude bewegten. Meine Mutter stand vor ihrer alten Dorfschule und nickte, als müßte sie sich selbst von etwas überzeugen.

Auch in Berlin taten wir die gleichen Dinge wie amerikanische Touristen, gingen ins Theater des Westens, bummelten auf dem Ku'damm, aßen Eisbecher im Kranzler.

»Wir haben's ja noch gut«, sagte Tante Ingeborg wieder, »wir können einfach hierherreisen, anders als mein Herbert, der kann nie wieder zurück nach Gumbinnen.« An einem Abend fuhren wir mit dem Taxi nach Schlachtensee und standen vor dem Tor der Villa mit dem halbrunden, säulengeschmückten Eingang, den ich von Fotos kannte. Ein Hund begann zu bellen, und meine Mutter wich einen Schritt zurück. Im zweiten Stock der Villa ging ein Fenster auf, ein gelbes Viereck in der Herbstnacht, und da hatte ich zum ersten Mal diesen beinahe wütenden Wunsch nach einem Ort in Berlin, an dem ich zu Hause sein konnte, so als hätte ich ein Anrecht darauf. Damals wußte ich noch nicht, was ich riskierte, wenn ich von dem Weg abwich, den die Geschichten der Großmutter und der Tante vorzeichneten. Sicherheit gab es nur um den Preis des Schweigens.

»Mann, Mann, Mann«, sagt Berger, die Nase etwas gerötet von dem leeren Fläschchen, das vor ihm auf dem Marmorimitattischchen der Flughafen-Lounge steht, »Sie haben wohl die Ruhe weg«, und ich frage: »Warum, sind wir schon aufgerufen worden?«, und er: »Nein, aber das liegt ja wohl einzig und allein daran, daß die hier mit ihren Feierabendstarts nicht zurechtkommen. Servicewüste Deutschland.« Danach sagt er noch etwas, das ich nicht mehr verstehe, denn ich bin schon beim Kreditkartentelefon, habe bereits die Nummer gewählt, die ich seit acht Wochen auswendig kann. Ein fremder, hoher Ton, ein amerikanisches Freizeichen, zweimal, dreimal, fünfmal.

»Was ist«, fragt Reggie verschlafen, »wer ist denn da?«

»Ich bin's, aus Berlin. Ich wollte nur sagen, es sind jetzt weniger als hundert Stunden.«

Wir reden ein bißchen, sagen, daß wir einander vermissen und daß unser Leben erst jetzt beginnt, was man eben so sagt, wenn man sich eigentlich nicht ganz sicher ist.

»Ich weiß schon, wo du einkaufen gehen kannst, wenn du hier bist«, erzählt Reggie, »ich habe ein Deli zwei Blocks weiter gefunden, in dem sie dunkles Brot verkaufen, sie nennen es ›German loaf‹.«

Für einen Moment ist es still in der Leitung.

»Kennst du das«, frage ich, »fühlst du dich auch manchmal wie in der Fremde, obwohl du in dem Land lebst, in dem du geboren bist? Möchtest du manchmal nach Hause und weißt nicht, wo das sein soll?«

»Was meinst du damit?«, fragt er.

Ich will zu einer Erklärung ansetzen, irritiert, daß er mich nicht versteht, aber dann merke ich, daß die Worte nicht herauswollen, so als schämten sie sich. Und auf einmal weiß ich auch, warum. Denn der Großvater meines Großvaters ist nicht auf einem Sklavenmarkt verkauft worden. Und meine Großmutter hat auch nie im hinteren Teil eines Busses sitzen müssen, weil der vordere Teil für die Herrenmenschen reserviert war.

»Vergiß es«, sage ich schwach, und auf einmal habe ich Angst, Angst vor einer fremden Stadt, einer fremden Sprache und davor, für immer auf der falschen Seite zu stehen.

»Na dann, hab eine gute Reise«, sagt Reggie förmlich, und ich sage: »Danke, bis dann«, und lasse den Hörer auf die Gabel fallen, als sei er plötzlich sehr heiß geworden.

Heute morgen noch war mein Traum mir entglitten so wie ein Glas, das in zu viele Teile zersplittert, um es kleben zu können. Doch jetzt sehe und spüre ich sie wieder ganz deutlich: meine Erleichterung, wenn ich einen Zug bestieg und wieder eine der schäbigen Reisetaschen hinter mir gelassen hatte, meine Enttäuschung, wenn ich in das Gesicht meines Großvaters sah. Immer wieder bat er mich, nein: befahl mir regelrecht, auszusteigen und die Gepäckstücke ins Abteil und auf die Ablagen über unseren Köpfen zu hieven. Ich verließ jeden Bahnhof mit mehr Ballast.

Georg M. Oswald
Das Loch

Als der Führer in seinem Bunker in Berlin den Heldentod starb, grub mein Onkel Otto in seinem Vorgarten in Moosach ein Loch. Groß war das Loch, das mein Onkel Otto grub. So groß und geräumig, daß der tote Führer bequem darin Platz gefunden hätte.

Das mag auch der Grund gewesen sein, warum mein Onkel Otto das Loch nur sehr widerwillig grub und wohl das Graben sofort eingestellt hätte, wäre nicht seine Frau, meine Tante Sophie, hinter ihm gestanden und hätte auf dem Graben des Loches bestanden.

»Der Führer ist in seinem Bunker in Berlin den Heldentod gestorben, der Amerikaner steht in Garmisch, und du gräbst jetzt ein Loch!« muß sie, begabt mit praktischer Vernunft, wie sie war, zu meinem Onkel Otto gesagt haben.

Und entweder schweigend oder murrend, entweder mit verzweifeltem oder finsterem Blick, ist mein Onkel Otto hinausgegangen in den Garten, hat einen Spaten genommen und zwischen den Gemüsebeeten begonnen, das Loch, um das es hier geht, zu graben. Und weil meine Tante Sophie nicht nur mit praktischer Vernunft begabt, sondern auch mit – wie man so sagt – gesundem Mißtrauen ausgestattet war, ist sie meinem Onkel Otto nachgegangen und hat sich hinter ihm aufgestellt und hat dabei vielleicht sogar die Fäuste in die Hüften gestemmt.

Denn wenn zu jener Zeit auch nicht sicher war, was die nächste Stunde und was der nächste Tag bringen würde – sicher war, daß mein Onkel Otto jetzt und sofort und auf der Stelle ein Loch graben mußte. Und zwar ein großes

Loch. Am besten ein sehr großes Loch. Und entweder schwieg mein Onkel Otto, als er das Loch grub, oder murrte mein Onkel Otto, als der das Loch grub. Und entweder mit verzweifeltem oder mit finsterem Blick grub mein Onkel Otto das Loch.

Vermutlich war ihm dabei die Vorstellung äußerst unangenehm, die Nachbarn könnten ihn beobachten. Denn hätten ihn die Nachbarn dabei beobachtet, wären sie sicher schadenfroh gewesen oder sogar zornig geworden.

»Grab es nur recht tief, das Loch, damit du auch noch mit hineinpaßt!« hätten die Nachbarn möglicherweise sogar gerufen, hätten sie ihn beim Graben des Loches beobachtet.

Richtiggehend Angst hätte er bekommen müssen vor den Nachbarn, mein Onkel Otto – denn immerhin war er ja jahrelang der Blockwart gewesen –, aber dazu hatte er jetzt gar keine Zeit, denn der Führer war in seinem Bunker in Berlin den Heldentod gestorben, der Amerikaner stand in Garmisch, und deshalb mußte er jetzt ein Loch graben – gleich, was die Nachbarn dachten.

Und irgendwann, nach einer halben oder einer ganzen Stunde, sagte meine Tante Sophie: »Das reicht.« Und das Loch war groß genug und fertig.

Und mein Onkel Otto und meine Tante Sophie gingen ins Haus. Und mein Onkel Otto legte seine Hakenkreuzbinde und seine Parteiabzeichen auf die Uniform. Und er nahm das Bild des Führers, der in seinem Bunker in Berlin den Heldentod gestorben war, von der Wohnzimmerwand und legte es auf die anderen Sachen. Und als er »Mein Kampf« aus dem Bücherschrank nahm, sagte meine Tante Sophie: »Das nicht, das war unser Hochzeitsgeschenk von der Partei«, und nahm es an sich.

Und dann gingen mein Onkel Otto und meine Tante Sophie wieder hinaus in den Vorgarten, zwischen die Gemüsebeete, wo das Loch war, und legten alles hinein.

Und dann schaufelte mein Onkel Otto das Loch wieder

zu, trat die Erde darauf fest und verteilte die Erde darauf so gleichmäßig, daß keiner je im Leben auf die Idee gekommen wäre, an dieser Stelle hätte sich einmal ein Loch befunden.

Mein Onkel Otto und meine Tante Sophie haben dann später nie wieder von dem Loch gesprochen. Nicht miteinander und schon gar nicht mit anderen.

Wer spricht auch schon von so einem Loch. Was kann man von so einem Loch auch schon groß sagen. Wer will sich auch schon an so ein Loch erinnern. Und wer versteht denn heutzutage auch noch, was so ein Loch bedeutet.

Erst viele Jahre später, als mein Onkel Otto bereits lange tot war, ging meine Tante Sophie einmal an die Küchenvitrine und holte hinter den Tellern ein Buch hervor und zeigte mir das »Hochzeitsgeschenk von der Partei«, wie sie es immer noch nannte. Und dann erzählte sie mir mit ganz leiser Stimme – so als sei jemand hier, der sie nicht hören dürfe – die Geschichte, wie mein Onkel Otto in seinem Vorgarten in Moosach das Loch gegraben hatte.

Arne Rautenberg

Der Schatten des Falters im Zimmer

Amerika

Will man es Glück oder Pech nennen, daß meine Urgroßmutter am 24. August 1904 einen Dampfer nach Amerika bestieg? Sie war keine neunzehn und erträumte sich, tagelang auf den weiten Horizont sehend, ein neues, größeres Leben.

Will man es Glück oder Pech nennen, daß sie nachts den Drang aufs Oberdeck hatte, um in den wunderbar klaren Sternenhimmel zu sehen? Ihr war, als funkelten tausend Augen ihr zu, voller Verheißungen zwinkerten und plinkerten sie: Wart nur ab …

Will man es Glück oder Pech nennen, daß sie diese verdammten Röcke verfluchte, unter deren Säume die kalte Luft zog, sie frieren ließ, wo sie Wärme am nötigsten zu haben glaubte?

Will man es Glück oder Pech nennen, daß sie sich nur zu gern in der Nacht vor dem Schornstein, dem warmen, rumtrieb und dort sogar ihre Röcke hob?

Und will man es Glück oder Pech nennen, daß bisweilen der Heizer vorbeikam, um nach dem Rechten zu sehen; daß er beim Anblick meiner Urgroßmutter seinen Augen nicht traute, bis seine Hände ihm das Vertrauen in seine Sinne zurückgaben?

Will man es Glück oder Pech nennen, daß meine Urgroßmutter amerikanischen Boden niemals betreten hat? Daß sie mit dem Dampfer zurück nach Deutschland fuhr, den Heizer heiratete, ihm sieben Kinder gebar?

Kind eins wurde als Mädchen von der Straßenbahn überfahren.

Kind zwei wurde Soldat und verschwand im Krieg irgendwo an der Newa.

Kind drei heiratete einen Mann, der sich als Kriegsinvalide im Krankenhaus eine Krankenschwester anlachte, worauf Kind drei den Gashahn aufdrehte.

Kind vier sprang dreizehnjährig überhitzt ins kalte Fördewasser und starb.

Kind fünf zeugte meine Mutter, kam als Kriegsinvalide zurück und nahm sich 1979 das Leben.

Kind sechs heiratete passabel, liebte seinen Kleingarten und wurde alt.

Kind sieben geriet in englische Kriegsgefangenschaft, arbeitete danach weiter beim Engländer, wurde dort als Kaufmann angelernt, wurde älter als Kind sechs und starb kurz vor diesen Aufzeichnungen.

VON KIND FÜNF, MEINEM GROSSVATER

1946 sah meine Mutter an der Hand meiner Großmutter zu dem blassen Mann hoch, über den sie viel gehört, den sie aber selten gesehen hatte. Wenn sie ihn gesehen hatte, hatte er meist im abgedunkelten Zimmer gelegen. Man sagte ihr, er sei ihr Vater. Meine Mutter war vier Jahre alt, hatte auffallend blonde Locken, für die sie von Erwachsenen geliebt, von Kindern gehaßt wurde, und obwohl man es ihr verboten hatte, traute sie sich auf die Straße zu den Russen, um eine Feinbrotschnitte mit Butter und Zucker zu schnorren.

Hier standen sie im kühlen Entree des Stifts Bethlehem in Ludwigslust. Drei Menschen. Die Enttäuschung war groß; obwohl der Krieg seit einem Jahr vorbei war, war er nur ein anderer geworden. Jeder führte ihn fortan unerbittlich für und gegen sich selbst. Das Kind gegen die Nachbarskinder, die Frau gegen den Kochtopf, der Mann gegen die Versuchung, dem bohrenden Tod in seinem Körper entgegenzukommen. »Komm nur«, säuselte eine Stimme in ihm, so leuchtend und restwarm wie ein Sonnenuntergang, »morgen bist du sorgenfrei. Aber du mußt schon sorgenfrei sein wollen. Ohne deinen Willen loszulassen, kannst du nicht zu mir kommen. Du mußt wollen, nur wollen, komm, laß ab, komm doch, laß los, komm nur, komm ...«

Wie dieses Unglück begann? Anfangs lief alles in unauffälligen Bahnen, mein Großvater war, der Familientradition entsprechend, Sozialdemokrat, zudem gelernter Dreher, der auf der Howaldtswerft ohne zu murren seinem Beruf nachging. Fand er nicht in seiner Heimatstadt eine Frau, zeugte mit ihr ein Kind, unterhielt eine kleine Wohnung in der Barkauer Straße und war zufrieden mit sich, seiner Umwelt, seinem Schicksal?

Und wurde nicht mit einem Ruck ein Schalter umgelegt, der die Balance seines Lebensgefühls aus drehbaren Tönen und festen Gesetzen ins Ungleichgewicht brachte? Ganz neue Töne, neue Gesetze kamen auf, mächtig wie die Klänge der Hammerschläge, welche nachts übers ebene Fördewasser hallten. Dann mußte er an Kriegsschiffen bauen, immerhin befreit vom Frontdienst, aber 42 griffen sie ihn, den Schmächtigen, doch und schickten ihn an die Ostfront. Fortan führte er sein Leben mit einem ungeahnten Widerstreben; er begann in seinem Inneren letzte Reserven aufzutürmen wie Dosen in einer Jahrmarktsbude. Sie warteten nur darauf, daß ein gut geworfener Lederball sie zum Einsturz brachte.

Er spuckte Blut auf die 14. Infanterie-Division. Er spuckte Blut auf die Sumpfniederungen um Brzozowo und Goniądz. Er spuckte Blut auf die sowjetische Sommeroffensive des Jahres 1944. Er spuckte Blut auf die Abwehrkämpfe, die die deutschen Truppen 400 Kilometer zurücktrieben, in eben jene Sumpfniederungen vor der ostpreußischen Grenze.

Und er spuckte Blut auf den Falter, der, während er im bösen Bett liegen mußte, Nacht für Nacht, Sperrstunde für Sperrstunde, um die Petroleumlampe flatterte. Er spuckte Blut auf den Schatten des Falters, der die Zimmerwände in aller Seelenruhe beben ließ und ihn wieder in die Sümpfe schickte. Denn die Sümpfe hatten vier Wände. Und auf den Wänden der Sümpfe bewegten sich Schatten. Einer hatte ihn erwischt, ein anderer ihn gerettet.

Er lag da und fragte sich, wie das kam, daß er einfach nur dalag, das Gesicht im sauren Boden, die Hände im Bleichmoos. Erst fühlte er nichts, dann wurde es warm in seiner Brust, und als er Blut an seinen Händen hatte, fraß ihn der Schmerz.

Kameraden schafften ihn auf einem Schlitten davon.

Die Verwundeten, die im Norden des Reiches zusammenkamen, schickte man in die Lazarette des Südens. Die Verwundeten, die im Süden des Reiches zusammenkamen, schickte man in die Lazarette des Nordens. Irgendwo in der Mitte, im bösen Herzen des Reiches, pulsierten die Verwundeten wie zerstörte rote Blutkörperchen aneinander vorbei.

Erdbeeren und Ofenrohre

Als mein Großvater seinen Dienst an der Ostfront antrat, begannen die Alliierten, seine Heimatstadt aus der Luft zu bombardieren. Meine Großmutter wanderte mit ihrem

Säugling, meiner Mutter, zu ihrer Mutter, einer arbeitsamen Frau, die in einer Kleinstadt in Mecklenburg ein altes Haus mit einem bronzenen Türklopfer in Form eines Löwenkopfes besaß.

Längst war auch sie eine gebeutelte Person. Obwohl ihr von ihrem ersten Mann übel mitgespielt worden war und sie ihren zweiten Mann während des Krieges in Italien verloren hatte, versteckte sie unter ihrer verhärmten Schale einen freundlichen Kern, den spüren konnte, wer sich genug darum bemühte.

Platz im alten Haus gab es reichlich. Und friedlich war es obendrein. Meine Mutter lernte laufen und ging mit den Kindern der Nachbarschaft im Sommer an den See zum Baden oder lungerte in den Erdbeerbeeten des Schrebergartens herum. Im Winter, wenn es eisig wurde, saß man mit den Nachbarn in der kleinen Stube, heizte ein, scharte sich um die Wärme, machte Handarbeiten und erzählte. Erst wenn das Ofenrohr glühte, wurde es richtig schön mollig. Die schlummernden Kinder pinkelten vor Gemütlichkeit in ihre Strumpfhosen.

Die Mutter meiner Großmutter erwies sich als Glücksfee, denn sie kochte für ein Kinderheim und bereitete Übriggebliebenes oder Abgezwacktes für ihre Familie daheim auf. Ihre Muskartoffeln mit Pfannensauce blieben Legende; sie ließ Speck aus, gab Fett zu, ließ Mehl in der Pfanne braun werden, gab Zucker bei, machte im Muskartoffelklacks auf dem Teller ein Nest und gab die dunkle Einbrenne hinein. Keiner, der nicht den Teller ableckte.

Mitten im Hochsommer wurde Hamburg derart bombardiert, daß die Rauchsäule noch hundert Kilometer östlich in Mecklenburg zu sehen war. Die Leute aus der Kleinstadt stiegen auf den Burgturm und sahen sich schweigend die Rauchsäule der in Flammen stehenden Großstadt an. Es dauerte nicht lange, dann bummerte von der anderen Seite die Artillerie der Russen, unaufhaltsam rückten sie vor, man fürchtete sich vor den abgerissenen Barbaren, die

Frauen begannen die Hygiene einzustellen, steckten sich Kissen unter die Kleidung, um Buckel zu imitieren, zogen sich Kopftücher tief ins Gesicht und blickten bei ihren Gängen zu Boden und aus den Augenwinkeln.

Noch weiter östlich soll es schlimmer, viel schlimmer gewesen sein. Doch der Krieg fand auch in dieser Kleinstadt sein unvorstellbares Ende. Immerhin konnte noch das Vorratslager des Fliegerhorstes geplündert werden. Meine Großmutter ergatterte einen nagelneuen blaugrauen Fliegermantel, aus dem sie für meine Mutter einen Kindermantel nähte, zudem etliche Sockenpaare, die aufgeräufelt zu warmen Pullovern wurden.

Die Mutter meiner Großmutter kochte nach dem Einmarsch der Russen weiter fürs Kinderheim, Erbsen, Bohnen, Linsen, Eintöpfe vor allem. Meine Großmutter flickte nun russische Uniformen in der Schneiderstube vor dem Schloß, der alten Parteistube. Und meine Mutter bekam von den Russen den blonden Lockenkopf gestreichelt und ein Feinbrot mit Butter und Zucker.

Sechzehn minus acht

»Geht es?« fragte meine Großmutter vor dem Hospital. Kaum, daß er sich an ihr festhalten konnte.

»Das darf nicht so bleiben, so kann ich nicht leben.«

Es ist, als hätten sie ihm auf der Seite, wo sie ihm acht Rippen entfernt hatten, statt dessen sechzehn Gewichte ins Fleisch gehängt, die ihn für immer zu Boden ziehen wollten.

Im Hospital war die Situation nach der Rippensektion äußerst kritisch geworden. Sein Zustand hatte sich derartig verschlechtert, daß der Oberarzt einen Feldwebel anweisen mußte, ihm von Mensch zu Mensch, von Arm zu Arm, Blut zu spenden. Das Blut vom Feldwebel rettete sein Leben.

Vorsichtig, als wäre die Welt ein rohes Ei, setzte er Schritt für Schritt aufs dreckige Pflaster. Seinen Oberkörper bewegte er dabei nicht. Obwohl sein Körper ihm so schwer schien, schien es meiner Großmutter, als schwebe er langsam durch die Straßen Ludwigslusts.

»Mama, warum gehen wir so langsam?«

»Sei still.«

Der Bus war pünktlich. Die Erschütterungen während der Fahrt kamen Erdbeben des Schmerzes gleich. Als er darüber nachdachte, wo er hinfuhr und was das für ihn bedeutete, stellte er gar nicht mal so vorsichtig eine weitere Letzte-Reserve-Dose auf den Dosenturm – ohne daß dieser zusammenfallen wollte.

Er fuhr zu seiner Schwiegermutter. In ihrem Haus gab es eine Erdgeschoßwohung, in der sein Bett stand. Eine Einladung zum Siechen. Als der Krieg vorbei gewesen war, war in diesem Bett sein rechter Lungenflügel vereitert. Die Situation im russischen Sektor ließ über ein halbes Jahr keinen Hospitalaufenthalt zu. Das Bett war böse. Es wartete auf ihn. Und er würde wieder in ihm liegen müssen. Er wußte, daß die langwierige Vereiterung im bösen Bett zur Rippensektion geführt hatte, nicht der Geschoßsplitter, der noch immer in ihm steckte. 45, im Lazarett, hatten sie ihm eine Bülan-Drainage gesetzt, die den Eiter abzog. Neben dem bösen Bett stand nichts dergleichen, da halfen auch die vielen Mullwindeln nicht, die meine Großmutter ihm auf der Wunde wechselte. Nun hatte er acht Rippen verloren, Teile der Lunge eingebüßt. Futsch. Und in der anderen Lungenhälfte steckte noch immer der Geschoßsplitter. Den hatten sie weder im Lazarett noch im Hospital zu fassen bekommen. Zu nah am Herzen.

»Solange er nicht wandert, wollen wir ihn besser lassen, wo er ist«, sagte der Hospitalarzt. Und begab sich auf die Suche nach dem Feldwebel.

Sobald mein Großvater sich ein wenig beweglich glaubte, stapelte er eine weitere Dose auf den wankenden Letzte-Reserven-Turm.

Er sah auf den Lockenkopf seiner Tochter hinunter, welche an seiner Hand neben dem Kinderwagen herlief, in dem sich ein Koffer, Taschen und Beutel befanden. Meine Großmutter hatte einen Wäschesack mit Betten geschultert. Im Kleinstadtbild fielen sie nicht auf, zu sehr hatte man sich an den Anblick von Flüchtlingen und Evakuierten gewöhnt. So schritten sie schweren Schrittes zum Bahnhof.

Wer vom Osten in den Westen wollte, mußte zuerst in den Süden fahren. Warum, wurde nicht gefragt. Die Bahnhofsmission in Magdeburg ermöglichte eine Zwischenübernachtung, meine Mutter schlief, mit vorn heraushängenden Beinen, ihre letzte Nacht im Kinderwagen, Friedland hieß der Grenzübergang, umsteigen, dann rollte der Zug wieder gen Norden.

Zurück in der Heimatstadt, besah man sich mit einem eigentümlichen Gleichmut die neue Übersicht zwischen den Trümmerhaufen. Verschwundene Hausecken, Kirchtürme, Straßenzüge, ganze in Schutt gelegte Stadtviertel nahmen die Erinnerungen an Gesichter, Geschichten mit fort in ferne graue Kammern und verschlossen sie dort für immer. Auch das Haus in der Barkauer Straße hatte es erwischt. Anderntags meldeten sich meine Großeltern auf dem Amt als ausgebombt und evakuiert.

Meistergeheimnis

Für den Übergang vermittelte man ihnen ein Dachgeschoßzimmer in einer Eisenbahnsiedlung zwischen aufgetürmten Möbeln, hinter aufgerissenen Wänden und unter einem undichten Dach. Inmitten des tiefsten Winters konnte dann ein Neubau bezogen werden. Zwei große Zimmer mit einem kleinen Ofen für 40 Mark im Monat. Mit Strom, ohne Sperrstunde und gottseidank ohne Falter, dafür mit einem roten, eiskalten Steinholzboden. Während meine Mutter eines Morgens im hohen Schnee spielte, wurde ihr ein Bruder geboren. Peter.

Der Alltag richtete sich im Elend ein wie die Made im Aas. Mein Großvater bekam eine Invalidenrente von 50 Mark und verkaufte sein Nachtsichtgerät von der Wehrmacht für 20 Mark auf dem Schwarzmarkt, meine Großmutter ging in der Heringssaison für 88 Pfennig die Stunde bei der Fischfabrik Holdorf & Richter arbeiten, die Fische wurden morgens auf dem Fischmarkt gekauft, auf große Holztische gekippt und nach Größe sortiert, dann eingelegt oder zu Rollmops gewickelt. Die nicht gewickelten Rollmöpse nannte man einfach saurer Hering und verkaufte sie etwas billiger. Manchmal wurden die Fische auch in Senf- oder Tomatensauce, Rezept Meistergeheimnis, gelegt.

Meine Großmutter stank, wenn sie von der Schicht nach Hause gelaufen kam, wo ihre Schwiegermutter murrend die Enkel hütete. Obwohl ihr Mann, der Heizer, schon vor dem Krieg an Lungenentzündung gestorben war und sie viele ihrer Kinder verloren hatte, fühlte sie sich nicht allein. Sie nahm die Ruhe schlichtweg als neue Erfahrung und ließ sich ungern darin stören.

»Himmel, was stinkst du wieder!« warf sie meiner Großmutter an den Kopf, wenn sie die Wohnung betrat.

»Na, hör mal«, sagte meine Großmutter. »Die Frauen aus der Fischmehlfabrik an der Alten Lübecker Chaussee, die mußt du riechen. *Die* stinken!«

Von dem Geld wurden Kartoffeln und vor allem Kohlen gekauft. 20 Zentner brauchte man, um einigermaßen durch den Winter zu kommen. Die Briketts heizten nicht so wie die Eierkohlen, aber sie hielten die Glut länger und damit über Nacht. Wenn nur dieser eisige Steinholzbelag nicht gewesen wäre! Schließlich verkaufte der Nachbar seinen häßlichen abgeschabten Teppich für 50 Mark. Zehn Raten, fünf Mark jeden Monat.

Silberne Fische im Flockenwirrwarr

Es wurde Frühling, es wurde Sommer, und der mühsam ergatterte, fern hinterm Wald liegende Schrebergarten erwies sich als fruchtbares Eldorado. Die erste Ernte war gut, Zuckerrüben, Tabak, Rosenkohl, Kartoffeln, der Ziehwagen rollte geölt auf dem weichen Waldboden der Trampelpfade zwischen Wohnung und Garten, Garten und Wohnung. 50 Minuten Fußmarsch pro Strecke. Die Blätter fielen, es wurde eingemacht, es wurde kalt, die ersten Kohlen wurden wieder in den Ofen gefeuert, es wurde kälter, gottseidank hatte man nun den Teppich, dieses scheußliche Ding, es wurde noch kälter, der Keuchhusten kam, nistete sich mit großer Selbstverständlichkeit in den Kindern ein, meist, wenn sie sich nachts in den Betten aufwärmten. Fünf Wochen kommt er, fünf Wochen geht er, hieß es. Und wenn der Winter gut gelaunt war, hatte er auch milde Tage parat.

Doch schlagartig kamen die kalten Tage zurück. Es war halb zwei, und mein Großvater war der erste am Tresen der Bretterbude, an der die Fischräucherei ab 14 Uhr ihren Straßenverkauf abwickelte. Der Gedanke an den Ofen im Zimmer und die billigen, zerrissenen Abfallbücklinge auf dem Teller erhöhten seinen Speichelfluß.

Mein Großvater trat von einem Bein aufs andere, während er dem unsteten Fall der Schneeflocken zusah. So einmalig fielen sie aus dem gleichgültigen Himmel, daß er meinte, jeder einzelnen Flocke gebühre die unbegrenzte Aufmerksamkeit, welche er nur einer von ihnen zu geben imstande war. Ein niederschmetternder Gedanke. Trotzdem oder gerade deswegen pflückten seine Augen nach mehreren, sich im Wirrwarr verlierenden Versuchen die eine Flocke aus dem Himmel und verfolgten ihren taumelnden Flug auf seinen grauen Filzmantel. Er sah sie so lange an, bis sie schließlich schmolz.

Seit dem Wetterumschwung spürte er wieder die Spitzen seines Fixsterns im Oberkörper. Nun trug er seit zwei Jahren diesen weichen, vernarbten, roten Kosmos unter seiner Haut, in den sich der scharfkantige Fixstern festgefroren hatte. Wenn viel in ihm in Bewegung geriet, und es war egal, ob innerlich oder äußerlich, begann der Fixstern zu wandern. Dann spuckte er wieder Blut. Spuckte Blut in ein Meer von Blut. Und träumte von Fischen, von silbrigen, blutigen Fischen, solchen, die meine Großmutter von Holdorf & Richter mit nach Hause brachte, träumte von vielen hundert scharfkantigen, silbern aufblitzenden Fischen, sah sie widerstandslos in Schwärmen durch ein unvorstellbares Meer aus Fleisch ziehen.

Ein Traum, den er nie jemandem erzählte und der ihn vielleicht deshalb bis ans Ende seines Lebens heimsuchte.

Echte Menschenfrage

»Und wie war das? Dann hast du mit einem echten Gewehr echte Menschen totgeschossen?« fragte ich meinen Großvater dreißig Jahre später.

Das war 1977. Ich war zehn Jahre alt und wußte inzwischen, wie man einen herkömmlichen Spielzeugrevolver so präparierte, daß er richtig schoß. Man brauchte nur den Lauf aufzubohren, die Patronen aus den Knallringen mit Wachs zu füllen, herauszuschneiden und in die Rückseite der Trommel zu stecken, fertig war der Revolver. Traf ein solches Geschoß auf blanke Haut, so schwoll eine rote Quaddel darauf.

Jeder Enkel, der 1977 einen Großvater hatte, der vom Krieg erzählen konnte, stellte ihm diese Frage.

»Nein«, sagte meiner, »so war es nicht«, hob zwei hintereinandergelegte Pistolenhände in die Luft, tat, als ob er zielte, und machte »pittschu!-pittschuh!-päng!-päng!« Dann lachte er, rührte weiter in seiner Milchsuppe mit Sternchennudeln, nahm einen Löffel vor die Lippen, pustete daran, nahm ihn auf, schluckte und sagte: »Ich habe immer nur vorbeigeschossen.« Und wie jeder Enkel dieser Zeit glaubte ich meinem Großvater das, während ich mich an der Vielzahl seiner geplatzten Adern auf den Wangen festsah, um vorfreudig aufzuschrecken und mich wieder meinem »Die drei ??? und der seltsame Wecker«-Buch zu widmen, glücklich, mich in eine spannendere Welt katapultieren zu dürfen.

Manchmal sah ich meinem Großvater morgens beim Rasieren zu. Mit heruntergelassenen Hosenträgern stand er vorm »Alibert«-Spiegelschrank. Ich konnte den Blick nicht von seinem eingefallenen, vernarbten Oberkörper abwenden. Doch schließlich verfolgte ich den Rasierpinsel, den er schäumend an seinem Kinn und seinen Wangen kreisen ließ. Dann sah ich einen lustig eingeschäumten Weihnachtsmann, bis er sich bei der Rasur schnitt. Und Blut rann über die Wange in den weißen Schaum.

Mein Großvater blieb zeitlebens ein hübscher Mann von dezenter Statur. Das bezeugen Familienphotos. Er hatte ein sensibles, feingeschnittenes Gesicht, in Wellen liegendes, stets mit Wasser und Kamm in Form gehaltenes Haar und eine wohlgeschwungene Oberlippe samt ausgeprägter Lippenrinne. Eine freundliche Erscheinung, die imstande war, mich mit vorgetäuschten Schreckensrufen beim Tischtennis aus der Bahn zu werfen.

Enten und Draculaschminke

1978 starb die Mutter meines Großvaters im Altenheim. In meine Erinnerung an sie mischen sich immer Enten. Enten, die im Eingangsbereich des Altenheims meine Aufmerksamkeit auf sich zu ziehen verstanden. Ich nahm stets Brot mit und freute mich auf den Besuch. Vor allem wegen der Enten.

Eines Märznachmittages im Jahr darauf kam ein Anruf. Mein Großvater hatte sich auf einer Butterfahrt vom Schiff gestürzt. Nicht weit von der Stelle, an der sein Bruder vor über einem halben Jahrhundert verunglückt war. »Mann über Bord«, hieß es plötzlich, Schiffe fuhren herbei, Rettungshubschrauber kamen angeflogen, schließlich barg ein Fischerboot den leblosen Körper aus dem eisigen Fördewasser. Meine vier Cousins standen währenddessen wie die Orgelpfeifen an der Reling des Butterdampfers und starrten hinab.

Als mein Vater, den Telephonhörer in der Hand, zu meiner Mutter ins Treppenhaus rief: »Dein Vater ist tot«, bekam ich einen Heulkrampf, der bis zum Abend anhielt. Dann saß ich bei meinen anderen Großeltern im Sessel und sah Peter Frankenfeld. »Musik ist Trumpf«.

Die Beerdigung war so furchtbar, daß ich danach nie mehr auf eine Beerdigung wollte. Wir warfen etwas Sand auf den Sarg im Erdloch und rieben ihn uns in die verheulten Augen. Mitten im Leichenschmaus verschwand ich mit meinen Cousins in die Einkaufsstraße, um bei Woolworth zu klauen. Ich war der Obercousin und kam mit einem kleinen Topf grüner Draculaschminke zurück. Olov, mein Lieblingsuntercousin, hatte ein Draculagebiß in der Hosentasche.

Mütter und Töchter

Im Jahr vor der Jahrtausendwende lagen meine Mutter und meine Großmutter gemeinsam mit demselben Befund in einem Zweibettzimmer im Krankenhaus. Beiden war das linke Kniegelenk verschlissen, und beiden mußte es durch eine Gelenkprothese ersetzt werden. In den Wochen nach der Operation zeigte sich, daß meine Großmutter den

Eingriff besser weggesteckt hatte als meine Mutter. Noch Monate später humpelte meine Mutter an Gehhilfen umher, während meine Großmutter bereits die am 20. April, Hitlers Geburtstag, gelegten Kartoffeln in ihrem Schrebergarten erntete. Ich mutmaßte, daß meine Mutter mit einer schlechteren Knochensubstanz als meine Großmutter ausgestattet war, wohl wegen der Mangelernährung in ihrer Kindheit.

Ein paar Wochen später mußte meine Frau mit Wehen ins Krankenhaus. Sie brachte unsere Tochter zur Welt, ein kleines Mädchen mit blonden Locken und einer ausgeprägten Lippenrinne.

Das Eiserne Kreuz

»Vielleicht hier«, sagte meine Großmutter letzten Montag, als sie das Eiserne Kreuz meines Großvaters im Schlafzimmer suchte. Wieder und wieder öffnete sie Türen und Schubladen des kleinen verspiegelten Schlafzimmerschranks. In einer der Schubladen war billiger, über die Jahre geerbter und herbeigeschenkter Schmuck.

Nachdem ich einige Zeit ihrem hilflosen Treiben zugesehen hatte, merkte ich, daß sie nur deswegen so leidenschaftlich nach dem Eisernen Kreuz suchte, weil sie es mir schenken wollte. Irgend etwas mußte in ihr aufgestiegen sein, so eine Ahnung, daß vor langer Zeit Menschen für diesen Orden zu sterben bereit waren und daß andere Menschen genau diese Bereitschaft zu schätzen wußten. Und vielleicht sah sie in mir jemanden, der das Wissen darum zu schätzen wußte.

»Wo ist es bloß?« fragte sich meine Großmutter vor mir gebückt im geblümten Kleid. »Eigentlich wollte ich es Peter schenken, doch der wollte es nicht haben. ›Was soll ich mit so 'nem ollen Orden‹, hat er gesagt.« Sie stellte einen gewaltigen blauen Parfumflakon in den Schrank zurück und schloß die verspiegelten Türen. Sie zog wieder die Schublade mit dem Schmuck auf und kramte darin herum.

»Ich weiß es nicht«, murmelte sie, »dann hat Peter ihn wohl doch genommen.«

Irgendwann gab sie die Suche nach dem Eisernen Kreuz auf.

Es blieb verschwunden.

Verschwundenes Leben, verschwundenes Grab

Vorhin sprach meine Großmutter mir auf den Anrufbeantworter.

»Hallo, hier ist Oma. Ich muß euch eine Geschichte erzählen. Ruft doch mal zurück.«

Ich war erstaunt, als ich die Nachricht abhörte. Meine Großmutter ist sonst nicht der Typ, der auf Anrufbeantworter spricht. Also rief ich sofort zurück.

»Hallo, Oma. Ich bin's.«

»Guten Morgen, Junge.«

»Was gibt's denn?«

»Stell dir vor, was meine Nachbarin, Frau Fischer, mir gestern sagte: Sie war auf dem Friedhof, ihr Mann liegt ja auf derselben Parzelle wie Opa, sie sagte: Opas Grab ist nicht mehr da.«

»Das gibt's doch nicht!«

»Erst dachte ich, nun spinnt die alte Fischer. Heute war ich auf dem Friedhof, und es ist tatsächlich so, daß sie Opas Grab eingeebnet haben.«

»Ohne, daß sie dir Bescheid gesagt haben?«

»Im Gegenteil, ich habe ja im letzten Jahr noch die Grabgebühren für die nächsten 25 Jahre im voraus bezahlt.«

»Und jetzt?«

»Ich war im Friedhofsbüro und habe mich beschwert. Sie haben sich entschuldigt. Es ist wohl ein Versehen.«

»Haben sie denn die Gebeine mit ausgehoben?«

»Weiß ich nicht.«

»Du hast in jedem Fall ein Recht auf Schadenersatz, auf Wiederherstellung. Ich ruf bei der Friedhofsverwaltung an.«

Als ich bei der Friedhofsverwaltung anrief, um zu fragen, ob die Gebeine meines Großvaters noch an Ort und Stelle lägen, kam ich mir vor, als würde ich als Zehnjähriger meinen Großvater fragen, ob er im Krieg auf richtige Menschen geschossen hätte. Man versicherte mir, die Gebeine lägen unberührt im Boden. »So tief heben wir bei Erdbestattungen gar nicht aus. Wir führen einen sehr großen Friedhof und wissen kaum mehr, wohin mit all den Überresten.« Ich glaubte auch das gern und ließ mir die Wiederherstellung des Grabes versichern. Der Steinmetz würde umgehend benachrichtigt werden.

Übermorgen, am 7. Oktober, wäre mein Großvater 85 Jahre alt geworden. Bis dahin, so versicherte man mir, gäbe es auch wieder einen Stein, auf dem sein Name stünde.

II
Frontverläufe

Norbert Kron

Kohn in der Couch

Für H. K.-E.

Eine Mutter schenkt ihrem Sohn zum Geburtstag zwei Krawatten. Als sie ihn wieder einmal besucht, trägt er ihr zu Ehren eine davon. Das erste, was seine Mutter zu ihm sagt, ist: »Was – die andere gefällt dir wohl nicht?«

Jüdischer Witz

Was ist das Problem an der Selbstanalyse? – Die Gegenübertragung.

Witz unter Psychoanalytikern

Heinrich Krohn haßt sich selbst. Er liegt auf der Couch und fragt sich, ob Frau Klein-Terke, die er aus einer für ihn typischen, verachtenswerten Harmoniesucht eigentlich am liebsten »liebe Frau Klein« nennen würde – was er sich jedoch nicht traut –: ob Frau Klein-Terke Jüdin ist. Zweimal hat sie Bemerkungen gemacht, die darauf hindeuteten, und nun kommt er von dem Gedanken nicht mehr los, nun kreist unaufhörlich diese Frage in seinem Kopf: ob sie jüdischer Abstammung ist.

Er würde es sich wünschen. Er kann aus dem Stegreif nicht sagen warum, aber er würde es sich wünschen, wobei er sich zugleich fragt, ob dieser – philosemitische – Wunsch nicht im tiefsten Inneren antisemitischer Natur ist. Unvergeßlich ist ihm, wie er vor Jahren gegenüber einer Bekannten einmal den beiläufigen Satz äußerte, Afroamerikaner seien ihm irgendwie grundsätzlich sympathisch (es war etwas in der Art wie: »Diese Schwarzen mit ihrer ›Yo, Brother‹-Gestik find ich immer total klasse«), worauf sie, die Bekannte, ihm entgegnete (oder vielmehr vor sich hin sagte): »Aha. Positiver Rassismus.« Wenn er sich jetzt wünscht, daß seine »liebe Frau Klein«, die er immer nur Frau Klein-Terke nennt, Jüdin ist, ist es geradeso, als ob im nächsten Moment ein alarmierter deutscher Kulturkritiker um eine Ecke seines Kopfes geschossen kommt und mit dem Satz »Das-ist-latenter-Antisemitismus« auf ihn zeigt.

Er ist also, fürchtet Heinrich, möglicherweise Antisemit, obwohl er es auf gar keinen Fall sein möchte. Nichts wäre schlimmer, niederschmetternder in seinen Augen, als wenn das Ergebnis eines ganzen Jahres Analyse wäre, daß er antisemitsche Überzeugungen in sich trägt. Hätte er sadistische sexuelle Phantasien oder würde er von der zwanghaften Angst verfolgt, auszurasten und Amok zu laufen – so wäre das immer noch besser (sprich: im Bereich allgemeinmenschlicher Perversionen) als die Tatsache, sich als das Verachtenswerteste, Schlimmste erkennen zu müssen, was es in seinen Augen gibt: als Antisemit.

Das naheliegendste wäre, natürlich, über die Angelegenheit mit Frau Klein, nein: Frau Klein-Terke zu sprechen. Wozu wäre die Psychoanalyse da, wenn nicht eben dazu, über das, was ihn am meisten quält, zu reden? Aber das traut er sich nicht. Er bringt sie nicht über die Lippen, seine philosemitischen, möglicherweise antisemitischen Gedanken – nicht vor Frau Klein-Terke, von der er vermutet, daß sie Jüdin ist, oder besser: von der er es sich wünscht.

Und deshalb haßt Heinrich sich. Er haßt sich, so feige zu sein, wie seine Mutter es immer gesagt hat – ein feiger deutscher Mann, der sich nicht den Mund aufzumachen traut, so wie sich sein ganzes Volk, als die Juden umgebracht wurden, nicht getraut hat, den Mund aufzumachen, sondern in sich hineingeschwiegen hat. Dieser Mangel an Courage, diese Unfähigkeit, sich der zwischenmenschlichen Realität zu stellen, das ist das Grundübel, das Grundübel seiner Person wie allen Leids überhaupt. Er ist sozial behindert. Er ist nicht in der Lage, auf andere Menschen zuzugehen, Probleme untereinander anzugehen. Im Grunde bedeutet, sich einem fremden Menschen nicht öffnen zu können, in

Deutschland latent: den Massenmord an den Juden ein zweites Mal zu billigen. Dafür haßt er sich, daß er sich schlagen möchte, dafür schämt er sich so sehr, daß er sich in das Polster der Couch hineinverkriechen möchte. Er möchte nicht auf der Couch: er möchte in der Couch liegen. Wofür er aber ebenfalls keine Worte hat. Er kann sein Innerstes nicht artikulieren – das ist seine persönliche Erbsünde, sein Anteil am großen Fluch, der auf ihm lastet, den er perpetuiert, den er unfähig ist abzuschütteln, den nur ein anderer, ein Fremder, von ihm nehmen könnte, jemand wie Frau Klein, Frau Klein-Terke. Sie, die Wunsch-Jüdin, ist die einzige, die ihm verzeihen könnte.

Dabei, wie gesagt, hat er gar keine negativen Gedanken über Juden. Im Gegenteil: Während er schweigend daliegt und sich vor Scham windet, daß er seine Wünsche und Ängste nicht zu äußern vermag, macht er eine verblüffende Entdeckung. Nicht nur, daß es ihm sehr gefiele, seine Analyse bei einer Jüdin zu machen – er hat sich den Juden sogar immer irgendwie nahe gefühlt. Wenn in der Kulturredaktion der Zeitung, in der er Redakteur ist, über den Zuzug der vielen Juden gesprochen wurde, hat er stets gesagt, wie gut er das findet – daß er ein Berlin mit einer großen jüdischen Gemeinde begrüßt. Ja, insgeheim hat er sich immer auf gewisse Weise mit den Juden identifiziert. Gehören nicht viele jüdische Autoren zu seinen Lieblingsschriftstellern? Und sind seine Lieblingsregisseure nicht auch vielfach Juden? Heinrich hat Philip Roth gelesen, Leon de Winter, Paul Celan und Heine. Er liebt Billy Wilder, Polanski und die Coen-Brüder. Kafka mochte er immer lieber als Thomas Mann, Woody Allen findet er viel witziger als Helge Schneider. Der Typ des zerrissenen New Yorker Juden, der nicht mehr an Gott glauben kann, jener jüdische Großstadtintellektuelle, dem nur noch Kunst und Literatur bleiben bei seinen existentiellen Fragen zu Liebe und Tod – das ist der Typ, in dem er sich selbst wiedererkennt. Er selbst ist dieser Typ. Er liebt die Frauen mehr, als es für jede Beziehung gut sein kann, er hat eine Mutterbeziehung, gegen die Ödipus ein Vatersöhnchen ist. Seine schuldbeladenen, sexuellen Träume, in denen er Frauen dazu zwingt, Reizwäsche zu tragen und, während er sie befriedigt, von ihren Strapshaltern stranguliert wird – sind das nicht Neurosen, die eines Woody Allen würdig sind? Betrügt er seine Frau nicht genausooft wie der Erzähler in Philip Roths »Täuschung«? Liegt nicht auch er Woche für Woche auf der Couch und zweifelt am Sinn des Freudschen Projekts? Und sein Selbsthaß? Sein Heinrichscher Selbsthaß? Ist der nicht auch sehr jüdisch?

Selbst Frau Klein-Terke nennt seine Träume gelegentlich »analytische Leckerbissen« – und spricht ihn aus Freude über seinen Fall schon mit »lieber Herr Krohn« an. Nur er, der es sich so wünschen würde, traut sich nicht, sie »liebe Frau Klein« zu nennen.

Woran liegt das? Woher zum Teufel rührt sein philosemitisch-antisemitischer Komplex? Warum fühlt er sich gegenüber den Juden schuldig, ohne die geringste persönliche Schuld auf sich geladen zu haben? Ist es unvermeidlich, daß ihn das Wissen von den Greueln, die sein Volk vor über fünfzig Jahren begangen hat, wie ein eigenes Verbrechen quält? Weshalb geht es nur ihm so und niemandem sonst in seiner Generation?

Heinrich liegt schweigend auf der Couch und denkt an eine Familienlegende aus der Nazizeit, der zufolge irgendwelche SA-Schergen zu seinem Großvater sagten: »Na, Krohn – habter euch bei euerm Namen 'n R dazujekooft?« Worauf der Großvater – ob aus Verachtung oder Opportunismus – ins schenkelklatschende Gelächter der Menschenfeinde gesagt haben soll: »Klar doch, hamwa. Und wißter wo? Beim Juden!«

Ja, Heinrich Kohn. Das ist sein geheimer, sein gefühlter Name. Ein Name, den er natürlich nie laut aussprechen würde – schon gar nicht vor Frau Klein-Terke.

Denn natürlich, das weiß Heinrich, ist das R in seinem

Namen nicht dazugekauft. Natürlich kann er sich nicht mit den Juden verwandt fühlen. Zu einem Juden fehlen ihm, dem Kind einer brandenburgischen Bauernfamilie, zwei wesentliche Merkmale in seiner Biographie: eine Mutter, die Jüdin ist (denn Jude ist nach dem Gesetz nur der, dessen Mutter Jüdin ist), und ein beschnittener Penis. Oder richtiger gesagt: Nicht der Penis ist es, der ihm fehlt, sondern das, was ihm fehlt: das Beschnittensein.

Nein, es gibt nichts Anmaßenderes, Absurderes und Antisemitischeres, als wenn sich ein nicht-jüdischer Deutscher mit den Juden identifizieren würde, ein Sohn der Täter mit den Angehörigen der Opfer. Seine Eltern stammen nicht aus Polen oder Holland, seine Vorfahren sind nicht in den Lagern von Auschwitz oder Theresienstadt umgebracht worden. Er ist in Berlin aufgewachsen, ein Bauernbub aus protestantischem Elternhaus. Er haßt sein Elternhaus, die protestantische Kirche und die katholische dazu. Aber wie sehr er sich und seine Herkunft auch hassen mag: Sein Selbsthaß erteilt ihm keine Absolution, reinigt seine Seele nicht und reicht schon gar nicht aus, daß er sich in den Juden wiedererkennen darf. Sein Selbsthaß wird immer nur deutsch, kann niemals jüdisch sein. Schon sein Wunsch, daß eine Jüdin ihn analysiere, ist anmaßend. Weshalb er diesen Gedanken auch nicht über die Lippen bringt. Aber er weiß: Dadurch, daß er ihn nicht über die Lippen bringt, wird sein Wunsch zu einer um so größeren, monströseren Anmaßung.

Wie lange wird die Analyse noch dauern? Ein Jahr oder zwei? Wird er irgendwann doch über all das, was ihn so belastet, reden? Er liegt auf der Couch, schweigend, und fühlt sich, als läge er in der Couch. Nein, er wird für immer und ewig mit seiner Erbsünde beladen sein, seiner Urschuld. Lange bevor die Nazis sechs Millionen Juden ermordeten, haben die Christen die Juden in Ghettos gesteckt oder jüdische Gemeinden niedergemetzelt. Die Inquisition war eine päpstliche SS und Luther nur ein

Reformator des Antisemitismus. Heinrich ist aus der Kirche ausgetreten, und dennoch fühlt er sich schuldig. Er hat Berichte über das KZ Sachsenhausen gemacht und die Bücher jüdischer Schriftsteller gelobt (ja, auch kritisiert), aber er ist dennoch nicht reingewaschen.

Das einzige, was seine Seele entlasten könnte, wäre – so ist sein Gefühl -, daß Juden ihn annehmen, ihm vergeben. Natürlich, begreift er, ist es das, wonach er sich bei Frau Klein-Terke sehnt. Deshalb möchte er sie gern »liebe Frau Klein« nennen dürfen – weil es eine gegenseitige Nähe und Vertrautheit, eine freundschaftliche Wertschätzung zum Ausdruck brächte. Er wünscht sich, daß sie Jüdin sei – weil sie dann die erste Jüdin wäre, die er kennt.

Tatsächlich: Heinrich kennt niemanden, der jüdischer Abstammung ist. Er kennt nicht einmal jemanden, der Juden kennt. Niemand in seinem Bekanntenkreis hat jüdische Freunde – und zwar nicht aufgrund irgendwelcher Vorurteile (alle lieben den jüdischen Witz), sondern einfach weil es so gut wie keine Juden zu geben scheint. Weil die Nazis ihr Schreckenswerk auf perverse Weise vollbracht haben. Weil ihre Zöglinge, eine Handvoll geisteskranker Glatzköpfe, das Land für Juden noch immer unsicher machen – und weil die Juden deshalb ihre religiöse Herkunft noch immer nicht gefahrlos zu erkennen geben können. Es ist, als ob Deutsche (nicht-jüdische) und Juden (deutsche) nach wie vor durch eine Scheibe voneinander getrennt wären – sprich: als ob deutsche Juden nur im Fernsehen oder im Feuilleton existierten, als Sprecher der jüdischen Sache. Dabei würde Heinrich gerne mit Juden verkehren. Er würde sich wünschen, daß sie ihn in den Arm nehmen, in ihre Gemeinschaft aufnehmen. Er möchte jüdische Freunde haben, die mit ihm feiern, und sich als ihr Freund betrachten dürfen. Er möchte, daß sie sich gegenseitig ihre Probleme anvertrauen, daß sie Männergespräche führen, Gespräche über Literatur, Fußball und, natürlich, Frauen. Und am liebsten würde er mit einer Jüdin schlafen.

Ja, jetzt, wo Heinrich darüber nachdenkt, schweigend auf der Couch, denkt er: Mit einer Jüdin zu schlafen wäre der Inbegiff des Angenommenwerdens, wäre im eigentlichen Sinne: Vergebung, ja – Erlösung. Während er schweigend daliegt, dreimal die Woche, phantasiert er davon, mit einer Jüdin zu schlafen.

(Wobei er sich natürlich fragt, ob das ein erlaubter oder ein verbotener Wunsch ist, nur eine sexuelle Phantasie oder eine Perversion seines Antisemitismus. Heinrich ärgert sich, daß er diesen Wunsch hat, der ihm wieder Schuldgefühle macht. Er kennt niemanden, den eine derartige Phantasie umtreibt. »Warum hast du nur diese idiotischen Gedanken? Ich möchte andere Wünsche haben«, sagt er wutverzweifelt zu sich. »Ein Mensch mit normalen, humanistisch-egoistischen Allerwelts-Wünschen! Warum bin ich so durch und durch anders, als ich es eigentlich sein will?«)

Das Seltsame ist: Wann immer er sich fragt, was Frau Klein-Terke zu alldem sagen würde, begreift er, daß er ihre Antwort bereits kennt. Tausendmal hat er sich den Kopf darüber zerbrochen, wie sie auf seine erste, alles entscheidende Frage reagieren würde – tausendmal war die Antwort in seinem Kopf dieselbe, eine Antwort, die sie ihm bei all seinen Projektionen gibt. Es mag feig sein, ihr die Frage nicht zu stellen, aber es wäre auch ebenso müßig. Denn was würde Frau Klein-Terke antworten, wenn er sie fragen würde: »Entschuldigung, Frau Klein, sind Sie Jüdin?« Würde sie sagen: »Bingo, mein lieber Heinrich, Volltreffer«? Oder: »Welche Schnapsidee! Ich bin eine waschechte Kreuzberger Buddhistin!«? Oder im schlimmsten Fall: »Ich wußte immer, daß sich bei Ihnen nationalsozialistisches Gedankengut transgenerativ vererbt hat!«? Nein, sie würde sagen: »Eine interessante Frage. Warum beschäftigt Sie das? Was geht Ihnen durch den Kopf, wenn Sie sich diese Frage stellen? Phantasieren Sie darüber!«

Als Analytikerin kann sie ihm diese Frage nämlich gar

nicht beantworten. Sie darf sie ihm nicht beantworten. Es liegt in der Struktur ihrer Beziehung, daß alles, was er zur Antwort bekäme, eine Verweigerung der Antwort wäre, eine Rückfrage. Das Gespräch, das er sich wünscht, würde nicht beginnen. Was fortgesetzt würde, wäre sein Monolog. Sein Monolog mit sich selbst, moderiert von Frau Klein-Terke. Statt ihn anzunehmen oder zu verstoßen, würde sie ihn lediglich auf sich selbst zurückwerfen, auf seine Scham als dummer, kleiner deutscher Junge. Sie würde ihn nicht verdammen: Er selbst würde es tun. Er selbst würde die ganze Schmach und Lächerlichkeit seiner Person spüren. Und genau darum, das weiß Heinrich, ginge es ja. Genau das ist es, weshalb er hier ist. Genau dazu ist sie da, seine liebe Frau Klein-Terke, ob sie Jüdin ist oder nicht. Sie kann ihm keine Antworten geben, sie kann ihn nur bei seinem Monolog begleiten. Es gibt keinen Weg aus seiner Haut. Er kann sich noch so sehr wünschen, den Juden nahe zu sein: Er sitzt in seiner eigenen deutschen Haut fest, mitsamt seiner unbeschnittenen Vorhaut, und muß in seinem Schweigen schwitzen, als läge er im Polster der Couch.

Und da, als er dies erkannt hat – als er erkannt hat, daß er sich mit sich selbst abfinden muß –, passiert es. Er wacht eines Morgens auf und hat mit Kristallklarheit vor Augen, was er in der letzten Nacht träumte. Es ist das Schlafzimmer, in dem sich die meisten seiner Träume abspielen, eine Frau räkelt sich im Halbdunkel auf dem Bett. Wie schon so oft bittet er sie, Reizwäsche für ihn zu tragen – aber anders als sonst, siehe da, folgt sie nicht mit Widerstreben seinem Willen, nein, sie zieht die Netzstrümpfe bereitwillig an, hat sichtlich Spaß daran, in die Stöckelpantoletten zu schlüpfen. Die Art, wie sie ihm zulacht, während sie die Corsage mit den Strumpfhaltern anlegt und die langen Handschuhe überstreift, steigert seine Erregung ins Unermeßliche. Als er sich mit seinem Gesicht ihrem Schoß nähert, schnürt ihm die Angst die Kehle zu, er fürchtet, sich wie immer in ihren Strapshaltern zu verfangen und von diesen stranguliert zu werden. Doch nichts davon: Wie nahe er ihr auch kommt, sie breitet die Beine nur weiter aus, bietet sich ihm ganz und gar dar. Und dann kommt ihm die Frage in den Kopf, diese immer wiederkehrende, bedrängende Frage: Ist das die Jüdin, von der er phantasiert hat? Während er sich diese Frage vom Leib zu halten versucht wie eine Wespe, die um seinen Kopf kreist, sieht er auf einmal, wie faltig die Haut der Frau ist, es ist das alte, runzlige Fleisch einer Greisin, das sich ihm bereitwillig darbietet, ein fauliger, abstoßender Körper, und als er vor Ekel hochfährt, den Kopf aus ihrem Schoß reißt und auf den Greisenleib hinabblickt, erkennt er, es ist Frau Klein-Terke, weißhaarig, um Jahre gealtert, sie liegt dort, mit Reizwäsche bekleidet, und lächelt ihn verführerisch an.

Heinrich schreckt hoch und ist entsetzt. So hat er sich das Ganze nicht vorgestellt. Wann immer er sich ausgemalt hat, mit einer Jüdin zu schlafen, handelte es sich um eine junge, begehrenswerte Schönheit, eine jüdische Naomi, eine Helena Zions. Und nun soll er eine Frau befriedigen, die eine Greisin ist – eine geile, abstoßende Greisin, die ganz anders als die Frauen ist, die in seinen Phantasien eine Rolle spielen. Heinrich zweifelt keinen Moment daran, daß seine liebe Frau Klein, diese sympathische, gepflegte Dame, in ihren jungen Jahren eine attraktive, lebenslustige Person gewesen ist, die mit vielen Männern geschlafen hat. Aber jetzt, in seinem Traum, ist sie das Gegenteil davon, ein Zerrbild, eine Fratze, die nichts mit der Wirklichkeit zu tun hat.

Es versteht sich von selbst, daß er ihr von diesem Traum nichts erzählen kann. Es versteht sich von selbst, daß sie diesem Traum eine Deutung beilegen würde, die er ohnehin kennt. Diese Deutung, auch das ist klar, ist die plumpe Auflösung seines Wunsches, daß sie Jüdin ist – daß er mit einer Jüdin schlafen will. Der Wunsch, mit einer Jüdin zu schlafen, bedeutet nach analytischer Deutung natürlich nichts anderes, als daß er in Wahrheit mit ihr schlafen will, mit seiner Analytikerin. Es ist ein verbotener Wunsch, mit seiner Analytikerin zu schlafen, ein Wunsch, in dem sich der nicht minder verbotene Wunsch Ausdruck verschafft, mit seiner Mutter zu schlafen. Das ist das Gesetz der analytischen Übertragung.

Wenn er mit einer Jüdin schlafen will – heißt das dann also nur, daß er mit seiner Mutter schlafen will? Ist die Jüdin, die er begehrt und von der er angenommen werden will, seine von klein auf idealisierte Frau Mutter? Aber dann wäre sie, das idealisierte, aber verbotene Objekt seines Begehrens, mithin Jüdin im allegorischen Sinn? War er also dann im allegorischen Sinn nicht doch der Sohn einer Jüdin?

Alles dreht sich in seinem Kopf, alles verkehrt sich. Nein, er will diese Gedanken nicht mehr denken müssen. Er will befreit sein von ihnen, will sie aus sich herausschneiden, diese Gedankenschleifen, die in seinen Hirnwindungen festsitzen, die ihn peinigen, die ihn verfolgen, die ihn strafen. Nur, strafen wofür? Was hat er verbrochen?

Er liegt auf der Couch und fühlt sich, als läge er in der Couch. Er macht dreimal die Woche Analyse und haßt sich selbst. Er möchte sich den Juden nahe fühlen dürfen und fürchtet, er sei Antisemit. Nur Frau Klein, Frau Klein-Terke, könnte ihm helfen, Klarheit über seine Seele zu erlangen – wenn er ihr nur seinen Wunsch offenbaren könnte, sie sei Jüdin. Und dann, während er dies denkt und schweigt, erreicht ihn auf einmal ein schrecklicher Gedanke, ein Gedanke, furchterregend wie sein schlimmster Verdacht: Was, wenn Frau Klein-Terke tatsächlich keine Jüdin wäre? Wenn sie selbst nur eine gewöhnliche Deutsche, eine Christin, ja: Atheistin wäre? Eine stinknormale deutsche Atheistin – wie er selbst?

In der schrecklichen Stille, in der Heinrich auf einmal

daliegt, in der gottverlassenen Einsamkeit, denkt er: Dann gibt es nur eine Rettung für ihn, dann bleibt ihm nur der Schritt, der ihn von der Nabelschnur trennt, die ihn stranguliert. Er muß sich selbst beschneiden. Wenn er dies tut, wenn er sich ein scharfes Messer kauft und sich das nimmt, was an ihm zuviel ist: das R in seiner Leibesmitte, kann er morgen auf die Couch zurückkehren und endlich wieder an etwas anderes denken, über etwas anderes sprechen. Dann spielt es keine Rolle mehr, ob Frau Klein-Terke Jüdin ist, ob sie ihm verzeihen kann – dann ist er es, der sich seiner selbst annimmt, nicht mehr Heinrich Krohn, seiner Mutter Sohn, sondern Kohn auf der Couch, neugeboren.

Tanja Dückers
Der Leuchtturmwärter

Frau Kowalska:

»Wenn er kommt, helfe ich ihm erst einmal aus der Jacke. Und dann hakt er sich bei mir unter, er kennt mich ja, er kennt das ja, und wir gehen langsam zusammen in die Küche. Dann setzt er sich auf die Holzbank. Wir essen immer in der Küche. Ich habe ihm schon Haferflocken mit Früchten – Erdbeeren mag er besonders – und Kaffee vorbereitet. Er trinkt viel schwarzen Kaffee, aber man merkt es ihm nicht an. Ich meine, reden tut er trotzdem nicht. Bleiben tut er so eine Stunde bei mir, manchmal auch länger, dann höre ich noch Nachrichten, und, vielleicht, hört er auch zu. Ich weiß das nicht. Dann bringe ich ihn zurück in den Flur, ziehe ihm seine Jacke an. Er trägt eine grüne Winterjacke, die hat die Stajkowska für ihn besorgt, aus der Altkleidersammlung allerdings. Dann binde ich ihm seinen Schal um. Einen knallroten Schal, den hat die Stajkowska für ihn gestrickt. Über die Farbe hat sie sich vorher Gedanken gemacht. Damit der nicht wieder verlorengeht, hat sie gemeint. Also der Adam, nicht der Schal, meine ich.«

Frau Stajkowska:

»Ich hol den Adam bei der Kowalska ab. Meistens muß ich ihm die Schnürsenkel zubinden, weil die Kowalska das übersieht. Die Kowalska hat ihre Gedanken immer so ein bißchen woanders, weiß nicht, wo, ich hoff, bei ihren Kindern und ihrem Mann. Den Anorak macht sie ihm auch nie richtig zu. Die macht ja nur mit, damit wir nicht über sie herziehen.

Also bei mir bekommt der Adam erst mal Kräutertee

mit Rosmarin, was Wärmendes, und dann setzt er sich ins Wohnzimmer. Er weiß, daß er alle Bildbände aus den Regalen nehmen darf. Wir sind in den letzten Jahren viel gereist, der Józef und ich, wir haben immer schöne Bücher gekauft. Am liebsten guckt er sich das mit den Fotos von Leuchttürmen an. Deshalb liegt das Buch schon auf dem Beistelltischchen neben dem Sofa. Und anständiges Brot mit Wurst und Käse bekommt er auch bei mir. Von ein paar Haferflocken wird doch so ein kräftiger Mann nicht satt!

Bei uns bleibt er so bis mittags, meistens schau ich nach ihm, aber manchmal auch der Józef, wenn er einen freien Tag hat. Und der Jerzy, unser Jüngster – die anderen sind alle schon flügge –, der setzt sich manchmal zum Adam und guckt mit ihm so 'n Buch an. Das find ich schön. Ich meine, der ist ja wirklich nicht zu beneiden, der Adam. Und so tun wir alle eben unsern Teil – in den Himmel kommt man nicht umsonst, oder?«

Frau Jaworska:

»Bei mir ißt er zu Mittag. Die Stajkowska fährt ihn mit ihrem Wagen zu uns rüber. Sind nur ein paar Schritte, aber der Adam geht so langsam. Und der Wind macht ihm angst. Wir haben ja viel Wind hier an der Küste. Wenn er da ist, braucht der Adam nicht lange zu warten, der dampfende Topf ist gleich auf dem Tisch. Pünktlich wie beim Militär, sagt mein Mann immer. Der Adam spricht ja nicht. Nur die Namen von ... von so Dingen wie »Ikea«, »McDonald's«, »Salamander«, so neue Namen eben, die murmelt der manchmal so vor sich hin. Schon komisch. Bei mir bekommt er jedenfalls ein ordentliches und kräftiges Mittagessen; bei mir ist alles ganz frisch, ich spar da nicht, bloß weil der Adam keine Familie hat und 's nie wird zurückgeben können. Und beim Adam ist es, denk ich mir, besonders wichtig, daß er was Vernünftiges ißt. Deshalb hab ich ihm auch extra Rote-Bete-Saft besorgt, den gibt die Frau Krystek mir umsonst, nachdem ich ihr gesagt hab, der ist für'n Adam. Da hat sie gesagt, sie will auch ihren Teil dazu beitragen. Und so bunte Kapseln hat sie mir auch mal mitgegeben. Gegen Arteriosklerose. Der Adam ist ja schon alt. Dafür hat sie auch nichts gewollt. Davon geb ich aber immer die Hälfte meinem Schwiegervater, denn der hat schon 'nen Herzkasper gehabt. Der Adam nicht. Also, da würde, glaube ich, jede Frau so handeln wie ich. Zumal die Apotheke ja nun wirklich nicht vor dem finanziellen Ruin steht. Außerdem ist das alles, was die Frau Krystek für den Adam tut. Mehr nicht.«

Frau Krystek:

»Ich hab da wirklich keine Zeit für. Obwohl mir der ja auch leid tut. Wo würden se den denn hinbringen? Man weiß ja, daß solche Leute sonst in 'ne Anstalt kommen. Aber ich würd das einfach nicht schaffen, mein Mann hat Nachtschicht, und meine Tochter fährt Motorrad und macht sich lila Strähnen ins Haar. Da hat man doch alle Hände voll zu tun! Obwohl, manchmal denk ich auch ... naja, ich schaff das nicht. Aber wenn die Jaworska kommt, dann pack ich ihr immer was für den Adam ein. Für umsonst, versteht sich. Das geht ganz auf Rechnung der »Leuchtturm«-Apotheke. Und da bin ich wirklich nicht kleinlich. Ich hab schon vor 'ner Weile kapiert, daß die Jaworska den Großteil der Präparate ihrem Schwiegervater gibt. Ihr Sohn hat den Alten letztens im Rollstuhl hier reingefahren, vor ihnen steht eine Kundin, die so 'ne neuen Kapseln zur Vorbeugung von Arteriosklerose kaufen will, da ruft der Alte: ›Die sind gut, junge Frau, die sind nicht bitter. Die gibt meine Schwiegertochter mir jeden Tag!‹ Wissen Sie, da hab ich mir dann so meinen Teil gedacht. Aber sagen kann ich natürlich nichts, denn ich kümmere mich ja nie um den Adam.«

Frau Matuszewska:

»Ich mag den nicht, den Adam. Wir haben damals alle einiges mitbekommen. Abbekommen. Hier. Haben uns auch wieder, wie soll man sagen, na, aufgerappelt. Zusammengenommen. Kann doch nicht jeder nachher so ... na, wie der Adam eben geworden ist. Und jetzt überbieten sich alle in Samariterhaftigkeit. Eine will besser sein als die andere. Der Adam bekommt bei der Stajkowska – die haben ja Geld wegen der Werkstatt – lauter Sachen, von denen ich nur träumen kann. Und die Jaworska, die kocht und kocht – soviel Zeit hätt ich gar nicht, denn ich muß meinem Mann ja aushelfen im Blumengeschäft. Wenn der Adam bei mir zu Mittag ißt, dann gieß ich schnell einen Brühwürfel auf – ich ess' das auch, ehrlich. Ich mach mir selbst nichts Besseres. Wir löffeln dann beide unsere Suppe, ich meine, Brot bekommt er natürlich dazu. Und dann nehm ich ihn mit in den Blumenladen. Ist besser für ihn als nur den ganzen Tag allein auf dem guten Sofa im Wohnzimmer herumzusitzen und Bildbände anzuschauen. Und wenn er mal was kaputtmacht, ist gleich die Hölle los. Wegen der Vase von der Stajkowska wurde dann ja die Kasse für Adam ins Leben gerufen. War die Idee von der Stajkowska – nachdem der Adam so ein dickes Buch geschwenkt und so 'ne häßliche Vase bei ihr da runtergefegt hat. Seitdem zahlen wir alle jeden Monat 80 Złoty da ein. Die Stajkowska verwaltet auch die Kasse. Der Staat tut eben nicht genug. Da müssen wir schon zusammenhalten, aber ich find's übertrieben mit diesen Torten und so.

Da können se mir mal lieber ein Stück zum Geburtstag mitbringen!«

Priester Gruszecki:

»Na, so gegen 17.00, 17.30 Uhr hole ich den Adam vom Blumenladen ab. Der guckt mich immer ganz sehnsüchtig an. Der sitzt da den ganzen Nachmittag auf so einem unbequemen, dreckigen Plastikhocker, den die Frau Matuszewska als Fuß-Tritt benutzt, um an höher stehende Pflanzen heranzukommen. Sitzt da den ganzen Tag lang. Die Frau Matuszewska denkt vielleicht, daß ihn ihre Gespräche mit den Kunden interessieren würden, aber der Adam versteht das doch gar nicht mehr. Der murmelt nur die Namen der alten Schiffe vor sich hin, die großen Schiffe von damals, also, soviel habe ich zumindest bisher nur von ihm gehört. Und wenn er mal einer Rose ein Blatt auszupft, dann ist die Frau Matuszewska aber bös! Rennt rüber zu Frau Stajkowska und läßt sich die Rose aus der Kasse ersetzen! Und nicht zu knapp! Und sie bedrängt Frau Stajkowska immer, daß sie die Kasse übernehmen möchte, weil bei ihr am meisten kaputtgeht. Kein Wunder, wenn man einen Verwirrten, der obendrein ein Hüne ist, in einen winzigen, vollgestopften Blumenladen pflanzt und ihm befiehlt, sich die nächsten Stunden nicht zu rühren! Also, ich nehme den Adam mit, wenn ich aus der Gemeinde komme, und gehe mit ihm zu meinem Haus. Das ist ein gutes Stückchen Weg, aber direkt am Meer entlang. Manchmal muß ich ihm sagen, daß er nicht so schlurfen soll, weil er soviel Sand aufwirbelt. Aber dem tut das gut, mal an der frischen Luft herumzulaufen und nicht nur vor Schnittblumen zu hocken.«

Herr Garsztecki:

»Ich geh denen aus dem Weg, wenn ich meinen Strandspaziergang mache. Unsern Priester grüß ich, aber diesem lebendigen Tod wünsche ich nicht einen ›Guten Tag‹. Nee. Der ist hängengeblieben. Der ist einfach nicht mit der Zeit mitgegangen. Hier hat sich doch so viel verändert! Wir haben jetzt die Bibliothek und das kleine Theater, den Spielplatz, die Einkaufspassage und eine neue Schule. Hier hat sich so viel verändert! Es ist ja nicht so, daß ich nicht mehr wüßte, was hier ... aber die Welt dreht sich doch zum Glück! Ich geh dem aus dem Weg, der erinnert mich an damals. Hab sogar mal einen Alptraum von ihm gehabt. Brr. Nee. Die Frauen können ja ihren Sozialen an dem ausleben, ich finde, der gehört in 'ne Anstalt. Aber das sag ich jetzt ganz leise, denn der Priester ist ja eine Autorität bei uns.

Frau Zanska (Haushälterin des Priesters):

»Ich laufe den beiden immer entgegen. Unser Priester bleibt noch etwas am Strand, mit seinem Fernglas. Der Adam ist oft ganz durchgefroren. So ein großer Mann – und friert so schnell! Ich nehme dann seine Hand, das mach ich einfach, und schnurstracks geht's zu uns in die Wohnstube, da ist es gemütlich und warm, und ich stelle Musik für ihn an. Ich wasche dann ab und mache so dies und das, meine Kinder sind auch da – die haben sich schon an ihn gewöhnt. Ich helfe ja schon seit mehr als zehn Jahren beim Priester aus. Und wir hier halten zusammen. Es ist wirklich nicht leicht, aber man kann den Adam ja nicht alleine lassen. Und schon gar nicht alleine am Meer. Deshalb ... eigentlich möchte ich das jetzt gar nicht sagen ... nein, unser Priester meint es ja gut. Aber ... eigentlich finde ich es nicht gut, daß er mit dem Adam den Weg am Meer nimmt, ich meine, sie könnten doch wirklich auch da unten lang, bei den Holunderbüschen ... ich glaube, das macht unser Priester sich nicht so klar, er denkt, der Adam müßte das Meer auch so lieben wie er.«

Jan Zanski (Sohn der Haushälterin):

»Für mich ist es jedesmal ein Schock, wenn er da sitzt. So im ersten Moment, wenn ich die Tür aufmache, zack!, sitzt der da. Mit seinen komischen Augen, die durch einen hindurchgucken, als wenn man nicht da ist. Ich finde den voll unheimlich, und ich weiß, daß meine Schwestern den auch ganz fies finden. Wir sagen das natürlich nicht! Aber ich fänd's schon besser, wenn unsere Mutter uns wenigstens vorher sagen würde: Heute kommt der Adam wieder. Ich hab ja nichts gegen ihn. Aber ich finde es schon komisch, wenn da jemand ist, von dem man nie weiß, ob der das alles mitkriegt, was man so erzählt, oder gar nichts mitkriegt. Mir macht der angst. Und Dino auch.«

Dino (Schäferhund):

»Ich mag nicht fressen, wenn Adam mein Fell streichelt. Das macht er ja immer. Streichelt, aber ich hab das Gefühl, er meint nicht mich dabei. Könnte irgendeinen Hund streicheln. Vielleicht auch einen Teppich oder eine Wand. Er streichelt mich, meine Herrin lobt ihn dafür, aber er schaut durch mich hindurch. Aus dem Fenster. Und ich rieche, daß er Angst hat.«

Herr Kloczowski:

»Bei uns bringt die dicke Zanska, die Geliebte des Priesters, das weiß ja jeder, den Adam vorbei, wenn er bei ihnen nicht schlafen kann. Ihre Kinder laden immer alle möglichen anderen Kinder ein, bei ihnen zu übernachten, damit das Sofa und die Couch belegt sind. Die Kinder von der Zanska fürchten sich eben vorm Adam.

Wir haben ja keine. Wenn ich an Kinder denke, denke ich sofort an die, die der Adam damals aus dem Wasser gezogen hat. Tag für Tag. Immer neue kamen angeschwemmt. Manchmal hab ich ihm geholfen. Damals war er noch Leuchtturmwärter, hat die Schiffe gesichtet. Die großen deutschen Schiffe. Die Gustloff, die Steuben, die Goya. Die sind ja alle fast an der gleichen Stelle von den Russen torpediert worden. Nur ein paar hundert Meter vor der Küste entfernt hier bei Stolp – auf dem Weg nach Lübeck oder Kiel. Wir Polen waren ja immer dazwischen – immer dazwischen und immer mittendrin in der Scheiße. Und ich hab dem Adam geholfen. Hatte den Regenmantel meines Vaters an. Mit langen Eisenstangen haben wir die rausgeholt.

Gut, daß meine Frau und ich keine Kinder bekommen haben –.«

Adam (den Vorhang zuziehend, kaum hörbar singend):

»Schlaf. Fenster. Schlaf. Schlaf. Fenster. Schlaf. Wenn du jetzt leise bist, Wind, dann schlaf ich auch.«

Leander Scholz
SS

Jeden Winter fahre ich in das Dorf, in dem ich aufgewachsen bin. Und jedes Mal fällt mir auf, daß ich mich immer noch nicht daran gewöhnt habe. Das Dorf ist vollkommen in Ordnung. Ein x-beliebiges Dorf in der Nähe einer x-beliebigen Kleinstadt. X liegt in der Nähe von y und y wiederum in der Nähe von z. Wobei z eine größere Stadt und allgemein bekannt ist. Aha, sagen die Leute dann, als hätten sie nun eine genauere Vorstellung von x. Aber das geht wahrscheinlich allen so, die aus einem x-beliebigen Dorf stammen.

Nein, woran ich mich nicht gewöhnen kann, ist die Tatsache, daß ich gerade dort groß geworden bin. Wenn man es genau nimmt, stimmt das auch nicht ganz. Meinen entscheidenden Wachstumsschub habe ich erst später erlebt. Aber immerhin, bis zu meinem sechzehnten Lebensjahr habe ich dort gewohnt, in diesem x-beliebigen Dorf.

Wenn ich das Ortsschild sehe, dann denke ich jedesmal, ich hätte genausogut irgendwo anders groß werden können. Selbstverständlich ist dieser Gedanke vollkommen müßig. Aber das ändert nichts daran, daß ich ihn jedesmal denken muß, wenn ich im Winter in das Dorf fahre, in dem ich nun mal aufgewachsen bin.

Jetzt liegt der Schnee so und so hoch, bemerke ich dann zu mir selbst. Und er liegt wahrscheinlich in allen vergleichbaren Dörfern irgendwann soundso hoch. Nichts Besonderes also, zumal in dieser Jahreszeit. Trotzdem wundere ich mich, daß der Schnee jetzt in diesem Dorf gerade soundso hoch liegt. Als würde er das nicht tun, wenn ich niemals dort aufgewachsen wäre und folglich nicht gerade dorthin fahren würde. Ein besonderer Schnee eben. Und das nur, weil er ausgerechnet in dem Dorf niedergefallen ist, in dem ich groß geworden bin. Da hilft es auch nichts, sich klarzumachen, daß das dem Schnee vermutlich völlig egal ist. Zumal er von mir ja überhaupt nichts wissen kann. Seltsam, sage ich mir dann, das also ist dein schneebedecktes Dorf.

Wenn ich die Hauptstraße entlangfahre, schaue ich immer, ob sich etwas verändert hat. Aus irgendeinem Grund bin ich jedes Jahr der festen Überzeugung, es müßte sich etwas Grundlegendes getan haben. Gleichzeitig fürchte ich mich vor dem Moment, da ich mein Dorf nicht mehr wiedererkenne. Meistens hat sich auch etwas verändert. Ein Neubau, der Spielplatz ist umgebaut worden, oder ein weiteres Haus wurde in seinem ursprünglichen Stil restauriert. Aber ich erkenne alles wieder. Kein Grund zur Panik.

Natürlich ist es auch extrem unwahrscheinlich, daß mein x-beliebiges Dorf im Laufe eines einzigen Jahres ganz und gar umgekrempelt wird. Jemand kauft alle Grundstücke und baut darauf ein riesiges Parkhaus. Oder ein Vergnügungsgelände mit Achterbahnen und überteuerten Süßigkeitenbuden. Solche Dinge geschehen nur in Romanen. Oder ich hätte aus der Zeitung davon erfahren. Vermutlich werde ich das Dorf bis an mein Lebensende wiedererkennen. Zumal wenn ich weiterhin wie jetzt gerade jedes Jahr im Winter dorthin fahre.

Just in dem Augenblick, in dem ich mich davon überzeugt habe, daß alles beim alten geblieben ist, und ich mir beherzt sage, da bin ich also, mein liebes, altes Dorf, überfällt mich das ungute Gefühl, es könnte sich doch etwas Grundlegendes geändert haben. Vielleicht nicht so auffällig, wie ich mir das vorher vorgestellt habe. Aber trotzdem. Unmerklich und unsichtbar hat das x-beliebige Dorf, in dem ich aufgewachsen bin, ein völlig anderes Gesicht bekommen, das nichts mehr mit seinem vorigen gemeinsam hat. Ein Gesicht, das ich unmöglich wiedererkennen kann.

Es ist schlicht und einfach ein anderes Dorf geworden, ohne sein Aussehen verändert zu haben. Ich habe das Gefühl, daß dieses Grundsätzliche schon passiert ist. Noch bevor ich es wahrnehmen konnte. Möglicherweise ist das der Grund, warum ich mich immer noch nicht daran gewöhnt habe, gerade hier aufgewachsen zu sein. Manchmal hege ich den Verdacht, daß es sich doch nicht um ein x-beliebiges Dorf handelt.

Im gleichen Moment, in dem ich schwungvoll in die Auffahrt zu unserem Haus einbiege, zerfällt dieses unheimliche Gefühl wieder. Denn schließlich bin ich jetzt da, und meine Eltern erwarten mich. Und sollte es einmal vorkommen, daß sich nicht sofort das Gartentor öffnet, so bilde ich mir ein, daß sie den ganzen Vormittag über auf mich gewartet haben und gerade aus einem unerheblichen Grund nicht aufmerksam sein können.

Sobald ich durch das Gartentor gehe und versuche, hinter den Fenstern meine Eltern oder meine Geschwister zu erkennen, kommen mir meine eigenen Gedanken wie die eines Fremden vor. Von jemandem, der nichts wissen kann von meinem Dorf, von den Wegen in die Felder und den Chipstüten auf den Scheunendächern. Der einfach keine Ahnung hat, daß jedes x-beliebige Dorf seine ureigene Geschichte besitzt, die man nicht aufschreiben kann und die in keiner Statistik aufgeht. Nicht einmal den Schnee könnte derjenige beschreiben, der nicht wie ich hier groß geworden ist, immerhin einen Meter und neunundsiebzig Zentimeter groß. Der nicht wie ich gesehen hat, daß an der Kreuzung neben der Kirche ein Hund überfahren worden ist, der uns immer nachlief und der keinem zu gehören schien.

So etwas denke ich dann und bin regelrecht erleichtert, daß mein Dorf nur von außen, nur von ganz weit weg wie ein x-beliebiges Dorf erscheint.

Im Winter, wenn ich nach Hause fahre, ist Weihnachten. Ich sehe meinen Bruder wieder, der jünger ist als ich und trotzdem größer. Der, wie es scheint, jedes Jahr noch ein kleines Stückchen größer wird, als würde er in einem Alter noch wachsen, in dem andere sich schon Sorgen um ihre Haare machen. Und meine Schwester ist da, für mindestens drei Tage sind wir alle zusammen und hätten auch genügend Grund zur Freude, wenn nicht die langen Abende regelmäßig in erbittertem Streit enden würden. Die Gründe dafür sind schwer zu benennen.

Jedenfalls haben wir es bisher nicht geschafft, auch nur ein einziges Weihnachten ohne Familienkrach zu erleben. Meine Eltern machen sich Gedanken, was in unserer Erziehung dermaßen schiefgelaufen sein könnte. Selbst nach so vielen Jahren können wir uns immer noch nicht vertragen.

Trotzdem freue ich mich auf Weihnachten, obwohl ich weiß, daß ich mir anschließend schwören werde, das nächste Mal die Festtage ohne Familie zu verbringen. Aber vielleicht gehören die Streitigkeiten auch dazu. Eventuell würde mir sogar etwas fehlen, wenn nicht wenigstens einer von uns schreien oder in Tränen ausbrechen würde. Meistens sind wir alle irgendwann völlig erschöpft, eine Tür wird zugeschlagen, und wir gehen still und vereinzelt der Reihe nach ins Bett. Am nächsten Morgen sitzen wir dann etwas bedrückt am Frühstückstisch, noch die Gemeinheiten im Kopf, die am späten Abend ungehemmt und laut gebrüllt wurden, und das unüberhörbare Schluchzen meiner Schwester, das jetzt jeder am liebsten aus der Erinnerung streichen will. Bis endlich einer etwas Belangloses sagt und alle wieder froh sind, sich ungeniert unterhalten zu können.

Aber dieses Mal hatte ich mir vorgenommen zu schweigen. Ich wollte mich nicht provozieren lassen. Wollte nicht auf die Erinnerung meiner Schwester eingehen, daß ich jahrelang als Kind nichts mit ihr zu tun haben mochte, daß ich mich häufig schämte für sie, und das in einer Zeit, in der sie selbst aus irgendeinem Grund keine Freunde besaß.

Manchmal, zum Ende unserer Streitigkeiten hin, hat dann sogar mein Bruder Tränen in den Augen. Obwohl er mit alldem nichts zu tun hat, fängt er scheinbar grundlos an zu weinen. Er kann es einfach nicht mit ansehen, wenn wir uns derartig streiten. Und ich finde es unerträglich, daß sie es wieder einmal geschafft hat, alle auf ihre Seite zu ziehen. Bloß weil meine Schwester als die Schwächere erscheint, die selbst von ihrem eigenen Bruder, also von mir, keinen Schutz erwarten kann.

So war es immer. Und alles, was ich tue, unterstreicht diese Rollenverteilung noch. Oft hatte ich den Eindruck, sie wollte es nicht zulassen, daß ich nach Hause kam, da ich mich nur einmal im Jahr dazu aufraffen konnte, die Familie zu besuchen, und mit dem Ende der Feiertage wieder für ein ganzes weiteres Jahr verschwunden blieb. Natürlich habe ich ihr auch das gesagt. Mit dem Ergebnis, daß der Streit in eine neue Runde ging. Zuletzt ist Schweigen noch das Beste, sagte ich mir dieses Mal. Auch dabei hatte ich ein schlechtes Gefühl, das sich nur deshalb in Grenzen hielt, weil ich insgeheim stolz darauf war, endlich eine annehmbare Haltung für die kommenden Tage gefunden zu haben.

Der erste Abend verlief ohne Zwischenfälle. Kein böses Wort fiel zwischen uns. Meine Schwester erkundigte sich nach meiner Arbeit, und ich gab ihr bereitwillig Auskunft. Wenn wir Gefahr liefen, in die Nähe eines der üblichen Themen zu geraten, brach ich das Gespräch mit der Bemerkung ab, wir sollten jetzt unserer Mutter bei den Vorbereitungen helfen. So gab es immer etwas Wichtigeres als die Vertiefung alter Wunden. Alles in allem war meine Strategie genauso einfach wie erfolgreich.

Am späten Abend, als alle schon schlafen gegangen waren und ich meiner Mutter noch beim Ausräumen der Geschirrspülmaschine half, fragte sie mich unvermittelt, ob ich mich noch an Onkel (seinen Namen darf ich nicht nennen, selbst seinen Vornamen nicht) erinnern würde.

Selbstverständlich konnte ich das. Gegenüber von unserem Haus befand sich ein Lebensmittelladen mitsamt einer Bäckerei. Als Kind hatte ich oft in der Backstube auf dem großen Holztisch gesessen und durfte die Aprikosenfladen mit den Teiggittern belegen. Später half ich dann beim frühmorgendlichen Ausfahren der Brötchen oder beim Ausmisten der Schafställe hinter dem Haus. Um mein Taschengeld aufzubessern.

Meine Mutter schenkte uns beiden noch etwas Wein ein und erzählte, daß Onkel Karl (so nenne ich ihn jetzt einmal) ihr vorgestern ohne jeden Anlaß und ziemlich überraschend seine Tätowierung aus dem Zweiten Weltkrieg gezeigt hatte.

Ich hatte Onkel Karl bestimmt schon seit zehn Jahren nicht mehr gesehen. Erst jetzt wurde mir bewußt, daß ich mich wahrscheinlich noch nie wirklich mit ihm unterhalten hatte. Obwohl ich als Kind und auch noch als Jugendlicher viel Zeit auf dem Grundstück gegenüber verbracht habe. Man kann nicht sagen, daß Onkel Karl nett zu mir war. Seine Sätze beschränkten sich meist auf kurze Anweisungen. Lob bekam man so gut wie nie von ihm zu hören. Er hinkte auf einem Bein, trug außer sonntags stets eine scheinbar unverwüstliche Bäckerschürze mit der passenden Mütze dazu und schien immer ein bißchen übermüdet zu sein. Nun ja, er war schließlich Bäckermeister, Ladenbesitzer und Schafzüchter alles in einem und rund um die Uhr.

Im Kern hielten wir ihn alle für einen gutmütigen Alten, der sich niemals mehr ändern würde und der wahrscheinlich auch niemals anders war. Im Grunde jedoch mochten wir ihn genau so, und selbst wenn er manchmal gemein zu uns Kindern war, wünschte sich niemand ernsthaft einen anderen Onkel Karl als diesen. So hieß er nämlich, er hatte keinen Nachnamen und konnte in meiner Vorstellungswelt selbst später niemals etwas anderes als ein Onkel sein. Wenn ich mich nicht erheblich verschätze, dann mußte er inzwischen schon über achtzig Jahre alt sein.

Meine Mutter nickte mehrmals stumm hintereinander, als wollte sie noch einmal betonen: »Du wirst es vielleicht nicht glauben, aber Onkel Karl war bei der SS.«

Aber ich glaubte ihr. Das war nicht das Problem. Ich versuchte mir nur die Szene vorzustellen: Der alte Karl verkauft meiner Mutter Brötchen oder sonstwas und sagt, daß er ihr etwas zeigen muß. Dann legt er die unverwüstliche Bäckerschürze ab, knöpft sich sein Hemd auf, schiebt das Unterhemd hoch und zieht sich die faltige Haut unter der Achsel glatt, damit sie die SS-Tätowierung deutlich sehen kann.

»Genauso war es«, antwortete meine Mutter.

Anschließend erklärt er ihr, er sei dazu gezwungen worden. Ganz zum Schluß, als der Krieg schon so gut wie vorbei war.

»Klar«, ich zündete mir eine Zigarette an, obwohl meine Mutter es nicht mag, wenn ich zu Hause rauche, »dasselbe würde ich auch sagen, wenn ich bei der SS gewesen wäre.«

»Du bist zynisch«, meinte meine Mutter und räumte die Gläser, die sie eben erst mit Wein gefüllt hatte, auch schon wieder weg.

Eigentlich ist es nicht ihre Art, irgend etwas wegzuschmeißen, das man noch trinken oder essen kann. Aber genaugenommen war es auch nur ein kleiner Rest. Ich hätte einfach gern noch ein Glas getrunken.

Weil ich nicht gut einschlafen kann, wenn ich in einem fremden Bett liege, dachte ich noch eine Weile über Onkel Karls Vergangenheit nach. Ich überlegte, was ich alles von der SS wußte, und muß zugeben, es war nicht besonders viel.

Schutzstaffel, SA, Röhm-Putsch, Totenkopfverbände, Eliteeinheiten, Waffen-SS, Geheimpolizei, KZ-Aufseher, Schwarzer Orden und irgendwelche selbstgebastelten Riten aus allen möglichen Versatzstücken der abendländischen Mythologie. Jedenfalls kam ich zu dem Schluß, daß jemand, der in der SS war, gute Gründe hatte, das selbst nach sechzig Jahren noch zu verheimlichen. Und er mußte genauso gute Gründe haben, sich ausgerechnet jetzt und ausgerechnet meiner Mutter zu offenbaren. Über diesen Gedanken schlief ich schließlich ein.

In der Nacht hatte ich einen furchtbaren Traum. Ich saß auf einem schwarzen Barhocker in einem dunklen Raum. Der Boden bestand aus weißen Fliesen. Das konnte ich sehen, weil ich die ganze Zeit an mir hinunterblickte. Ich war nackt. Zumindest konnte ich meine Beine und auch meinen Bauch erkennen, die nackt waren. Ein Messer mit einer breiten ovalen Klinge wurde mir in den Bauch geschoben. Als wäre das nichts. Als würde mein Körper überhaupt keinen Widerstand bieten. Währenddessen sah ich mich aus immer weiterer Entfernung. Aber ohne mich weiter entfernt zu sehen. Der Vorgang wurde ein paarmal wiederholt. Das Messer schob sich in meinen Bauch und wurde wieder herausgezogen. Fünf- oder sechsmal hintereinander. Dann endlich kam Blut. Tiefrotes und dickes Blut quoll aus der Wunde und floß über meinen Penis und meine Beine.

Ich wußte, daß ich träumte. In dem Moment, als das Blut aus meinem Bauch trat, war ich erleichtert. Das Gefühl, als das Messer in meinen Bauch eindrang, war extrem seltsam. Nicht, weil es mir Schmerzen bereitete, sondern weil es dort einfach nicht hingehörte. So dachte ich zumindest im Traum und war vermutlich deshalb erleichtert, als das Blut kam.

Am nächsten Morgen wachte ich grundlos früh auf und konnte nicht wieder einschlafen. Ich ging in den Garten und rauchte schnell zwei Zigaretten nacheinander. Da ich sowieso nichts Besseres vorhatte, deckte ich den Frühstückstisch. Es kommt schließlich selten genug vor, daß ich früher als meine Eltern auf den Beinen bin. Diese Gelegenheit wollte ich nutzen.

»Seid mal bitte still«, sagte meine Mutter mitten in die allerbeste Frühstückslaune hinein. Immerhin hatten wir es geschafft, uns bisher kein einziges Mal zu streiten. Dementsprechend redeten alle fröhlich durcheinander. Nur meine Mutter nicht. Etwas schien sie zu bedrücken.

Zu meiner Überraschung erzählte sie die gleiche Geschichte, die sie mir am Abend zuvor berichtet hatte. Überrascht war ich, weil ich offensichtlich ihr erster Zuhörer gewesen sein mußte. Auch das erwähnte sie nun am Frühstückstisch. Ebenso, daß sie in den letzten Nächten kaum hatte schlafen können. Ihr würde stets durch den Kopf gehen, was Onkel Karl als SS-Mann wohl alles gemacht hätte.

Eine Zeitlang gingen wir gemeinsam unsere Kenntnisse über die SS durch. So schlecht wußte ich gar nicht Bescheid. Dann diskutierten wir die Möglichkeit, ob jemand, der bei der SS war, kein Verbrecher sein konnte. Schließlich waren wir alle zusammen der Meinung, das könnte nur Onkel Karl selbst beantworten.

»Warum hast du ihn nicht gefragt?« Manchmal beneide ich meinen Bruder. Er kann Fragen stellen, die andere aus Taktgefühl für sich behalten.

»Ja«, schloß ich mich bestens gelaunt an, »warum hast du ihn nicht einfach gefragt?«

Meine Mutter blickte uns alle der Reihe nach an und nickte dann etwas bekümmert, als hätten wir ihr gerade eben einen schwerwiegenden Vorwurf gemacht. »Wahrscheinlich habt ihr recht«, sagte sie mehr an sich selbst gerichtet als an uns.

»Das ist mal wieder typisch.« Plötzlich stand meine Schwester auf und begann den Tisch abzuräumen. Dabei hatte ich mir gerade erst das zweite Brötchen aufgeschnitten. Aus der Küche hörten wir, wie sie das Geschirr auf die Anrichte knallte.

Ich stand auf, ging ins Bad und wusch mir die Hände. Nachdem ich damit fertig war, wusch ich sie mir noch einmal.

Als ich wieder am Frühstückstisch saß, war meine Schwester verschwunden. Ich erfuhr, daß sie sauer war, weil sich meine Mutter mir zuerst anvertraut hatte. Außerdem fand sie es unerträglich, wie wir mit der *Sache* umgegangen waren. Auf einmal hieß Onkel Karl die *Sache*. Ihrer Meinung nach hätten wir sofort den Kontakt zu ihm abbrechen müssen. Angesichts der Tatsache, daß ich seit bestimmt zehn Jahren keinen Kontakt mehr zu ihm hatte, kam mir diese Maßnahme ziemlich lächerlich vor.

Im Grunde genommen betraf die *Sache* sowieso nicht uns. Immerhin hatte er sich meiner Mutter offenbart und keine öffentliche Rede gehalten. Außerdem stellte ich mir vor, daß sich Onkel Karl schon seit Jahren mit seinem Gewissen herumquälte. Vermutlich wollte er sich wenigstens überhaupt jemandem mitteilen, um sein Geheimnis nicht mit ins Grab zu nehmen. Vielleicht ist *Geheimnis* nicht ganz das richtige Wort. Aber zuletzt würde er es doch mit ins Grab nehmen müssen. Deshalb schwieg ich und hoffte, daß sich die *Sache* ganz von selbst regelte.

Gemeinsam deckten wir den Tisch ab und beschlossen, einen Spaziergang zu machen. Als wir gerade ein paar Schritte gegangen waren, fragte unsere Mutter, ob heute nachmittag vielleicht einer von uns hinübergehen könnte.

Der Lebensmittelladen und die Bäckerei von gegenüber waren schon seit Jahren geschlossen. Offensichtlich lohnte sich ihr Betrieb auf dem Land nicht mehr. Deshalb hatte sich auch kein Nachfolger gefunden. Auch die Schafherde war Stück für Stück verkauft worden. Seitdem standen die Ställe leer. Wenn ich mich richtig erinnere, war Onkel Karls Frau vor zwei Jahren gestorben. Das Geschäft hatte er an einen seltsamen Elektronikbastler vermietet, zu dem die Kunden auch von weiter her angereist kamen. Keine Ahnung, was genau dort angeboten wurde. Da ich stets nur an den Feiertagen zu Hause war, blieben für mich die Jalousien des Geschäfts immer geschlossen.

Aus irgendeinem Bedürfnis heraus offerierte Onkel Karl aber an besonders hohen Feiertagen einen einzigartigen Service. Er backte Brötchen und lieferte sie ohne Aufpreis in der gesamten Umgebung aus. Außerdem verkaufte er ebenso nur an Feiertagen die köstlichsten Reisfladen. Für uns war es völlig selbstverständlich, daß wir zum Nachmittagskaffee am ersten Weihnachtstag ausschließlich Onkel Karls Reisfladen aßen. Da es kein Ladenlokal mehr gab, mußte man einfach am Privateingang klingeln und das Bestellte abholen. Natürlich bot ich meiner Mutter sofort an, nach dem Spaziergang hinüberzugehen.

Noch bevor sich die Tür öffnete, hörte ich schon Onkel Karls mühsames Schlurfen. Wenn man es genau nimmt, wirkte er nicht nur immer ein wenig übermüdet, sondern stets wie am Ende seiner Kräfte. Vermutlich konnte ich mir deshalb auch als Jugendlicher nicht vorstellen, daß er eines Tages nicht mehr da sein würde. Er war einfach immer schon alt. Ich hatte ihn nie anders als am Ende seiner Kräfte gesehen.

Obwohl ich mich in den letzten zehn Jahren mit Sicherheit verändert hatte, erkannte er mich sofort wieder. Ich begrüßte ihn, er brummelte etwas, machte kehrt und kam mit zwei eingepackten Reisfladen zurück. Alles wie gehabt. Ich gab ihm das abgezählte Geld, wünschte frohe Weihnachten, und schon war die Tür wieder geschlossen. Das also war Onkel Karl heute. Immer noch kein überflüssiges Wort. Als wäre kein bißchen Zeit vergangen, sah er exakt so aus, wie ich ihn in Erinnerung hatte.

Ohne genau zu wissen, was ich ihm noch hatte sagen wollen, drückte ich erneut auf die Klingel. Mir gingen alle möglichen Fragen durch den Kopf. Oder besser: Mir gingen leider nur unmögliche Fragen durch den Kopf. Wie: Guten Tag, was ich Sie noch fragen wollte, wie war es eigentlich in der SS? Oder: Ach ja, ich habe ganz vergessen, mich nach Ihrer Zeit in der SS zu erkundigen. Vielleicht hätte er zuletzt sogar noch Lust gehabt, von *früher* zu erzählen.

Als sich die Tür erneut öffnete, sagte ich etwas hastig: »Ich soll Sie von meiner Mutter grüßen.«

Eine Weile schwiegen wir uns an, dann bedankte er sich und wünschte mir ein frohes Fest. Als er schon wieder im Begriff war, die Tür zu schließen, nahm ich meinen Mut zusammen und fragte ihn, wie es ihm gehe. Na prima, dachte ich bei mir, jetzt erkundige ich mich auch noch nach seinem Befinden.

Er schaute mich an, als hätte ihn das noch nie jemand gefragt. Vermutlich war es auch tatsächlich schon eine Weile her. Möglicherweise war das auch der Grund, warum er auf meine Frage keine Antwort gab. Statt dessen wackelte er mit dem Kopf, hob eine Hand und winkte ab, wobei aber so etwas wie ein Lächeln in seinem Gesicht zu erkennen war.

»Ich glaube«, sagte ich in einem möglichst sachlichen Ton, »meine Mutter wird eine Zeitlang nicht mehr zu Ihnen kommen.«

Ich war mir nicht sicher, ob er mich überhaupt verstanden hatte. Er nickte und schloß die Tür. Aber am Ende war das auch nicht wichtig. Wichtig war nur, daß meine Mutter jetzt tatsächlich nicht mehr zu ihm gehen würde.

Als ich am nächsten Tag wieder zurück nach Hause fuhr und das Ortsschild passierte, dachte ich, es ist nicht mein Dorf. Es gehört mir nicht, und ich gehöre nicht ihm. Manchmal wäre es mir lieber, aus einem anderen Land zu stammen.

Aber vielleicht ist das so wie mit den Eltern. Man mag sich bessere ausdenken, aber am Ende sind es nun mal die eigenen Eltern. Ab einem bestimmten Alter gewöhnt man sich daran und findet, daß sie gar nicht so übel sind. Leider funktioniert dieser Vergleich nicht ganz.

Vladimir Vertlib
Die Kommission

»Sechs Millionen Juden sind ermordet worden. Wollen Sie noch mehr?« Für einen Augenblick schaute mir der Richter direkt in die Augen, während der Beisitzer den Blick senkte.

»Dabei betonen Sie noch extra, daß Sie Jude sind«, sagte der Richter nach einer kurzen Pause, »und das veranlasse Sie zu einem bewußteren Umgang mit der Vergangenheit. So weit – so gut. Aber jetzt erklären Sie mir bitte noch einmal, warum Sie deshalb nicht zum Militär wollen.«

»Das Schicksal der Juden zeigt mir, wie schnell Gewaltbereitschaft und eine auf Militarismus aufgebaute Gesellschaft zur Ausrottung einer ganzen Bevölkerungsgruppe führen können«, murmelte ich. Wieder etwas sicherer geworden, fügte ich hinzu: »Vor dem Krieg gab es zweihunderttausend Juden in Wien, heute sind es keine zehntausend ...«

»Ja, ja, natürlich«, unterbrach mich der Richter. »Das wissen wir schon. Das steht ja alles in Ihrem Zivildienstantrag. Aber Sie wollen doch unseren Staat, die Republik Österreich, eine parlamentarische Demokratie, nicht als militaristisch bezeichnen, oder?«

Ich beeilte mich, der Zivildienstkommission zu versichern, daß ich mit der auf Militarismus aufgebauten Gesellschaft natürlich die des nationalsozialistischen Deutschlands gemeint hatte und nicht die gegenwärtige österreichische.

»Nun, Sie waren es, der das Wort Militarismus ins Spiel gebracht hat, nicht ich«, sagte der Richter und lachte. Ich schwieg und starrte den Parkettboden an.

»Wie ist es nun mit den von den Nazis ermordeten Juden?« fragte der Richter. »Die meisten von ihnen hatten keine Möglichkeit, sich zu wehren. Wollen Sie sich selbst ebenfalls zur Wehrlosigkeit verdammen?«

Die Hände des Richters lagen schwer und unbeweglich auf dem Tisch, wirkten leblos, als gehörten sie schon seit langem nicht mehr zum Körper. Am kleinen Finger der rechten Hand glänzte ein dünner goldener Ring. Der Ringfinger fehlte.

»Ich möchte keinem Menschen etwas zuleide tun«, erklärte ich und spürte, wie ich rot wurde, »aber wenn man mich persönlich bedroht ...«

»Aha, und wie ist es in Israel, Herr Blum?« unterbrach mich der Richter. »Sollen die Israelis sich von ihren Feinden abschlachten lassen? Oder glauben Sie vielleicht in diesem Fall an die Sinnhaftigkeit einer bewaffneten Landesverteidigung?«

»Die Araber sind nicht die Nazis«, murmelte ich und dachte: Was bin ich doch nur für ein armseliges Würstchen.

»Ach so, und Sie möchten das so ohne weiteres beurteilen können? Drehen und wenden alles, wie es Ihnen gerade paßt.«

Der Beisitzer schaute auf die Uhr.

»Es macht Ihnen also nichts aus, wenn zu den sechs Millionen Ermordeten noch weitere Tote Ihres Volkes dazukommen«, erklärte der Richter.

Der Beisitzer warf ihm einen Blick zu, in dem leichte Verwunderung zu lesen war.

»Ist das jetzt eine Frage oder eine Feststellung?« erkundigte ich mich. »Wenn das eine Frage ist, weigere ich mich, sie zu beantworten, wenn das eine Feststellung ist, brauche ich sie nicht zu kommentieren.«

»Gut, das reicht!« meinte der Beisitzer. »Wir haben genug gehört.«

»Einverstanden. Machen wir Schluß«, sagte der Richter. »Unsere Entscheidung wird Ihnen in schriftlicher Form, als Bescheid, in etwa zwei Wochen zugestellt. Sie müssen nur noch das Protokoll unterschreiben, Herr Blum.« Während ich unterschrieb, holte er aus einer Schublade eine Wurstsemmel heraus und begann zu essen.

Die Kommission, hatte man mir einige Wochen zuvor in der Zivildienstberatungsstelle erklärt, habe die Glaubwürdigkeit meiner Gewissensgründe zu prüfen. Nicht meine Argumente seien ausschlaggebend, sondern die Überzeugung, mit der ich diese vorbringe. Und was als glaubwürdig gelte, bestimme die Kommission nach eigenem Ermessen. Allerdings dürfe ich nicht politisch argumentieren. Laut Gesetz sei es zwar für einen Wehrpflichtigen möglich, vom Militärdienst befreit zu werden, weil er aus ethischen, religiösen oder emotionalen Gründen keine Waffengewalt gegen Mitmenschen anwenden wolle, aus politischen Gründen den Militärdienst abzulehnen sei jedoch nicht zulässig. Sollte die Entscheidung der Kommission für mich negativ ausfallen, könne ich dagegen Berufung einlegen, entscheide die Berufungskommission ebenfalls gegen mich, stehe bald die Militärpolizei vor meiner Tür. Dann hätte ich nur mehr die Wahl zwischen Uniform, Gefängniszelle oder der Flucht ins Ausland.

Vier Stunden lang wurde ich darauf vorbereitet, wie das Gewissen eines Österreichers im Jahre 1988 auszusehen habe. Ich bemühte mich, für alle Fangfragen, die man mir möglicherweise stellen würde, die passenden Antworten auswendig zu lernen.

»Es gibt nette, weniger nette und richtig gemeine Richter, aber der schlimmste von allen ist der Wallerdorf«, erklärte man mir zum Schluß, »der läßt nicht einmal fünf Prozent durch. Wenn du den kriegst, dann gute Nacht! Der hat selber noch 1945 einrücken müssen. Endkampferfahrung … Und so einer leitet eine Zivildienstkommission.«

Die Kommission tagte in einer alten Kaserne aus der Zeit der Monarchie, in der jetzt Ämter untergebracht waren. Im Vorzimmer warteten an diesem Montagmorgen Anfang Juni schon zwei junge Männer. Einer von ihnen war kaum zwanzig Jahre alt und wirkte äußerst nervös. Sein schmales Gesicht wurde von einer Hornbrille dominiert, einem alten Krankenkassenmodell. Kaum war ich eingetreten, kam er auf mich zu und begann schnell mit gedämpfter Stimme auf mich einzureden: »Wallerdorf!!! Wallerdorf führt den Vorsitz! Was sagst du dazu?«

Der andere Mann stand mit dem Rücken zum Raum am offenen Fenster und rauchte. »Alles Scheiße!« sagte er. »Wir haben keine Chance!«

»Alles eine Frage der Nerven«, meinte ich. Der Hornbrillenträger lächelte dankbar und griff nach meiner Hand: »Wünsch mir Glück, wünsch mir Glück«, murmelte er, »ich bin als nächster dran. Ich habe religiöse Motive angegeben, das mag der überhaupt nicht, der Wallerdorf.«

»Der wird dich rösten und fressen!« ertönte wieder die Stimme am Fenster.

»Blödsinn!« meinte ich. »Qué será, será!«

»Sehr witzig.«

Die Tür zum Verhandlungszimmer wurde von innen geöffnet. »Abensperg!« rief jemand laut. »Eintreten!«

Der junge Mann wischte sich seine nassen Hände an seiner Jeans ab, fuhr mit den Fingern der rechten Hand durch sein schulterlanges Haar, blieb in der Tür noch einmal stehen. »Na, geh schon, du wirst es überleben!« sagte ich. Die Tür schloß sich.

»Wie vor einer Hinrichtung«, ertönte die Stimme am Fenster.

Die folgende Viertelstunde erschien mir endlos lang. Aus dem Verhandlungsraum drangen immer lautere Gesprächsfetzen.

»... unglaubwürdig! ... Das ist doch kein Argument! ... Woher wollen Sie wissen, was Gott glaubt?«

Endlich ging die Tür wieder auf, und Abensperg schwankte schluchzend in den Warteraum. »Das ist gemein«, winselte er und ließ sich auf die Holzbank fallen. Gern hätte ich ihm etwas Nettes und Tröstliches gesagt, aber es fiel mir nichts ein.

»Blum!«

Ich trat ein. Hinter einem langen Tisch, auf dem ein grünes Tuch ausgebreitet war, saßen sechs Personen, alles Männer: in der Mitte ein kleiner, älterer Herr mit Glatze, der berüchtigte Wallerdorf, ihm zur Linken der Beisitzer, ein Beamter aus dem Innenministerium, links vom Beisitzer zwei Jugendvertreter und auf der rechten Seite des Tisches die beiden Repräsentanten der Kammern. Den Vertreter der Arbeiterkammer erkannte ich sofort. Er war Betriebsratsvorsitzender der Bäckerei Semmelkönig, wo ich als Schüler einige Sommer hintereinander gejobbt hatte, und hieß Peterka. Der Herr mittleren Alters neben ihm, der die ganze Zeit mit einem Zahnstocher in seinem Mund herumstocherte, mußte demnach ein Mitarbeiter der Bundeswirtschaftskammer sein. Bei den beiden jungen Leuten, Mitgliedern parteinaher Jugendorganisationen, konnte ich nicht sagen, wer der »roten« und wer der »schwarzen Reichshälfte« zuzuordnen war. Es spielte auch keine Rolle. Der eine von ihnen las Zeitung, der andere hatte ein Blatt Papier vor sich liegen, das er mit einem Muster aus Kreisen, Vierecken, Sternen und kunstvoll verzierten Blumen bedeckte. Dafür verwendete er einen Vierfarbkugelschreiber, so daß das Blatt immer bunter wurde.

Der Richter und sein Beisitzer waren die einzigen, die Fragen stellten. Der Rest der Kommission verhielt sich passiv. Als ich eintrat, las der Vertreter des Innenministeriums, ein sportlich aussehender Mann um die vierzig, gerade meinen Zivildienstantrag.

»Blum, Daniel?« fragte der Richter und blätterte in seinen Akten. Ich nickte. »Ihren Ausweis, bitte.« Ich reichte ihm meinen Personalausweis und wartete. Plötzlich war mir kalt. Ich zitterte. Wallerdorf musterte mich spöttisch. »Sie dürfen sich übrigens hinsetzen«, sagte er.

»Sie sind also Jude?« fragte der Beisitzer und schmunzelte. Die anderen Kommissionsmitglieder blickten beim Wort Jude auf. Der Bäckermeister nahm sogar eine Kopie meines Zivildienstantrags in die Hand und begann zu lesen. Der Jugendvertreter zeichnete plötzlich Judensterne, fand das aber nach dem dritten Stern wohl doch etwas unpassend und kehrte zu der zuvor begonnenen Reihe von Vierecken zurück. Nur der Mann aus der Wirtschaftskammer reinigte weiter seine Zähne.

»Sie schreiben, Sie seien Jude, Ihrer Familie ist viel Leid zugefügt worden, und deshalb möchten Sie nicht zum Militär ...«, sagte der Richter.

»Was meiner Familie während der Nazizeit passiert ist«, erklärte ich, »zeigt mir, wie verwerflich jegliche Anwendung von Gewalt ist. Ich möchte anderen Menschen kein Leid zufügen. Ich könnte das seelisch nicht ertragen. Meine Familie weiß, was Leid bedeutet. Gewalt aber ist die Hauptursache für Leid ...«

»Ihre Eltern sind doch rechtzeitig geflüchtet, waren weder im KZ noch im Gefängnis«, unterbrach mich der Richter.

»Wenn sie im KZ gewesen wären, gäbe es mich nicht«, entgegnete ich.

»Na ja, wer weiß«, meinte Wallerdorf, »es gab ja, Gott sei Dank, auch Menschen, die diese ganzen Dinge überlebt haben ...«

Es folgte ein kurzes Schweigen, dann wurden mir allgemeinere Fragen gestellt. Der Beisitzer wollte wissen, was ich denn, wenn ich schon keinen Militärdienst leisten wolle, im Kriegsfall für die Verteidigung meines Landes tun wolle.

»Ich werde Flugzettel drucken«, antwortete ich, »und darin die Bevölkerung auffordern, die Befehle der Okkupanten nicht zu befolgen. Außerdem werde ich in der

Nacht versuchen, die Fahrzeuge der Besatzungsmacht fahruntauglich zu machen.« Der Bäcker begann zu lachen, stockte aber, als ihm der Richter einen strengen Blick zuwarf. »Sollte mich ein Okkupant bei meinem Tun beobachten, laufe ich davon. Gewalt gegen Menschen werde ich keine anwenden.« Die Mitglieder der Kommission beschlossen, diese Feststellung nicht zu kommentieren. Statt dessen kamen sie bald wieder auf mein Judentum zu sprechen.

»Die Juden haben in den vergangenen zweitausend Jahren sehr viel durchmachen müssen, vor allem während des Holocausts, nicht wahr?« fragte der Richter.

»Ja.«

»Und da weigern Sie sich, eine Waffe in die Hand zu nehmen, und wollen sich nicht verteidigen?«

»Nein … also …«

»Sechs Millionen Juden sind ermordet worden. Wollen Sie noch mehr?« fragte der Richter …

1991 wurden die Zivildienstkommissionen in Österreich abgeschafft. Gleichzeitig wurde der Zivildienst um vier Monate verlängert.

Stefan Beuse
Superball

Jeden morgen um Viertel vor neun sitzt sie im Bett und spielt »Superball«. »Superball« ist eine Art ferngesteuertes Computerspiel von Sat. 1. Die Zuschauer können mitmachen, indem sie anrufen und mit ihrer Stimme eine Spielfigur bewegen. Die Spielfigur ist ein Ball, und die Aufgabe besteht darin, anderen Bällen auszuweichen. Es geht ganz einfach. Jedesmal, wenn ein Ball von oben kommt, wird die Spielfigur durch das Kommando »rechts« oder »links« so bewegt, daß der Ball nicht auf sie drauffällt.

Es gibt einen Jackpot, der nach dem Lotto-Prinzip so lange gefüllt wird, bis er geknackt ist. Der aktuelle Stand liegt bei 13333 DM. Seit über zwei Wochen hat es niemand geschafft, den Bällen sechzig Sekunden lang auszuweichen. Man muß genau eine Minute durchhalten, ohne getroffen zu werden. Das ist Bedingung.

Natürlich gibt es auch ein Handicap: Mit fortschreitender Zeitdauer werden die Bälle immer schneller, und am Ende kommt man ziemlich ins Schwitzen. Jeder, der das Spiel kennt, kann sich die Handflächen von dem vorstellen, der gerade dran ist.

Ihr Großvater kam auch mal ziemlich ins Schwitzen. Das war vor genau fünfzig Jahren. Er mußte Bomben und Granaten ausweichen, die von oben runterfielen. Er hat es länger als sechzig Sekunden durchgehalten, aber irgendwann hatte er keine Lust mehr und floh von Italien in die Schweiz. Er schlug sich in die Berge und ernährte sich von gebratenen Fröschen.

Sie hat erst ein einziges Mal Frösche gegessen. Das war, als das neue Restaurant eröffnete und zwei Freunde sie dorthin eingeladen hatten. Es schmeckte ihr nicht besonders. Sie fand den Gedanken seltsam, Frösche zu essen, aber sie sagte nichts, weil ihre Freunde sie schließlich eingeladen hatten. Ihre Freunde studierten auch Jura. Wie sie.

Als ihr Großvater keine Frösche mehr hatte, die er essen konnte, wollte er nach Hause gehen. Er dachte, der Krieg sei vorbei, und freute sich auf seine Frau und seine Kinder. Er hatte sie seit drei Jahren nicht mehr gesehen. Irgendwie muß er sich dann vor lauter Vorfreude verlaufen haben, denn ehe er sich versah, war er wieder in Italien gelandet und wurde sofort festgenommen. Man steckte ihn in ein Lager, zusammen mit anderen Deserteuren, die man der Reihe nach erschoß.

»Rechts!« ruft sie. »Rechts!« Sie macht das immer so. Sie muß in Form bleiben. Für den Tag, an dem das »B« gezogen wird. Jeden Tag darf nur eine ganz bestimmte Personengruppe teilnehmen. Der Moderator tut das, um die Spannung zu erhöhen. Und damit die Leitungen nicht heißlaufen. Vor Spielbeginn wird ein Buchstabe gezogen, und nur diejenigen, deren Nachname mit diesem Buchstaben anfängt, können anrufen. Ihr Nachname fängt mit »B« an, aber das »B« wird fast nie gezogen. Es ist wirklich zum Verzweifeln.

»Wasch dir die Brust, morgen bist du dran«, grinste man ihrem Großvater eines Tages ins Gesicht. Aber schon am nächsten Tag wußte er, daß sie nur Spaß gemacht hatten. Sie konnten ihn gar nicht erschießen. Er war der einzige, der Augenbinden nähen konnte. Für die, die erschossen wurden. Ihr Großvater war nämlich Schneider von Beruf. Er machte die Binden schön schwarz. Damit seine Kollegen nicht sahen, wie ihre Kameraden auf sie anlegten.

Das »B« ist jetzt schon seit über einem Monat nicht mehr gezogen worden. Sie hat mitgezählt: Seit genau 23 Spielen. Und der Jackpot steht auf 13 333 DM. Da wird es langsam Zeit. Das Alphabet hat nur 26 Buchstaben.

Ihr Großvater fing auch mit »B« an. Und irgendwann

machten sie keine Späße mehr. Irgendwann sagten sie »Wasch deine Brust, morgen bist du dran« und meinten es ernst. Es waren bereits alle erschossen. Nur er war noch übrig. Sie weiß davon nichts. Niemand hat es ihr je erzählt. Aber in irgendeiner Weise scheint sich die Nervosität gegenüber Dingen, die von oben runterfallen und denen man ausweichen muß, über zwei Generationen vererbt zu haben. Sie kriegt jedesmal feuchte Handflächen, wenn sie dem Spiel zusieht. Auch, wenn sie selbst gar nicht dran ist.

»Rechts!« ruft sie dann immer, um in Form zu bleiben. »Rechts! Links! Rechts!« Sie mag dieses Spiel. Sie spielt es jeden Tag. Es gehört zu den Spielen, die leichter scheinen, als sie in Wirklichkeit sind. Die Bälle werden immer schneller. Und alles ist nur eine Entscheidung von rechts oder links. Das geht jetzt schon ihr ganzes Leben so. Sie hat noch keine Folge verpaßt.

An diesem Morgen zieht der Moderator das »B«. Sie wählt die Nummer, die sie auswendig kennt, und denkt an die 13333 DM und daran, daß sie all ihre Freunde zum Fröscheessen einladen wird, wenn sie gewinnt. Ihre Hände fangen an zu zittern. Und Sat. 1 zeigt Werbung.

Man sieht eine Familie im Sonnenlicht frühstücken. Die Kinder lachen und haben Spaß und ärgern ihren Vater, der ihnen gerade einen halben Tagesbedarf an irgendwas aufs Brot streicht. Es geht um Margarine oder so was, und das Zeug strahlt auf den Toasts wie pures Gold. 13333 DM, denkt sie. 13333 DM.

Dann ist die Werbung vorbei, und neben dem Moderator klingelt das Telefon. Ihr Hörer tutet. Gleichmäßig und lang. Freizeichen.

Während seine Frau in den Flüchtlingszügen mit ansehen muß, wie Kinder in den Armen ihrer Mütter einfach verhungern, näht sich ihr Großvater seine Augenbinde. Er macht sie schön schwarz, damit er nichts mehr sieht. Er denkt an seine Frau und die drei Kinder und hofft, daß es allen gutgeht. Vielleicht hätte es sie interessiert, daß er in dem Moment, in dem er auf den Exekutionsplatz geführt worden ist, an seine Tochter dachte: an ein Kind, das fünfundzwanzig Jahre später ein Kind zur Welt bringt, das jetzt vor dem Fernseher sitzt und versucht, 13333 DM zu gewinnen.

»Herzlichen Glückwunsch«, sagt der Moderator. »Heute bist du dran, Kirsten. Du kennst das Spiel?«

»Ja«, sagt Kirsten. Sie kennt das Spiel wirklich gut. Der Moderator duzt jeden, der anruft. Und plötzlich wird sie ganz ruhig.

Als die ersten Bälle fallen, braucht es eine Zeit, bis sich ihre Kommandos auf den Moderator eingespielt haben. Es ist nämlich so, daß der Moderator selbst ihre »rechts/links«-Rufe befolgt, und nicht ein Computer. Jedesmal, wenn sie »rechts« oder »links« ruft, muß der Moderator einen Hebel umlegen. Aber nach ein paar Sekunden hat er den Dreh raus und reagiert relativ zeitgleich zu ihren Kommandos. Die beiden sind jetzt so was wie ein perfekt eingespieltes Team. Ihre Stimme und seine Hebelbewegungen gehen fließend ineinander über. Sie fühlt sich sehr sicher, in dem Spiel, und ein bißchen erinnert sie das an die Aerobicstunden, die sie manchmal gibt. Sie macht das, um ein bißchen Geld nebenbei zu verdienen. Und, weil ihr die Arbeit Spaß macht. Manchmal überlegt sie sogar, das Studium zu schmeißen und etwas völlig anderes zu tun. Sie weiß nicht genau, was, aber sie weiß, daß viel Geld dabei rausspringen muß. Jedenfalls genug, um gut über die Runden zu kommen. Dann würde sie weitersehen.

»Rechts! – Links! – Links! – Rechts!« Die Spielfigur gehorcht aufs Wort. Wie ihre Aerobicgruppe. Es sind perfekt getimete Bewegungen, die sie mit ihrer Stimme ausführt, während die Superbälle dicht an ihr vorbeizischen und auf dem Boden platzen. Ich frage mich, was wohl der Mieter nebenan denkt, wenn er jeden Morgen um Viertel vor neun aus dem Schlaf gerissen wird, weil irgendein Idiot ständig »rechts« und »links« schreit. Ich denke, manchmal wäre er ganz froh, wenn der Krieg wieder losginge und er endlich einen Grund hätte, diesem Jemand eine Kugel in den Bauch zu jagen. Naja, vielleicht auch nicht. Man soll nicht immer schlecht über seine Mitmenschen denken. Aber möglich wäre es immerhin. Ihr Großvater hätte sicher auch nicht geglaubt, daß ihm seine eigenen Kameraden eines Tages Kugeln in den Bauch jagen würden. Er hätte vielleicht vieles für möglich gehalten. Aber nicht das. Und wenn ihm jemand erzählt hätte, daß seine Enkeltochter kaum fünfzig Jahre später vor einem Fernsehgerät sitzt und versucht, durch die Flucht vor Bällen 13 333 DM zu gewinnen, dann hätte er sich womöglich die Augenbinde gespart.

Noch zweiundzwanzig Sekunden. Die Bälle werden immer schneller. Jetzt kommt die heiße Phase des Spiels. Sie hält sich gut. Nur schreit sie ein bißchen lauter als sonst, wenn sie probt. Auch ihr Nachbar hört das. Und zum ersten Mal wird ihm die Sache zu bunt. Er hat keine Lust mehr, jeden Morgen um Viertel vor neun irgendwelche Richtungsschreie aus der Nachbarwohnung zu hören. Vielleicht schreibt er gerade an einer wichtigen Arbeit, die seine ganze Aufmerksamkeit erfordert. Vielleicht ist er sonst sehr friedliebend und würde nie auf die Idee kommen, das zu tun, was er jetzt tut. Aber manchmal machen Menschen eben Sachen, die sie selbst nicht verstehen. Sie sind eben oft unbekannten Kräften und Einflüssen ausgesetzt.

Der Nachbar von Kirsten geht in diesem Moment zur Wand und hämmert mit voller Kraft seine Fäuste dagegen. Es ist etwa zwölf Sekunden vor Schluß, und Kirsten hat es fast geschafft. Ihre Stimme wird jetzt sehr laut vor Erregung; sie brüllt sich fast die Seele aus dem Leib.

»Links! – Links!«

Bumm – bumm.

»Links!! – Rechts!!«

Sie muß noch lauter werden, um das Gehämmere zu übertönen; dieser Idiot ist kurz davor, alles zu verpatzen.

Sie hofft, daß der »Superball«-Moderator nicht allzuviel davon mitkriegt und ihn die Sache nicht aus dem Rhythmus bringt. Noch vier Sekunden.

»LINKS!!«

Bumm!! Drei Sekunden.

»RECHTS!!«

Bumm!!

Zwei. Sie beißt sich auf die Zunge.

»LINKS!!!«

Bumm!!! Die Kugeln durchschlagen sein Herz. Sie schmeckt Blut im Mund. Der Jackpot steht morgen auf 14444 DM.

Jörg Bernig

Möglichkeiten des Ablaufs

– Eine heimatkundliche Erzählung –

Eins

Als der Angestellte Soundso am vierundzwanzigsten April neunzehnhundertfünfundvierzig den Fluß M., eine weiße Fahne in der einen Hand haltend und mit der anderen schwer rudernd – das Wasser war frühjahrskalt! –, durchschwamm, war es höchste Zeit, denn der Bomberverband ließ bereits die Motoren warmlaufen, und die Techniker des Bodenpersonals gaben sich am anderen Ufer letzte Handzeichen, um die Stadt W., die am Fluß M. lag, zu zerschlagen. Dazu würden wenige hundert Kilogramm Sprengstoff ausreichen. Die Stadt war nicht groß, hatte aber durch Gestellung von Menschen, Produkten aus Fabriken und Wohnzimmern – gestrickten Puls- oder Ohrenwärmern zum Beispiel – sowie durch parteipolitische Unterstützung an der Zerstörung Hunderter, ja Tausender Städte, Dörfer und Flecken mitgewirkt und dabei den Moment verpaßt, sich dem im Ansatz ausschließlich anderen zugedachten Schicksal zu entziehen.

Der Bomberverband ließ bereits die Motoren warmlaufen.

Die in der Stadt Lebenden oder sich gerade dort Aufhaltenden, wie die Schneiderin Frau R. aus dem im Osten liegenden und von der Front bereits überrollten L., begannen, in die Keller hinabzusteigen. Auf die Häuser war ein LSR gemalt, das stand für *Luftschutzraum*, oder nur ein Pfeil für *Hier geht's nach unten*.

Soundso schwamm und wußte um das Versäumnis seiner Stadt. Er wußte auch, das heißt, er war sich sicher zu wissen, daß er bei der ersten sich bietenden Gelegenheit von vielen Einwohnern als Verräter würde beschimpft werden. Sei das offen, unter vier Augen oder hinter seinem Rücken.

Soundso schwamm und wußte nicht, daß hinter ihm am Ufer ein Soldat, ihn dabei unablässig beobachtend, sein Gewehr vorsichtig von der Schulter nahm, durchlud, den Trageriemen zur Stabilisierung um sein Handgelenk schlang, anlegte, zielte und das Gewehr dann wieder absetzte. Seine prall gefüllte Blase jagte dem Soldaten in der Morgenkühle Kälteschauer den Körper hinab, so daß er zu stark zitterte, um genau zielen zu können. Er mußte sich hinter dem Baum, unter dem er Wache hielt und das gegenüberliegende Flußufer nach Feinden abspähte, erleichtern, bevor er den Schuß würde abgeben können. Ein Eisernes Kreuz zweiter Klasse wäre ihm sicher. Bis aus Amerika waren die Feinde herübergekommen.

Soundso aber war in jüngeren Jahren einer der besten Schwimmer des ortsansässigen Schwimmvereins *Germania* gewesen, ein Umstand, der sich für ihn an diesem Tag auszahlte, denn als der Soldat ereignisfreudig hinter dem Baum – es war eine enorme Kastanie, deren Stamm den Blick des Soldaten verstellt hatte – hervortrat, sah er nichts mehr im Fluß. Soundso, der nichts von dem Soldaten wußte, war bereits im gegenüberliegenden Dickicht, das Ansätze eines frühen Grüns trug, verschwunden.

Was Soundso auch nicht wußte, war, daß der Kommandeur des Bomberverbandes ungeduldig auf und ab lief, schimpfend und fluchend und immer wieder auf die Armbanduhr blickend. Das nahende Kriegsende hatte unter den Besatzungen der Maschinen eine Bereitschaft zur Mißachtung der Disziplin angestachelt, so daß Unpünktlichkeiten, obwohl er streng dagegen vorging, an der Tagesordnung waren.

So hatte sich der Pilot P., Captain, seit einigen Wochen der mit Logik untermauerten Versuchung ergeben, seine Notdurft nicht während der Kaffeepause, die vor jedem Einsatz gewährt wurde, zu verrichten, sondern die Pause bis zur letzten Sekunde als Pause zu verbringen und erst dann seinen Körper, gewissermaßen als erste Handlung des beginnenden Kampfeinsatzes, von Ballaststoffen zu befreien. Die Folge war eine regelmäßig wiederkehrende Verspätung im Plan des Kommandeurs, die, so glaubte P., den Krieg um maximal zehn Minuten verlängern würde, um maximal zehn Minuten, während derer, darin war sich P. sicher, sowieso nichts Entscheidendes würde geschehen können, denn das Entscheidende war längst geschehen. Zehn Minuten in einem Weltkrieg.

Als P. in der Frische des Aprilmorgens den Hosenstall seiner Uniformhose mit klammen Fingern zuknöpfte und langsam zum Aerodrom schlenderte, das auf irgendeiner Wiese lag, die gerade weit genug entfernt war von der zu bombardierenden Stadt W., daß die Maschinen nach dem Start beim Anflug die Mindesthöhe erreichen konnten, sah er hinter dem Ende der Rollbahn und dort, wo die Wiese in ein Wäldchen überging, ein weißes Fetzchen flattern, blieb – und er gab nichts auf das Schreien seines Vorgesetzten, sondern gab vor, es nicht zu hören, denn er war neugierig geworden – stehen und erkannte, daß das Fetzchen näher kam und auf ihn zu.

Soundso trat in die Pedale des von einem flußnahen Bauernhof gestohlenen Fahrrades, wie er noch nie in seinem Leben in die Pedale getreten hatte. Der Schweiß lief ihm von der Stirn auf die Augäpfel und brannte – abwischen konnte er ihn nicht, weil er die Hände für die weiße Fahne und den Lenker brauchte –, so sah er nur undeutlich die Maschinen mit ihren sich drehenden Propellern. Vor ihnen stand ein Mann, der zu warten schien.

P., Pilot und Captain, fing Soundso, der vor ihm vom Rad stürzte, auf, vernahm dessen einzigen englischen Satz, akzeptierte die weiße Fetzchenfahne, trug sie zu seinem Kommandeur, der fassungslos war über diese Verwahrlosung, denn nun lagen sie endgültig nicht mehr im Zeitplan, und ging zurück zum Zelt, in dem der nicht ganz ausgetrunkene Kaffee in seiner Tasse die immer vorhandene Möglichkeit zu einer Pause zu bedeuten schien.

Frau R. aus der im Osten bereits von den Russen eroberten Stadt L. saß in W. in der Kannegießergasse in einem Keller und erwartete den Luftangriff.

Zwei

Die prall gefüllte Blase bereitete dem Soldaten beim Zielen keinerlei Schwierigkeiten. Ausatmend zog er den Finger am Abzug bis zum Druckpunkt des alten Karabiners und langsam darüber hinaus. Der Schuß, so sagt der fachmännische Ausdruck, brach. Soundso wurde getroffen und abgetrieben. Die losgelassene und viel leichtere Fahne überholte den Treibenden, ging dann aber vor der nächsten Flußbiegung, ausgebreitet und mit Wasser vollgesogen, unter.

Pilot P., Captain, sah unter sich eine Stadt, die ihn nicht im geringsten interessierte. Wahrscheinlich war sie voller Nazis, die nicht aufgeben wollten. Vor ihm zerplatzten einige schlecht gezielte Flak-Geschosse.

Der Bombenschacht öffnete keinen Moment zu spät.

Drei

Soundso gab es nicht.

Der Soldat am Flußufer zielte mit seinem Karabiner pflichtgemäß auf die anfliegenden Bomber. Traf nicht. Sie flogen viel zu hoch.

Der Bombenschacht öffnete über dem Fluß, so daß die ersten Bomben, noch lange vorwärtstreibend, den Bahnhof wegnahmen. Dann kämmten sie die Straßen in nördlicher Richtung durch und fegten die Häuser weg.

In einem der Keller, in einem der Luftschutzräume der

Kannegießergasse saß die vor der Front im Osten geflohene Frau R. Sie hatte im Februar das Bombardement der Stadt D. am Fluß E. überlebt. Sie wußte nicht, wie. Sie wußte aber, daß sie vor Beginn des Angriffs zwei Kinder gehabt hatte, die neben ihr hergegangen waren, den ganzen Weg von der kleinen väterlichen Schneiderwerkstatt im schlesischen L. Hinter ihr und ihren Kindern war die ganze Zeit das Wummern der Front zu hören gewesen. Als sie nach dem Angriff erwachte, lag sie neben vielen Toten auf der Straße. Ihre Kinder konnte sie nicht finden. Sie wurde von Ordnern und Feuerwehrleuten und Wehrmachtstreifen weitergeschoben, weiter und weiter, und war so im April neunzehnhundertfünfundvierzig in der Stadt W. angekommen, wo die Menschen vom Kriegsende, das jeden Tag eintreten würde, sprachen.

Als die Bomben den Anfang der Kannegießergasse aufhackten, nahm Frau R., gewesene Schneiderin und Mutter, die kleine Schere, die sie immer bei sich trug, in die seit dem Februarangriff auf D. ohne Unterbrechung zitternden Hände und öffnete sich die Pulsadern. Im Keller war es dunkel. Mit den ersten Einschlägen war die Stromversorgung ausgefallen.

Der Soldat am Fluß überlebte. Ergab sich Stunden später den feindlichen Verbänden, deren Ankunft er hätte melden sollen.

III
Nachbeben

Norman Ohler
Der schwarze Vorhang

Ein Stellenangebot in der »New York Times«: »German speaker for unusual job wanted« oder irgend so etwas. Ich rief sofort an.

Eine weibliche Stimme meldete sich, rauchig: »Wie kann ich Ihnen helfen?«

»Arbeiten will ich«, antwortete ich.

Wir vereinbarten einen Termin. Um die Spannung zu halten, fragte ich nicht, um was für einen Job es sich handelte.

Die Adresse lag irgendwo in der Upper East Side, zwischen der Ersten und York Avenue. Ich fuhr mit der U-Bahn dorthin. Im Wagen herrschte eine eisige Kälte, während die Stationen in einer verbrauchten, schwülen Luft buken.

Das Haus war ein Brownstone, gut in Schuß, sandgestrahlt, mit Steinlöwen links und rechts der leicht ausgetretenen Stufen, die zum Eingang führten. Ein Namensschild gab es nicht. Der goldene Klingelknopf erinnerte mich an einen Nippel. Ich drückte ihn. Nach einer Weile ertönte der Summer. Ich lief einen blankgewienerten Marmorgang nach hinten und links durch eine angelehnte Tür in eine Art Lobby oder Salon.

Nirgendwo war jemand zu sehen. Schwarze Ledersofas standen im Raum verteilt, orientalischer Teppichboden. Ein kleines Empfangspult neben der Tür, darauf ein großes, in schwarzes Leder gebundenes Buch. Am auffallendsten jedoch waren die an allen Wänden hängenden Gemälde nackter Frauen, die alle gleichzeitig darauf aus waren, meinen Blick zu bannen. Ich schaute hierhin und dorthin, zählte acht, in verschwenderisch verwendeter Ölfarbe gemalt, deren Plastizität einzelne Körperteile betonte. Wie verschieden die Frauentypen auch waren, alle sahen sie majestätisch aus, was durch die alten Holzrahmen unterstrichen wurde. Es schien sich hier um eine Art Edelpuff zu handeln. Aber was für einen Job würde es da wohl für mich geben? Warum mußte man deutsch sprechen können?

»Hello«, rief eine Frau und kam die mit rotem Teppich ausgelegte Treppe rechts vom Eingang herunter. Sie war in einen engen Hosenanzug aus schwarzem Leder gekleidet, ihre Haare wie Pech, straff zurückgebunden und hoch auf der Rückseite des Kopfes verknotet. Ihr Mund lächelte nicht, sondern wirkte ernst, ihre Lippen waren schön und kaum aufgeworfen, die Augen dunkel, im Gegensatz zu ihrer Haut, die fast milchig war.

»Ich bin wegen des Vorstellungsgesprächs gekommen. Gibt's hier einen Job?« fragte ich ein wenig verunsichert.

»Kommt drauf an, wie gut dein Deutsch ist.« Sie lächelte jetzt, und für einen Moment flammte ein Hauch von Rot über ihre Wangen.

»Ich hab's als Baby gelernt«, antwortete ich. »In Deutschland, wo ich herkomme und aufgewachsen bin. Mein Kopf ist fast explodiert, aber dann ging's.«

Sie kam einen Schritt näher. Ihre linke schwarze Augenbraue hob sich, als wollte sie mir ein Zeichen geben. »Soll ich dir den Job erklären?«

»Sehr gern.«

»Besonders schwierig ist es nicht«, sagte die Frau und schaute mich aus ihren großen dunklen Augen direkt und ruhig an. »Du müßtest hinter einem Vorhang sitzen. Niemand würde dich sehen. Währenddessen bekommen unsere Klienten auf der anderen Seite ihre Behandlungen.« Ihre Stimme klang nüchtern, methodisch. »Eine manchmal harte Behandlung, verstehst du? Und du würdest deutsch zu ihnen sprechen, während es passiert. Das wäre der Job. Wie klingt das?«

»Ah ja«, sagte ich und versuchte, genau zu verstehen, was sie mir gerade erklärt hatte. »Wieso deutsch?«

»Die Seelen unserer Klienten sind verletzt. Deshalb besuchen sie uns.« Die Frau näherte sich mir ein Stück, und es kam mir so vor, als versuchte sie, meinen Geruch zu erschnuppern. »Deutsch ist die richtige Sprache, um die verletzten Seelen unserer Klienten zu trösten. In den allermeisten unserer Fälle.«

»Was soll ich denn zu ihnen sagen?« fragte ich verwirrt.

»Sing ihnen alte deutsche Weisen vor, wenn du magst. Oder lies Gedichte. Irgendwas. Beides hat sich jedenfalls schon bewährt. Also?«

»Es klingt seltsam, aber ich denke, das könnte ich tun.«

»Das ist gut.« Sie lächelte. »Du bekommst 50 Dollar pro Stunde. Wäre das okay?«

»Okay«, sagte ich.

»Dann sind wir Kollegen«, sagte sie und reichte mir ihre feingliedrige Hand, deren Nägel rot lackiert waren. »Mein Name ist Louise. Ich komme aus Michigan.« Wieder huschte das Rot über ihre Wangen. »Wie heißt du? Du brauchst auch einen Tarnnamen.«

»Ich überleg mir einen«, sagte ich.

»Kannst du morgen um neun Uhr anfangen?«

»Das müßte klappen. Dann sag ich dir auch meinen Namen.«

»Willkommen im Pleasure Dome.«

»Danke.«

Ich verabschiedete mich und ging. Ich war sehr froh, so schnell einen derart gut bezahlten Job gefunden zu haben.

Ich hatte während der Nacht sehr geschwitzt, riß mir am Morgen die Schlafklamotten vom Leib und rieb mich mit einem Handtuch trocken. Dann schaute ich die Schublade durch, die meine Frau mit einem schwarzen Klebebandkreuz für mich markiert hatte: Requisitenkleider von einem Mode-Shooting, »Fendi«, sündhaft teures Zeug.

Ich wählte einen kaffeebraunen Anzug und ein cremefarbenes Hemd dazu, das über dem Brustkorb einige Reihen weißer Biesen aufwies. Nun stieg ich in die schwarzen »Tony Lama«-Stiefel, ein Hochzeitsgeschenk meiner Frau.

Meine Haare hatten wirklich einen Schnitt verdient. Sich aus der Ordnung schlängelnde Locken.

Ich kramte ein Schmuckdöschen aus Jade hervor – früher einmal hatte ich darin meine Drogen aufbewahrt – und nahm den goldenen Siegelring heraus, den mein Vater an mich weitergegeben hatte. Es waren da die Initialen KO eingraviert, doch ich steckte ihn manchmal verkehrt herum an, so daß es fast ein OK ergab.

Mit der U-Bahn fuhr ich in die Upper East Side, stieg in der 86. Straße aus, lief ein paar Blocks, drückte den Nippelknopf und wurde von Louise hereingelassen.

»*You're a long way from home, welcome to the Pleasure Dome!* Kennst du den Song?« So begrüßte sie mich und lachte dabei, während ihre Wangen von einem tiefen Rot überflogen wurden.

»Also, wie ist dein Name?«

Wir standen in der Lobby mit den Porträts der nackten Frauen.

»Psycho Cowboy.«

»Seltsamer Name«, sagte sie und lief zu dem kleinen Empfangspult neben der Tür, öffnete das große schwarze Buch und schrieb etwas mit langsamen, präzisen Handbewegungen hinein. »Woher hast du den?«

»Von meiner Frau«, antwortete ich wahrheitsgemäß.

»Du bist verheiratet?« Sie schaute auf. Ihr Lächeln wurde breiter. »Das ist ja phantastisch!«

»Und selbst?«

»Oh, nein.« Sie schüttelte den Kopf. »Ich bin noch zu jung. Ich bin ja erst vierundzwanzig. Aber ich habe einen Freund.« Ihr Kinn hob sich kurz, und ihre Augen glänzten.

»Komm, ich zeig dir, wo wir arbeiten. Wir haben zehn Minuten, bevor der erste Kunde kommt.«

Wir stiegen die rot ausgelegte Treppe nach oben. Sie mündete in einem Flur mit drei Türen auf jeder Seite und einer Art Wohnzimmer mit kleiner Bar und Garderobe am Ende. Zwei Frauen, komplett in schwarzes Leder gekleidet, saßen dort in Sesseln und teilten sich die »New York Post«. Wir tauschten Begrüßungen aus und wurden von Louise vorgestellt. »Fatima« hieß die kleinere der beiden, eine zierliche Person aus dem Libanon mit filigranen Unterarmen, ein wenig zur Schläfe hin geschnittenen Augen und einem breiten, freundlichen Mund. Der Name der anderen Hure lautete »Wasp«, eine kerngesund wirkende, gut gebaute Amerikanerin aus dem Mittleren Westen.

Louise öffnete die Tür von Raum Nummer fünf, dem letzten Zimmer auf der linken Seite, einem in schönem Licht liegenden Raum mit dunkelroter Tapete und Biedermeier-Möbeln. Ein großes, mit roter Seide bezogenes Bett mit blitzenden Messingpfosten und Messinggittern an Kopf- und Fußende dominierte. Ein Stuhl aus dunklem Holz mit geschwungener Lehne und himmelblau gepolsterter Sitzfläche und Armstützen stand vor einem wuchtigen dunklen Sekretär in der Nähe der drei hohen, mit weißen Gardinen verhängten Fenster. Ein geschlossener Kleiderschrank aus ebenfalls dunklem Holz. Keine Bilder an der Wand.

Rechts des Bettes war ein weich von der Decke fließender schwarzer Vorhang angebracht und schaffte einen kleinen Alkoven zur Wand. Louise bat mich, hinter dem Vorhang Platz zu nehmen und zu warten, während sie jetzt nach unten gehe, um für den ersten Klienten bereit zu sein.

Ich ging auf den Vorhang zu, schlug ihn zur Seite und betrachtete den kleinen Raum dahinter. Es stand dort ein Designersessel aus Edelstahl mit dicker schwarzer Lederpolsterung, davor ein Gestell, das mich an eine Notenablage für einen Orchestermusiker erinnerte. Alles schien so bereitet, daß man seiner Arbeit in völliger Entspannung nachgehen konnte. Selbst zwei, drei Schritte zu spazieren schien möglich. Ich machte es mir in dem Sessel bequem. In meinem Kopf drehte sich alles. Ich hatte noch nie ein Bordell besucht, und plötzlich *arbeitete* ich in einem. Warum um Himmels willen wollten Leute deutsche Gedichte hören, während sie versohlt oder gepeitscht wurden? Warum brauchten sie »Faust«, während sie Louises italienische Lederstiefel leckten? Was hatte ausgerechnet die deutsche Sprache mit alldem zu tun?

Für heute hatte ich ein Taschenbuch von W. G. Sebald mitgebracht, »Austerlitz«. Es war noch in meinem Reisekoffer gewesen. Die Geschichte eines Mannes, der durch Europa zieht und seine Ursprünge zu ergründen sucht. Ich hoffte, daß es für die Situation geeignet sein würde, öffnete es und legte es auf die Notenablage.

Nun ging die Tür auf. Schritte kamen näher. Ich hörte Louises Stimme, dann ein kurzes Gebrummel eines wohl älteren Herrn. Es war seltsam, die beiden nicht sehen zu können, ich starrte nur auf den schwarzen, glänzenden Stoff und hielt kurz die Luft an. Ich konnte den Atem des Mannes hören, während er seinen anscheinend dicken, irgendwie komplizierten Mantel auszog. Louise trippelte währenddessen durch den Raum.

»Rudolph hat uns verlassen«, hörte ich sie. »Wir haben jemand Neuen. Psycho Cowboy.«

»Was ist denn das für ein Name?« Der Mann schien nicht begeistert.

»Warum setzt du nicht deinen Hut ab und ziehst dein Hemd aus und auch deine Hosen, bevor ich wütend werde!« entgegnete Louise.

»Aber ist er so gut wie Rudolph?«

»Beruhige dich! Er weiß genau, was du brauchst.«

Ich saß ganz aufrecht und blickte auf die Passage, mit der ich beginnen wollte. Ich hörte den Mann noch ein bißchen grummeln, dann raschelten Kleider, und beide stiegen in das zunächst ächzende, dann geheimnisvoll verstummende Bett.

»Als der Nachmittag sich schon neigte, spazierte ich durch den Park und schaute zuletzt noch hinein in das erst vor ein paar Monaten neu eröffnete Nocturama. Es dauerte eine ganze Weile, bis die Augen sich an das künstliche Halbdunkel gewöhnt hatten und ich die verschiedenen Tiere erkennen konnte …«

Ich hörte einen leisen Seufzer. Ich wußte nicht, ob das mit mir zu tun hatte oder ob Louise ziemlich schnell war. Ich versuchte, nicht länger auf die Vorgänge im Raum zu achten, sondern mich voll und ganz in das Vorlesen fallenzulassen. Ich hatte meinen Anschluß verloren und setzte einfach irgendwo wieder ein.

»Es scheint mir nicht, … daß wir die Gesetze verstehen, unter denen sich die Wiederkunft der Vergangenheit vollzieht, doch ist es mir immer mehr, als gäbe es überhaupt keine Zeit, sondern nur verschiedene, nach einer höheren Stereometrie ineinander verschachtelte Räume …«

Das Seufzen hatte sich in Stöhnen verwandelt. Das hatte sicherlich nichts mehr mit meinem Vorlesen zu tun.

»Und wäre es nicht denkbar, fuhr Austerlitz fort, daß wir auch in der Vergangenheit, in dem, was schon gewesen und größtenteils ausgelöscht ist, Verabredungen haben und dort Orte und Personen aufsuchen müssen, die, quasi jenseits der Zeit, in einem Zusammenhang stehen mit uns?«

Auf der anderen Seite des Vorhangs lief ein, wie mir schien, sehr konzentriertes Programm ab.

»Wenn ich beispielsweise irgendwo auf meinen Wegen durch die Stadt in einen jener stillen Höfe hineinblicke, in denen sich über Jahrzehnte nichts verändert hat, spüre ich beinahe körperlich, wie sich die Strömung der Zeit im Gravitationsfeld der vergessenen Dinge verlangsamt.«

Der Mann atmete sehr laut, unregelmäßig und eruptiv. Ich blätterte und suchte nach einem Satz, der die Situation noch anheizen würde.

»Immerzu dachte ich nur, so ein Satz, das ist etwas nur vorgeblich Sinnvolles ...«

Ich hob meine Stimme.

»... eine Art Auswuchs unserer Ignoranz, mit dem wir, so wie manche Meerespflanzen und -tiere mit ihren Fangarmen, blindlings das Dunkel durchtasten, das uns umgibt.«

Irgendwann hörte es sich plötzlich so an, als würde ein Stock gebrochen.

»Nirgends sah ich mehr einen Zusammenhang, die Sätze lösten sich auf in lauter einzelne Worte ...«

Der Mann kam. Es war eine Art langgezogenes Rufen, und ich senkte meine Stimme, um ihn dabei nicht zu stören, und flüsterte: *»Selbst die schneeweiß in der Bucht auflaufenden Wellen, so schien es mir, standen still.«*

Dann gab es ein paar Augenblicke der vollkommenen Ruhe im Raum.

So schlecht ist es nicht, murmelte ich lautlos zu mir. Ich bin nur ein Teil der Dienstleistungsgesellschaft. Im Dienste von Lust und der Poesie. Ein oraler Handwerker.

Ich hörte, wie der Mann sich anzog. Louise summte vor sich hin, sie schien sehr zufrieden. Sie tauschten ein paar lockere Worte aus, dann brachte sie ihn zur Tür und verließ mit ihm den Raum.

Langsam kam ich aus meinem Alkoven heraus. Das Bett war in Unordnung, die rote Seide zerknittert. Ich lief zum Sekretär und öffnete das mittlere Fenster, schaute hinaus auf die 83. Straße in Richtung York Avenue. Ein Mann verließ das Brownstone und ging zwischen den hell schimmernden Löwen hindurch. Er trug einen schweren schwarzen Mantel, schwarze Hosen und einen kastenförmigen schwarzen Hut, unter dem seine langen Schläfenlocken hervorbaumelten.

Ich starrte dem Mann hinterher, bis er um die Ecke bog und verschwand.

Louise kam ins Zimmer herein. Ich drehte mich um. Sie

sagte, ich hätte meine Sache gut gemacht, und fragte mich, wie es mir ginge. Ich wußte es nicht genau, schließlich sagte ich, ich sei okay.

»Wunderbar«, sie lächelte mir zu. »Ich bin froh. Du paßt so gut zu meinem Projekt. Bereit für den nächsten?«

Auszug aus dem gleichnamigen Roman-in-Arbeit

Corinna Waffender
Blut stinkt

Amma.

Das passiert, wenn man kein O aussprechen kann. O. Zu rund, zu groß. Großmutter. Amma hat Goldzähne in der oberen und unteren Reihe. Sie lacht viel, und dann blitzt es aus ihrem Mund. Nach drei Fingerhut »Klosterfrau Melissengeist« vor dem Frühstück stolpert sie durch die geschlossene Tür mit den bunten Glasscheiben und grinst blutig.

»Dummfutt«, sagt der Mann, der nicht der richtige Großvater ist.

Der richtige Großvater wird unter einer Brücke in Fetzen gerissen. Von den Russen. In Rußland. Weil er Deutscher ist. Das sieht man an der Uniform auf dem Foto, das im Wohnzimmer hängt.

Der falsche Großvater heißt Appa, weil die Großmutter Amma heißt. Er hat nur acht Finger. Die richtige Großmutter achteinhalb. Die restlichen hat der falsche Großvater abgeschnitten. Mit der Kreissäge. Aus Versehen. Der falsche Großvater ist Schreiner und Glaser. Wer ein Fenster braucht, kommt durch das weiße Tor in den Hof. Die Nachbarn kommen durch den Garten. Der Depp kommt durch die Scheune. Er schiebt einen Schubkarren vor sich her. Er trägt eine verwaschene blaue Arbeitsjacke über einem karierten Hemd. Den Kopf hält er kerzengerade und wirft ihn nervös nach hinten, wenn sich jemand vor ihn stellt. Als schüttelte er Schmetterlinge aus dem Haar.

»Nnnnnnniiieeeeaah«, gurgelt es aus seinem schiefen Hals. Dabei reibt er mit dem linken Zeigefinger über den rechten Handrücken.

Amma hebt die blauen Dosen für ihn auf. Nur die kleinen. Der Depp nimmt nur kleine und leere. Ohne Reste. Das ganze Dorf benutzt dieselbe Creme im selben Format. Es heißt, der Depp baut in der Garage Schlösser aus dem blauen Blech.

»Deppen wie dich haben sie früher gleich vergast«, sagt der falsche Großvater, und der Dosen-Sammler versteckt sich vor ihm und Harras. Harras ist der Schäferhund.

»Blond. Mit Stammbuch. Mir kommt kein Mischling ins Haus«, sagt der falsche Großvater.

Sie holen das winzige Tier in einem Pappkarton vom Züchter. Es zittert. Auf dem Nachhauseweg im Auto wird gesungen:

»Ein Soldat kam in die Küche …«

»… ticketackeiticketacketa …«

»… da verlor er seinen Püschel …«

»… ticketackeiticketacketa …«

Appa lacht, Amma lacht, das Kind lacht. Der Hund macht vor Angst in den Karton. Als Appa die Kiste in der Garage vom Rücksitz nimmt, rückt das Kind schnell auf den feuchten Fleck. Das macht ein ekliges Gefühl an den Beinen. Aber es nützt nichts. Appa merkt es an der nassen Unterseite des Kartons. Er hebt den Karton auf Augenhöhe, spricht leise, flüstert fast.

»Du kleine Drecksau. Dir bring ich Zucht und Ordnung bei.«

Dann packt er den Welpen und schleudert ihn mit aller Kraft auf den Rücksitz. Drückt das jaulende Tier mit der winzigen Schnauze so tief in das Polster, daß es keine Luft mehr bekommt.

Mittags, wenn Amma und der falsche Großvater so laut schnarchen, daß selbst die Fliegen auf ihren Köpfen erschrecken, tupft das Kind dem Hund das von den Schlägen rotgefärbte Fell ab und streichelt die unverwundeten Stellen. In den großen braunen Augen spiegelt sich das Kindergesicht. Wenn Harras blinzelt, verschwindet es kurz. Wenn er schläft, ist das Kind unsichtbar.

»Scheißvieh«, sagt der falsche Großvater, wenn er schlechte Laune hat, und tritt dem Hund in die Schnauze, daß Ober- und Unterkiefer auseinanderfliegen.

Die Werkstatt besteht aus drei Gebäuden: der Sägewerkstatt mit der Bandsäge, der Maschinenwerkstatt mit den Hobelbänken und der Glaserei. Unter der Maschinenwerkstatt ist der Keller. An der weiß gestrichenen Holztür im Hof hängt ein gelbes Schild, darauf ist ein Totenkopf gemalt. Im Keller ist Gift. Deshalb darf nur Appa dort hinuntergehen. Ihm kann Gift nichts anhaben.

Man hört ihn schon von weitem kommen. Die Absätze klacken auf dem Steinboden im Haus und hinterlassen kleine Mulden auf dem Kiesweg zum Garten. Bei jedem Schritt knirscht das Leder zum Gänsehautkriegen. Seine krummen Füße stecken bis zu den Knöcheln fest und sind über Kreuz in den Schuhen eingeschnürt. Ein Bein ist kürzer als das andere. Um nicht hinzufallen, hat er einen Stock.

»Krüppelknüppel«, lacht Appa.

An dem grauen Arbeitskittel mit den großen Taschen, in denen immer Nägel oder Schrauben und manchmal Kleingeld klimpert, wischt er seine Hände ab. Er nimmt seine Schirmmütze vom Kopf und kratzt sich mit dem Mittelfinger am nackten Schädel. Die Glatze glänzt.

»Hier, mein Liebchen, ein Fünfziger. Wenn er von 1950 ist und ›Bank Deutscher Länder‹ draufsteht, bist du reich. Wenn nicht, kauf dir ein Eis.«

Amma kocht und Appa arbeitet. Um zwölf Uhr gibt es Mittagessen. Das Kind schleicht herum, will der Großmutter nicht beim Kartoffelschälen helfen. Schaut dem falschen Großvater zu, wie er den Fensterkitt zwischen Glasscheibe und Rahmen drückt. Das Kind nimmt sich eine Handvoll von der grauen, nach Öl riechenden Masse und knetet ein Figürchen. Stellt es auf die Fensterbank und wartet, bis Appa ihm mit dem Messer den Kopf abschneidet, um ihn in die Ecke des Fensters zu quetschen. Am

Ende fährt er mit der breiten Klinge die Fugen entlang und macht alles glatt.

Freitags gibt es Kochfisch. Aus dem Abfalleimer in der Küche ragt der aufgefächerte Schwanz, die Augen liegen weiter unten, der Fisch kommt als Krüppel auf den Teller. Die silbrig glänzende, schuppige Haut hängt in Fetzen an Vorder- und Rückseite, wo einmal das Maul war, klafft ein Loch. Das weiße Fleisch schwimmt in heißer Butter. Appa bekommt das größte Stück. Weil er schwer arbeiten muß. Zum Beispiel große Säcke tragen. Mit toten Schweinen drin. Zuerst laufen sie noch ein paar Tage auf dem Hof herum, bevor Appa sie schlachtet und Amma die abgeschnittenen, gesäuberten Fleischstücke einfriert. Die Knochen kommen in einen großen Topf mit heißem Wasser.

»Die Sauerei muß man auskochen«, sagt Amma und zusselt einen Schweinefuß ab.

Abzusseln kann man nicht gut erklären. Man braucht dazu ein kleines Messer, gute Zähne und einen Knochen mit Fleisch. Oder mit Fett. Das Kind zusselt nicht so gerne Schweinefüße ab, lieber Hühnerbeine. Da hat es Glück, denn Appa schlachtet öfter Hühner als Schweine.

Er geht mit großen Schritten in den Hühnerstall und packt eine Henne am Hals. Nie den Hahn. Er hebt das aufgeregte Huhn hoch in die Luft und klemmt den flatternden Körper zwischen Ellbogen und Bauch. Das geht gut, weil Appa dick ist.

Im Hof steht ein hölzerner Bock, daneben liegt ein Beil. Damit hackt Appa dem Huhn den Kopf ab und läßt es los. Vorher wetten sie, wie weit der kopflose Körper noch rennt, bevor er umfällt. Meistens gewinnt Amma.

»Instinkte sind halt nicht totzukriegen«, sagt sie.

»Halt's Maul, dumme Kuh. Das sind keine Instinkte. Das sind Reflexe«, sagt er.

Hühner schlachten ist lustiger als Schweine schlachten. Schweine bluten mehr, und die rote Flüssigkeit in der weißen Wanne riecht nicht gut.

»Blut stinkt«, sagt das Kind.

»Blut schmeckt gut«, sagt Amma und kocht daraus »Pfeffer«. Mit frischer Blutwurst und Leberwurst und Sauerkraut und Knödeln.

Einmal wacht das Kind auf, weil es mitten in der Nacht hell im Zimmer ist. Es steht auf, geht ans Fenster und sieht in den Garten: Die Hollywoodschaukel brennt.

»Lichterloh«, sagt Amma beim Bäcker.

»Das waren die Zigeuner«, flucht Appa und preßt die Lippen zusammen, bis sie weiß sind. »Denen fackel ich die Eier ab.«

Zigeuner sind so ähnlich wie Juden. Wie Glücksjuden. Denn die leben noch. Die andern, die Pechjuden, sind tot. Sie erhängen sich. Wie der Mann von der alten Luise. Die ist Witwe.

»Im Gartenhäuschen aufgeknüpft«, weiß Appa.

Oder der Josef Schmidt. Der Tenor. Von ihm sind die Schallplatten im Schrank. Schwarze Scheiben, mit einem Loch in der Mitte, die man auf den Drehteller legt. Dann langsam den Plastikarm abnehmen und die Nadel genau auf die erste Rille setzen. Es kratzt ein bißchen beim Abspielen: »Heut ist der schönste Tag in meinem Leben«.

»Der war Jud«, sagt Appa. »Große Nase, aber zu mickrig für die deutsche Oper. Der war so klein, daß er auf eine große Leiter klettern mußte, um sich aufzuhängen.«

»Erzähl dem Kind doch nicht solche Sachen«, sagt Amma.

»Das Kind soll ruhig die Wahrheit wissen, gell, mein Schatz?«

Das Kind nickt. Es will die Wahrheit wissen. Was ein Tenor ist. Wie man sich in einem Gartenhäuschen erhängt. Warum Zigeuner Hollywoodschaukeln anzünden. Was der Großvater im Keller macht. Warum er ins Waschbecken pinkelt und nicht ins Klo. Woher der Splitter in seinem Oberschenkel kommt, der unter der weißen Haut als bläuliche Beule hervorlugt.

»Souvenir aus Sibirien«, sagt Appa, zündet sich eine Zigarre an und hebt sein Glas: »Na sdarowje!«

Sonntag ist Kirche.

Appa geht nie, Amma geht immer.

»Es läutet zusammen«, sagt die Großmutter.

Nach der Kirche gehen sie zum Friedhof, setzen sich auf die Bank vor die großen Figuren aus Stein. Da kniet eine Frau vor einem Mann, auf der anderen Seite hängen zwei Kinder an seinem Arm. Der Mann ist ein Soldat und steht kerzengerade. Dabei ist er gefallen. Sagt Amma. An der Front, Stalingrad. Wie der richtige Großvater.

Sie sitzen in der Sonne, und die Großmutter klappert mit den Stricknadeln. Das Kind übt lesen. Wenn es nicht mehr weiter weiß auf der Bronzetafel, hilft Amma. Sie lesen laut die Namen. Und die Zahlen. Zum Beispiel: Adolf Hassinger, 1942. Oder: Heinrich Müller, 1943. Wenn sie mit der Liste fertig sind, gehen sie nach Hause.

Dort wartet der falsche Großvater auf sie. Wenn er gut gelaunt ist, hebt er das Kind hoch, und der Himmel dreht sich wie ein Karussell.

»Wen hast du lieber, mein Liebchen, den Vati oder deinen Appa?«

»Meinen Appa.«

Bei schönem Wetter zwinkert er dem Kind zu und nickt in Richtung Garage. Amma holt einen dünnen Schal, Appa zieht die Schirmmütze fester, und los geht es: Das Kind sitzt auf dem Moped hinten und hat die Arme um seinen Oberkörper geschlungen. Den Kopf lehnt es an den breiten Rücken. Der Wind wirbelt die Haare auf. Weil die Beine so kurz sind, hat Appa für das Kind einen Sitz gebaut: Die kleinen Füße passen genau in die Steigbügel links und rechts, die er zurechtgebogen hat. Sie fahren durch die Felder, und vor Köngernheim kehren sie ein.

»Eine Sinalco mit Röhrchen und für meinen Appa einen Schoppen«, sagt das Kind und alle lachen.

Sie sitzen auf Barhockern am Tresen und die Kellnerin

fischt zwei Soleier aus dem Glas. Wenn Amma später fragt, ob sie unterwegs gegessen haben, schütteln sie den Kopf. Mit Appa kann man gut Geheimnisse haben.

Im Winter spielt das Kind drinnen. Es geht auf Schatzsuche und holt die Zigarrenkisten aus dem Schrank. Steckt sich die Nadel mit den überkreuzten Haken an. Dazu setzt es den Helm vom Speicher auf und marschiert im Wohnzimmer auf und ab.

»Heil Hitler!« sagt Appa, schlägt die Hacken zusammen, streckt den Arm in die Luft und schlägt sich danach vor Lachen auf die Schenkel.

»Heilige Mutter Gottes«, flüstert Amma und reißt dem Kind die Nadel ab.

Es gibt Kisten mit Plaketten und Nadeln und Kisten mit Fotos. Die haben alle weiße Zacken am Rand, und auf den Bildern ist fast immer schlechtes Wetter. Deshalb haben die Männer lange Mäntel an und dicke Stiefel. Oder sie tragen schwarze Lederjacken und sitzen auf einem Motorrad. Die Frauen sitzen auf anderen Fotos. Auf der Wiese, auf dem Auto, im Liegestuhl. Bei den Frauen ist immer Sommer. Einmal zeigt die Großmutter auf ein Bild und sagt:

»Das ist deine Mutter.«

Das Mädchen auf dem Foto ist traurig. Der Puppe, die es im Arm hat, fehlt ein Bein.

Gefallen, denkt das Kind. Bestimmt in Rußland.

Matthias Göritz

Der kurze Traum des Jakob Voss

Natürlich hatte es Leute gegeben, die den raschen Aufstieg des Jakob Voss mit Neid und mit Mißtrauen verfolgten. Der schüchterne, stotternde Junge, der sein Abitur über den zweiten Bildungsweg nachgeholt hatte, der in den abgelegten Kleidern seiner älteren Geschwister ging, der nicht einmal ein Fahrrad hatte, war ihnen noch gut im Gedächtnis. Und von dem sollten sie sich jetzt sagen lassen, wie ihre Stadt zu regieren sei?

Auch die Unterstützung, die Jakob zu Hause von seiner Frau bekam, half nicht viel. Zu sehr hatte er den Schmeichlern geglaubt, die sich als Befürworter seines neuen Kurses ausgegeben hatten, solange es gutging mit diesem Jungen von »hinter dem Wrack«, womit das Siedlungsgelände für Flüchtlingsfamilien hinter der alten Ziegelei gemeint war, deren aufgelassener harter Boden sich gerade einmal für kleine Gemüsebeete eignete. Voss wurde immer noch bleich und zornig, wenn jemand von seinem Scheitern anfing, und der Schweiß lief ihm die Stirn hinunter, als hätte er zu lange im Garten gearbeitet. Die Leute waren doch stolz auf ihn gewesen. »Der jüngste Bürgermeister Deutschlands, ein politisches Phänomen«, hatten die Zeitungen damals geschrieben. Nach dem Studium hatte er auf eigene Faust eine Wählergemeinschaft gegründet und mit ihr auf Anhieb die beiden alten Parteien aus dem Rathaus gefegt. Aber das war nun vergessen – er hatte es hingeworfen. Und niemand verstand ihn.

Nachdem Nicki vom Schwimmen zurückgekommen war, ging er in die Küche. Seine Mutter ordnete das Besteck aus der Spülmaschine in die Schubladen ein. Währenddessen pumpte die Kaffeemaschine das letzte Wasser aus dem Auffüllbehälter. Es zischte durch den Filter, verwandelte sich in allnachmittäglicher Transsubstantiation in schwarzen, heißen Kaffee. Nicki mochte den Duft.

Zeit für Kaffee und Kuchen.

»Willst du Kuchen?« fragte seine Mutter. »Ich bin auf dem Rückweg bei Ritschers vorbei und habe noch Kuchen gekauft.«

Ritschers war ihr alter Bäcker in der Stadt. Nicki hatte sich aus lauter Frust in den Monaten, die er bei seinen Großeltern im Gästezimmer verbracht hatte, während sein Vater und seine Mutter die Farm aufbauten, oft bei Ritschers Klatschbrötchen gekauft, bevor die Schule begann, und sein Pausenbrot in den Abfalleimer geworfen. Jetzt mochte er diese zuckersüße Mischung aus Brötchen und Negerkuß nicht mehr.

Seine Mutter klang immer noch angeschlagen von dem Streit, den sie beim Mittagessen mit dem Vater gehabt hatte, dennoch nahm sie das gute Service. Das wunderte den Jungen. Eine frische Decke lag bereits auf dem Couchtisch, und Nicki, der die Thermoskanne mit ins Wohnzimmer nahm, stellte auch für seinen Vater eine Tasse bereit, für den Fall, daß er käme. Er drehte die Tasse an ihrem weißblauen Henkel, bis er genau die Stelle fand, wo die Jagdszene an ihren Höhepunkt gekommen war: Ein Pferd setzte im Galopp über eine Mauer. Der Junge hoffte, daß für diesen Tag der Streit seiner Eltern überstanden wäre. Die Tasse war leicht, eigentlich zu leicht für Kaffee. Er wußte, daß seine Mutter dieses Service sehr liebte – weil es von ihrer Mutter stammte. Weil es sie, wie sie sagte, erinnerte. An ihre Mutter erinnerte – in einer Zeit vor Ellens Geburt.

Nickis Großmutter stammte aus Altona. Er war ein paarmal mit seiner Mutter durch diesen Stadtteil gefahren, eigentlich eine eigene Stadt, die erst 1937 von den Nazis in Großhamburg eingemeindet worden war.

Seine Mutter hatte ihn stolz auf die großen weißen Häuser aufmerksam gemacht. Sie verhießen schon etwas von dem Elbschick, der weiter flußabwärts mit den alten Villen der Reeder die Elbchaussee prägte. Nicki glaubte es seiner Mutter noch immer ansehen zu können, daß sie lieber dort gewohnt hätte als auf dem Land.

Die Häuser in der Straße, in der seine Großmutter, Emma Schlünz-Paulsen, gewohnt hatte, Ellens Mutter, standen dicht beieinander. In einem Hinterhof hatte sein Großvater seine Werkstatt gehabt. Er war Kunsttischler gewesen. Später, als der zweite Weltkrieg ausbrach und man Paulsen einzog, hatte Emma, eine streitbare Frau, die selbst die Bücher führte, den kleinen Betrieb, auf den noch das Wort »Handwerk« paßte, erfolgreich allein weitergeleitet.

Die Reeder, die Bankhäuser, die Werften – nicht alle waren sie über den Krieg unglücklich, obwohl er ihnen, Händlern und Unternehmern in der allerenglischsten aller deutschen Städte, die Handelsbeziehungen zu den Geschäftsfreunden in London erschwerte oder unterbrach. Aber die »Old Boys«, da war man sich in den Hamburger Klubs und Kontorhäusern sicher, würden die Vorteile eines unter deutscher Vorherrschaft stehenden starken Europa schon sehen, wenn man sich erst einmal über die Einflußsphären in der Welt einig geworden wäre. Der Krieg nahm der Firma Paulsen erst die drei Gesellen, dann Paulsen selbst. Sie wurden in U-Boote gesteckt und durften für Deutschland untergehen. Der zweite Meister hatte bereits im ersten Krieg gedient und sein rechtes Bein dort lassen müssen – jetzt war er fast froh darüber. Als die Bombenangriffe von 1943 schließlich das Viertel zerstörten, ging Emma Schlünz-Paulsen, mit Ellen schwanger, aufs Land.

Die Firma hatte sie aufgegeben. Wie sie es geschafft hatte, ihren Namen auch nach ihrer zweiten Heirat zu behalten und Teile ihres bescheidenen Vorkriegswohlstands zu retten, das blieb ihr Geheimnis.

Das feine Kaffeeservice, die alten Steinguttöpfe und

etwas Schmuck hatte ihre Mutter Ellen schon zu Lebzeiten überlassen. Bei Ellen hatten die Töpfe, auf denen für den Jungen so unfaßliche Dinge wie »Sago« oder »Hirse« in schwer lesbarer Frakturschrift standen, einen Ehrenplatz bekommen: auf dem Bord über der Küchentür. In ihnen schien für Nicki das Ganze irgendwie aufgehoben zu sein: Altona, Ellens Kindheit, ihre Mutter, die sie von alten Schwarzweißporträts als lächelnde, lustige Frau kannte, die Firma, ihr irgendwo im Atlantik ertrunkener Vater. Die Töpfe und das Kaffeeservice waren weitere Beweise dafür, daß es sie wirklich gegeben hatte: das glückliche Paar, ihre Eltern. Denn Ellen hatte nur ihren Stiefvater kennengelernt, den steifen Prokuristen, und sich immer gewünscht, ihr Vater lebte noch. All das schien in diesem Geschirr zu stecken. Daran dachte Nicki, als er die Tasse in der Hand drehte und sie geräuschlos wieder auf der Untertasse abstellte.

Sie besaßen die Geflügelfarm erst seit einem Jahr. Sein Vater hatte in Wut das Bürgermeisteramt niedergelegt und hatte dann alles hingeworfen und sich auf etwas Neues konzentriert.

Ellen schnitt den Kuchen an, der die Fahrt von der Bäckerei unversehrt überstanden hatte – nur die Marzipanhülle war an einer Stelle leicht eingedellt. Sie nahm den Tortenheber und legte dem Jungen ein Stück auf den Teller. Er goß sich Milch in den Kaffee. Während sie aß, knackte ihr Kiefer beim Kauen, als wäre er ausgehakt. Nicki traute sich nicht, den Fernseher anzuschalten.

»Weißt du eigentlich, wie dein Vater und ich uns kennengelernt haben?« fing sie plötzlich an.

Der Junge war sich nicht sicher, ob er diese Geschichte jetzt hören wollte, aber seine Mutter fragte nicht weiter, sondern fuhr fort: »Das war in Kiel. Dein Vater ging dort zur Verwaltungshochschule, und ich bin bei einer Tante zu Besuch gewesen. Es war reiner Zufall, daß wir uns begegnet sind. Wir saßen in einem Kino nebeneinander. Mir gefiel, wie er aussah. Es passierte mitten in einem Hitchcock-Film, er heißt ›Die Vögel‹. Mein Gott, habe ich Angst gehabt, damals. Der Himmel über der Stadt war grau. Tippi Hedren, die einem Mann, in den sie sich verliebt hatte, aus einem Zoogeschäft in San Francisco bis in eine kleine kalifornische Küstenstadt gefolgt war, saß jetzt auf einer Bank vor der Schule, in der die frühere Geliebte des Mannes arbeitete. Tippi Hedren raucht eine Zigarette. Man sieht die Kinder drinnen bei einer Chorprobe. Man sieht, wie die Frau auf der Bank ihre Zigarette raucht und wie hinter ihr ein schwarzer Vogel auf die Stange eines Klettergerüsts fliegt. Sie raucht, die Kinder singen, und hinter ihrer Schulter landet eine weitere Krähe auf der Stange, als wollte sie die Frau beobachten. Tippi Hedren wird nervös. Als sie aufsteht, greifen die Krähen sie an. Es war schrecklich.«

Seine Mutter hatte in diesem Moment solche Angst gehabt, daß sie sich unwillkürlich an ihren Sitznachbarn klammerte, bis dieser behutsam ihren Griff löste, weil sie ihm die Fingernägel in den Handrücken bohrte. Er legte ihre Hand auf seinen Arm und bedeckte sie dort mit seiner. So hatten sie bis zum Ende des Films beieinandergesessen. Aber nach dem Kino hatte sie seinen Arm nicht losgelassen. Dann hatte er sie bis zum Haus ihrer Tante begleitet und hatte sich auch nicht über sie lustig gemacht, als sie sagte, sie habe den Abend wunderschön gefunden.

Danach trafen sie sich fast täglich. Sein Vater schwänzte ihretwegen sogar seine Vorlesungen. Er hatte noch kein Mädchen gehabt. Es war Ende der Sechziger, eine Zeit, in der die Straßencafés und die Studentenkneipen voll waren von aufgeregten jungen Leuten. Sie diskutierten über die Zukunft ihres Landes, die sich verändernden Beziehungen zwischen Männern und Frauen und über die schweigende Generation der Väter, die die nationalsozialistische Diktatur mitgetragen hatte. Man ereiferte sich über Brandt und wie er mit dem Nazikanzler aus der anderen Partei zusammengegangen war, um der Macht willen. Die große

Kollision, witzelte man. Jakob setzte auf Brandt, der in Norwegen gewesen war, und von dort gegen das Unrechtsregime gekämpft hatte. Es gefiel ihm, daß sich der »gewisse Herr Frahm«, wie Adenauer zu sagen pflegte, einen neuen Namen gegeben hatte. Brandt gefiel ihm. Jakob erzählte Ellen von der Arroganz der alten Professoren an der Universität. Sie hatten an den Nazi-Gesetzen mitgewirkt und im Krieg Urteile gefällt, die so viele Menschen das Leben gekostet hatten. Auch die Artikel zur Flurbereinigung und die Gemeindeordnung stammten aus dieser Zeit. Eine schöne Erbschaft, die man unangetastet gelassen hatte. Und die Landesregierung und die Universitätsklinik in Kiel, alle Institutionen steckten voller alter Nazis. Viele standen auf den Listen der gesuchten Kriegsverbrecher, waren aber, von ihren Freunden in der Verwaltung gewarnt, rechtzeitig untergetaucht. Auch die hatten die Namen gewechselt. »Auf den Namen kommt es nicht an«, sagte Jakob. »Aber auf das, was man unter seinem Namen tut.« Er war schön, wenn er wütend wurde und streitbar für eine Sache eintrat, sagte Ellen. Abend für Abend saßen sie beieinander, und er erzählte ihr von den »Schweinen«, die sich unter dem Deckmantel der Vertriebenenverbände, des Bundes der Heimatlosen und Entrechteten und so weiter, wieder in gute Positionen gestemmt hatten, davon, wieviel Schleim im Land noch wegzuwischen war, solange der »wissenschaftliche Leiter« der ersten Vergasungen geistig behinderter Kinder sich ungestraft als Prof. Dr. mit Gutachterstatus für das Gesundheits- und das Justizministerium betätigen durfte, obwohl ein internationaler Haftbefehl ihn als Kriegsverbrecher auswies. Damals, sagte Ellen, sei ihnen klar geworden, daß sie die Energie, die aus solchen Gesprächen auf ihre Körper und in ihre Küsse übersprang, niemals missen wollten, und Jakob hatte sie bereits am Ende ihrer Woche in Kiel gefragt, ob sie ihn heiraten wollte.

Nicki stellte seine Tasse ab und sah in Gedanken vor sich, wie seine Mutter im Kino gesessen hatte und wie vor ihr, auf der Leinwand, die Krähen Tippi Hedren ins Haar geflogen waren. Wie Todesboten. Er hatte den Film vor ein paar Wochen im Spätprogramm gesehen. Und ihm war schlecht davon geworden. Die Angst, die Verzweiflung, die in den Gesichtern stand, als sie die Türen nicht mehr schließen konnten. Es war eine von allem Guten verlassene Stadt, eine Landschaft der Apokalypse, in der die Menschen sich nicht mehr aus den Häusern trauten. Nicht mal ein Jahr nach dieser ersten Begegnung heirateten seine Eltern tatsächlich.

Ellens Stiefvater, der bei einer angesehenen Wollfabrik, wie er zu betonen pflegte, Prokurist war, gefiel der Mann, der da eines Tages kam und um Ellens Hand anhielt, überhaupt nicht. Sie war das einzige Kind, zwar nicht sein leibliches, aber so oder so zu jung mit neunzehn, um schon allein zu entscheiden, fand er, und an den jungen »Wirrkopf« mit den hochtrabenden Ideen konnte sich der kühle Rechner nicht gewöhnen. Aber dann erwartete sie ein Kind. Und da der Mann, der inzwischen Inspektorengehalt in der Gemeindeverwaltung bezog, das Kind wohl versorgen konnte, widersetzte sich der Prokurist nicht länger.

Nickis Mutter erzählte ihm das alles über dem Kuchen, von dem sie kaum ein paar Brocken gegessen hatte.

»Versprich mir, daß du dir ›Die Vögel‹ nie ansiehst«, bat sie ihn. »Versprich es mir!«

Sie bekam rote Augen und drückte sein Gesicht an ihren Hals. Er konnte ihr Herz klopfen spüren. Er nickte schnell, aber nur, um sie zu beruhigen. Hinter ihrem Rücken kreuzte er die Finger der linken Hand. Was hätte er tun sollen? Zugeben, daß er nachts für die Spätfilme nach unten schlich, konnte er nicht. Sie würden ihm diese Streifzüge verbieten, und wer weiß, vielleicht kämen dann auch die anderen Sachen ans Licht. Er versuchte ihre Umarmung zu erwidern, kam sich aber hilflos vor angesichts dieses Gefühlausbruchs.

Nicki hatte die Wut seines Vaters nie richtig verstanden. Wie konnte er alles, was er aufgebaut hatte, für sich, für die Stadt, für ihn, Nicki, und Ellen so einfach aufgeben? Hatte er sich so wenig in seinem Leben zu Hause gefühlt? Es war für den Jungen schrecklich gewesen, seinen Vater so zerknirscht zu sehen nach der Versammlung, die eigentlich nur eine Anhörung zum geplanten Kanalisierungsprojekt hatte sein sollen und die für ihn, Voss, der Anfang vom Ende wurde.

Es war um die Kläranlagen gegangen. Nickis Vater hatte die Finanzen der kleinen Stadt in der Marsch mit dem schnell hochgezogenen Gewerbemischgebiet und der Ansiedlung neuer Firmen von Grund auf saniert und war nun der Auffassung gewesen, daß die Situation genutzt werden sollte, schon seit den dreißiger Jahren aufgeschobene Sanierungsmaßnahmen durchzuführen – oder sollte wirklich jemand glauben, daß man mit den noch aus dänischer Zeit stammenden Kanälen und Abwasserrohren bis ins nächste Jahrhundert überdauern könnte?

Er hatte viel Überzeugungsarbeit leisten müssen, bis seine Partei – er sprach das Wort nur noch so aus, als hätte ihn eine Schlange gebissen – den Plänen, die er mit der Landesregierung und den zuständigen Planungsämtern bereits abgestimmt hatte, positiv gegenüberstand. Dann hatten sie sich plötzlich alle von ihm abgewandt. Die Gegner der Grundwassersanierung und des Kanalbaus hatten mit der Billigung seiner »Freunde« – ein anderes Zischwort – das Thema auf jener Anhörung zu einer öffentlichen Sache gemacht und die anschließende Abstimmung mit einer Mehrheit für sich entschieden.

Nach dieser Sitzung und ein paar Zeitungsartikeln, in denen man ihm einen selbstherrlichen Führungsstil vorgeworfen und seine Niederlage als einen gerechtfertigten Dämpfer dargestellt hatte, war ihm die Lust vergangen und er hatte alles hingeworfen. Drei Jahre lang hatte er diese

Sache betrieben. Sich drei Jahre lang Tag und Nacht »für die Leute den Arsch aufgerissen«. In Wahrheit mußte da aber noch etwas anderes gewesen sein. Etwas Tieferes, eine Kränkung, die man nicht einsah, wenn man nicht Voss war.

»Eine Intrige«, meinte Nickis Mutter zu ihm. »Laß dich nicht gehen. Man kann immer noch etwas aus sich machen, jede Situation hat auch ihr Gutes.«

Für sie hatte immer alles sein Gutes. Es war wie ein Test. Wenn man ihn bestand, dann würde man stärker werden, besser als zuvor. Man durfte nur nicht aufgeben, sich nicht gehen lassen. Man hatte ja nur das eine Leben. Sie war in dem Glauben erzogen worden, daß sich alles wieder einrenkte, wenn man nur weitermachte.

Nicki glaubte ihr. Voss glaubte ihr nicht.

Nach seiner Niederlage schloß Voss sich in seinem Zimmer ein oder verschanzte sich hinter dem Rauch, den er in dichten Schwaden zwischen die Zimmerpflanzen trieb. Nickis Mutter begann zu verzweifeln. Manchmal weinte sie nachts. Nicki konnte es hören, wenn er auf halbem Weg zwischen dem Schlafzimmer und dem Arbeitszimmer seines Vaters auf der Treppe saß, den Orten, zwischen denen sich jetzt eine unsichtbare Demarkationslinie spannte, die das Haus in zwei Kraftfelder teilte. Manchmal kamen Jakobs alte Freunde vorbei, um ihm Mut zu machen oder ihn zur Rückkehr auf die städtische Bühne zu bewegen, aber alles, was er ihnen sagte, war: »Es hat ja doch keinen Sinn.«

Nicki versuchte sich vorzustellen, was sein Vater hinter der Tür in seinem Zimmer trieb. Er, der Vater, der sonst immer so ordentlich war, frisch nach gestärkten Hemden und seinem Eau de Cologne roch, zog jetzt oft eine Fahne von Alkohol hinter sich her. Seine Bartstoppeln waren tagealt. Er roch sogar nach Pisse, und einmal schrie er den Jungen an, als er vor seinem Zimmer auf ihn traf.

»Geh weg da!« Er schubste ihn aus dem Weg. Nicki roch

seinen sauren Schweiß. In Voss' Augen waren viele Äderchen geplatzt.

Betrunkene haben etwas Hilfloses an sich. Keiner nimmt sie für voll. Mitleid hat auch keiner mit ihnen. Sie haben sich von der Welt verabschiedet, und nur, wenn sie einen schlagen, scheinen sie zu bemerken, daß noch andere außer ihnen da sind.

Nickis Vater trug seine Pyjamahose und ein zerknittertes Hemd. Sein Haar war zerzaust. Er sah wie ein Penner aus. Nicki wich ihm aus, schaute aber, solange er auf dem Klo war, in sein Zimmer. Flaschen standen herum, Kleidungsstücke hingen über den Sesseln, auf dem Boden lagen aufgeschlagene Bücher, Gläser, Kaffeetassen und Aschenbecher türmten sich. Alles stank nach kaltem Rauch. Setzte sich das Chaos in seinen Gedanken in dieser Unordnung fort? Was machte er den ganzen Tag in dem Dunkel, das dort herrschte, denn er hatte auch die Vorhänge zugezogen. Nicki verstand ihn nicht mehr.

Von dem Angebot, das man seinem Vater gemacht hatte, erzählte ihm seine Mutter erst später. Eine Delegation der SPD-Landtagsfraktion war aus Kiel gekommen, nachdem die Schmitti vorgeschickt hatten. Schmitti war eigentlich ein politischer Gegner seines Vaters gewesen, aber auf kommunaler Ebene zählten manchmal nicht die Parteien, sondern die Menschen, wie sein Vater sagte. Ehe sie eintraten, hatte seine Mutter noch schnell die gröbste Unordnung in seinem Zimmer beseitigt. Stundenlang saßen sie da. Schmitti, sein Vater und die Delegation, und mehrmals wurde es laut. Sein Vater solle nach Kiel kommen, den Sumpf in diesem Kaff vergessen. Es werde sich schon etwas finden, irgendein Ausschuß, mit seiner Erfahrung könne er dort etwas schaffen, und bei der nächsten Wahl … man könne nie wissen. Es war ja immer knapp gewesen – und obwohl die Konservativen bisher immer die Oberhand behalten hatten und, wie er, Jakob, ja wohl am besten wisse, gerade in der Verwaltung den ganzen Mief des

Reformstaus ausmachten, müsse nun endlich ausgelüftet werden.

»Wir brauchen dich, Jakob!« rief ein Pfeifenraucher mit Seemannsbart, der diesen Versuch, Voss für eine andere Aufgabe auf der politischen Bühne zurückzugewinnen, anführte. »Wir brauchen Leute, die anders denken und anders handeln können.«

Aber Voss hatte miterlebt, wie sie es in seiner Studentenzeit nicht einmal geschafft hatten, die alten Nazi-Lehrer aus dem Verwaltungsseminar zu fegen. Die saßen immer noch am längeren Hebel. Und ihn, den Flüchtlingssohn, dessen Vater mit der offenen Beinwunde erst 1953 aus der Kriegsgefangenschaft wiedergekommen war, über die er die ganzen zwanzig Jahre, die er danach noch lebte, nicht ein Wort verloren hatte, ihn hatten sie schließlich weggewischt wie eine lästige Fliege. Die gleichen Rohwedders und Posbischels, dachte Voss, deren Väter sich das kleine Kaufhaus von Rosenkranz unter den Nagel gerissen hatten. Natürlich – äußerlich hatte das wie ein Verkauf ausgesehen – zu einem Zehntel des Preises. »Sollte doch froh sein!« hatte ihm der alte Posbischel nach der Stadtverordnetensitzung im Suff anvertraut. »Der Rosenkranz wäre ja sowieso arisiert worden, früher oder später.« Würde das nie vorbei sein? Wollte er überhaupt, daß es vorbei wäre? Ohne Rohwedder und Posbischel mit ihrem Kaufhaus lief nichts im Stadtrat. Das hatte er anfangs noch geschluckt, daß sie ihm ihre Meinung beim dritten oder vierten Bier anvertrauten und erwarteten, daß er, als der Jüngere, ihnen zustimmen sollte. Aber nach dem Kanalstreit ging es nicht mehr. Rohwedder, dem auch Teile der Lokalzeitung gehörten, hatte ihn fertiggemacht: »Linker Diktator«, »Herrscher übers Gemeinwohl!« Das war die Wunde, die man dem »Flüchtlingskind« schlagen konnte, das nicht von hier war, ein »sozialer Aufsteiger«, der doch alles gehabt hatte: eine neue Heimat, eine Ausbildung. Und nun die Stadtsäckel plünderte. Das traf Jakob.

Das traf ihn mehr, als er zugeben wollte, so daß selbst der Junge, wenn er zu ihm auf die Farm kam, merkte, daß hinter all den Erzählungen vom Unrecht aus der Nazizeit im braunen Schleswig-Holstein, von den Schlägereien, die es gegeben hatte zwischen den Bauern aus Horst und den roten Arbeitern der Kreidefabrik aus dem Nachbarort Lägerdorf, die sein Vater so erzählte, als wären sie Teile seiner Erinnerung und nicht bloß Aufgeschnapptes und Gehörtes, so wie er auch die Geschichte der Familie Rosenkranz erzählte, über die, dachte der Junge, eigentlich niemand sprach, noch etwas anderes steckte: die Sehnsucht, an nichts Schuld zu haben, gerechter zu sein. Und obwohl er ihm manchmal bei den Enten half, um ihm näher zu sein, um, wenn Voss gut aufgelegt war, eine dieser Erzählungen aufzuschnappen mit dem festen Vorsatz, sie für später zu behalten, mischten sich für den Jungen, nach all den Jahren, die Geschichten der Opfer und der Täter mit dem Gesicht seines Vaters. Und er erkannte dessen Traum.

Katrin Dorn

Memory

Ein Jahr lang habe ich gebraucht, um mich von einer geschlossenen Tür zu erholen. Der Mann, der sie vor mir verschlossen hielt, konnte nicht anders. Niemand kann etwas dafür, wenn sich die Liebe entzieht. Aber ich glaube, gestern abend habe ich zum ersten Mal verstanden, wie es dazu kommen konnte.

Und ich weiß jetzt auch, warum die Kinder so gern Memory spielen. Es sind nicht meine Kinder. Nach der Trennung von dem Mann habe ich eine neue Arbeit angefangen. In einem Lernzentrum helfe ich Kindern dabei, ihre Hausaufgaben zu machen. Die Kinder haben Eltern mit Alkoholproblemen. Wenn wir die Hausaufgaben geschafft haben, dürfen sie Memory mit mir spielen. Ihre Stapel von Pappkärtchen, die sie paarweise aus dem Feld umgedrehter Karten zusammensuchen, sind am Ende mindestens dreimal so hoch wie mein Stapel. Ich weiß, daß sie schreckliche Situationen in ihren Familien ungerührt verfolgen. Wahrscheinlich spielen sie deshalb so gern Memory. Sie wissen, wie wichtig es für sie sein wird, sich die Dinge noch ein zweites Mal anzuschauen. Wenn es Zeit dafür ist.

Gestern abend habe ich mir zum zweiten Mal das gleiche Konzert angehört. Ein holländisches Ensemble spielte Tangos. Zum ersten Mal hatte ich dieses Konzert mit dem Mann besucht. Damals waren wir in Amsterdam, auf einer Reise, die wir scherzhaft unsere »Hochzeitsreise« nannten.

Wir hatten uns ein Jahr zuvor auf einer Hochzeitsfeier kennengelernt. Der Mann war ein Schulfreund der Braut, und ich hatte einmal eine Affäre mit dem Bräutigam. Ich glaube, das erste, was der Mann und ich voneinander wahrnahmen, war die Ähnlichkeit unseres Blickes. Als ich zum ersten Mal in seine Augen sah, erschrak ich. Es war der Blick, dem ich jeden Morgen im Spiegel begegnete, traurig und ironisch zugleich. Ich sah mir aus dem Spiegel entgegen, als wollte ich mich vergewissern, ob es mich auch wirklich gäbe. Genauso sah mich der Mann an. Ich lächelte, und er lächelte zurück. Ich ging auf ihn zu.

Später habe ich mir geschworen, nie wieder auf einen Mann zuzugehen. Es hat keinen Sinn. Ich bin fest davon überzeugt, daß Männer nicht sagen können, was sie wollen. Sie zeigen es. Deshalb müssen wir warten, bis sie auf uns zukommen. Wenn eine Frau nicht wartet, erfährt sie die Wahrheit immer zu spät.

Als ich vor ihm stand, verwandelte sich sein Lächeln in ein belustigtes Grinsen. Wir erzählten uns, daß wir beide Singles waren. Wir erklärten uns gegenseitig, daß wir nicht darunter leiden würden und wirklich gut zurechtkämen. Daß wir jede Menge Freunde hätten und die Städte liebten, in denen wir wohnten. Wir sagten, daß wir es lediglich vermißten, jemanden zu kennen, der zu uns gehörte, und daß es uns im Grunde egal sei, wo dieser Mensch sein Leben verbringe. Der Mann sagte, er denke noch nicht lange über solche Dinge nach, sondern erst seit sein Vater gestorben sei. Seitdem fühle er sich, als wäre er ganz allein auf der Welt.

Ich antwortete, daß ich dieses Gefühl sehr gut kennen würde, obwohl mein Vater noch lebte, und daß es sogar in der Gegenwart meines Vaters auftreten konnte.

Der Mann schlug mir vor, die Feier zu verlassen und am Ufer eines Sees spazierenzugehen. Dort küßten wir uns. Der Mann fragte mich, ob wir die Sache mit der Bezugsperson ausprobieren sollten. Damals wohnten wir dreihundert Kilometer voneinander entfernt. Er sah mir dabei in die Augen. Ich schaute nicht weg. »Ja«, sagte ich. In der Nacht ging jeder von uns in sein Hotelzimmer. Damals hielt ich es für einen Ausdruck von Respekt. Heute bin ich mir sicher, daß es unser erster Fluchtversuch war. Als hätten wir schon geahnt, was uns bevorstand.

Am Morgen beim Frühstück küßte mich der Mann vor der gesamten Hochzeitsgesellschaft auf den Mund. Wir bekamen Applaus. Am Bahnhof trennten wir uns voneinander. Wir hatten alles, was wir für eine moderne Beziehung brauchten, Handy, Internet-Anschluß, Festnetztelefon, Briefkasten und Zugverbindungen. Fünf Wege, um sich aufeinander zu beziehen, miteinander zu sprechen, zueinander zu fahren und Sex zu haben, ein- bis zweimal im Monat, was unendlich viel mehr war als vorher.

Ab jetzt konnten wir auch als Paar auftreten. Wir liebten es, gemeinsam mit anderen Paaren essen zu gehen. Alles war, wie es sich gehörte. Wir hielten uns für glücklich. Der Gedanke, das Glück perfekt zu machen, indem wir die geografische Distanz aufheben würden, wurde mit der Zeit immer verlockender. Daß diese Distanz unsere erste Verabredung gewesen war, sozusagen der Grundstein unserer Beziehung, hatten wir vergessen.

Der Mann baut in einem kleinen Betrieb Holzmodelle von Segelyachten. Es gibt in ganz Deutschland keine zweite Firma dieser Art. Anwaltskanzleien gibt es überall. Es lag auf der Hand, daß ich in seine Stadt ziehen müßte. Ich kündigte meine Wohnung, und mit einem geborgten LKW holten wir meine Sachen ab. Doch bevor wir sie auspackten, fuhren wir nach Amsterdam. Gestern, als ich die Musik hörte, sah ich meine Kisten in der Wohnung des Mannes vor mir, und ich begriff, daß diese Reise die nächste Flucht war, sozusagen ein erster Höhepunkt in der Serie von Fluchtversuchen, die der Mann und ich voreinander unternahmen.

In Amsterdam wohnten wir in einem teuren Hotel. Dort haben wir uns zum ersten Mal gestritten. Es ging um Butter. Der Mann fand es ungeheuerlich, noch am dritten Tag beim Frühstück gefrorene Butter vorzufinden, obwohl er sich doch an den beiden vergangenen Tagen ausdrücklich darüber beschwert hatte.

»It's impossible«, blaffte er einen Kellner an und klopfte dabei mit seinem Messer auf dem harten Stück Butter herum.

»You have to wait a little bit«, erklärte der Kellner freundlich und ging davon.

»Ich werde mich bei der Hotelleitung beschweren«, rief der Mann ihm nach.

Bis zu unserer Reise hatte ich nicht gewußt, daß er zu den Männern gehörte, die sich in ausländischen Hotels über harte Frühstücksbutter aufregen. Ich versuchte, es zu ignorieren. Aber ich war müde und gereizt. Ich hatte schlecht geschlafen. Am Abend zuvor hatten wir viel gegessen und eine Menge Rotwein getrunken. Der Mann war ins Bett gefallen, ohne mir einen Kuß zu geben, ohne mich zu berühren. Das war bisher noch nie geschehen. Aber bisher waren wir auch nie länger als drei Nächte nacheinander zusammengewesen. Ich konnte nicht einschlafen. Ich fürchte nichts so sehr wie Berührungslosigkeit. Es fällt mir nicht schwer, allein zu sein. Aber ich ertrage es nicht, neben einem Mann zu liegen, der mich berühren könnte und es nicht tut. Ich hob meine Hand und legte sie dem Mann auf die Schulter. Er schüttelte meine Finger mit seiner Schulter ab. Er tat es nicht böswillig, er tat es im Schlaf. Ich blieb hinter seinem Rücken liegen, die Augen geschlossen. Ich stellte mir vor, ich würde mich mit diesem Mann auf eine Art Hölle zubewegen. Ich versuchte, mich zu beruhigen. Ich sagte mir, daß nachts alle Gedanken viel düsterer seien als am Tag. Und so war es auch. Als der Morgen dämmerte, kehrte mein Vertrauen in den Mann, der bisher ein zärtlicher Mann gewesen war, zurück, und ich schlief noch einmal ein.

Aber dann, beim Frühstück, nachdem er den Kellner angeblafft hatte, wurde mein Mißtrauen wieder geweckt. Es gab Tricks, um mit harter Butter klarzukommen.

»Mein Vater schneidet immer ganz dünne Scheiben ab«, empfahl ich ihm. »Das geht auch.«

»Ich werde nachher zur Hotelleitung gehen«, sagte der Mann.

»Ich finde es jedenfalls besser, dünne Scheiben zu schneiden, als so einen Aufstand zu machen«, sagte ich.

Der Blick des Mannes ragte zur Seite und bohrte sich in den weichen Samt der Wandbespannung.

»Ich habe es gewußt«, sagte er. »Jetzt, wo du erreicht hast, was du willst, und deine Sachen in meiner Wohnung stehen, jetzt willst du anfangen, mich zu verändern. Es ist immer dasselbe.«

»Es ist viel schlimmer«, sagte ich. »Im Moment will ich überhaupt nicht mit dir zusammen sein. Jedenfalls nicht, wenn du so bist, wie du jetzt gerade bist.«

Wir tranken unseren Kaffee und kauten Croissants. In dieses Schweigen legte ich meine ganze Hoffnung. Ich hoffe immer, daß sich solche Probleme von selbst lösen, wenn man sie lange genug ignoriert. Es ist komisch, daß ich diese Hoffnung nicht aufgeben kann. Sie hat sich noch nie bestätigt.

Nach dem Frühstück gingen wir in die Stadt. Wie immer hatten wir bereits am Vorabend beraten, was wir machen würden. Das Schweigen zwischen uns wurde unerträglich. Es war, als könnte ich es hören. Ein lautloser Lärm, der immer weiter anschwoll. Ich war kurz davor zu schreien: »Ich halt das nicht mehr aus«, da sahen wir das Plakat des Tango-Orchesters vor dem Theater. Das Konzert begann in ein paar Minuten.

Es waren nur noch Plätze in den Logen frei. Wir saßen auf einem Balkon und mußten uns vorbeugen, um die Musiker unten auf der Bühne zu sehen. Wir stützten unsere Arme auf die Brüstung, die mit demselben Samt bespannt war wie die Wände des Hotelrestaurants. Unsere Ellbogen stießen aneinander. Der Mann drehte sich zu mir um. Er strahlte vor Freude.

»Weißt du, daß dieses Ensemble höchstens dreimal im Jahr spielt? Und wir geraten zufällig hinein und bekommen auch noch Karten!« Er war vollkommen glücklich über diese Fügung. Er schien nicht einmal zu bemerken, daß ich aus lauter Angst vor dem Verlust der Zärtlichkeit den Kopf nicht mehr hochbekommen hatte. Ich lachte vor Erleichterung. Gemeinsam lachten wir über die Musiker, die witzige Ansagen machten, bevor sie ihre traurigen Tangos spielten. Vor der Pause kam »Adios noniño«. Piazzolla hat diesen Tango nach dem Tod seines Vaters komponiert. Die Holländer spielten uns die langsame Melodie mitten ins Herz, wie man so sagt. Zumindest an jene Stelle im Körper, wo die Tränen entstehen. Das ist, als würde man einer guten Schauspielerin zusehen, die Tränen in ihren Augen sammelt, ohne daß sie zu weinen beginnt. Das überläßt sie dem Zuschauer. Der kann dann denken, er weine wegen der Geschichte, in der die Schauspielerin gerade mitspielt. Bei Musik ist das anders. Man muß sich überlegen, weshalb man weint. Ich dachte, daß der Mann es leicht damit haben würde. Er konnte ja um den Tod seines eigenen Vaters weinen. Aber es schien ihm nicht zu gelingen. Er starrte vor sich hin und schluckte immer wieder, als wären ihm die Tränen im Hals steckengeblieben. Ich kam auf die Idee, daß ich ihm vielleicht helfen könnte, wenn ich selbst weinte. Mir ist es nie schwergefallen, zu Tränen zu kommen. Ich mußte nur daran denken, wie mein Vater aufgehört hat, mich zu berühren.

Ich war erst sieben Jahre alt. Mein Vater hatte mir gerade das Schwimmen beigebracht. Mit seinen großen Händen hatte er meine Taille festgehalten und mir erklärt, wie ich Arme und Beine bewegen sollte, und wenn ich es richtig machte, lobte er mich. In solchen Momenten war ich das glücklichste Kind der Welt. Als ich es gelernt hatte, kam mein Vater noch zum Schwimmbecken mit. Er blieb am Rand stehen und schaute mir zu, wie ich durchs Wasser planschte. Wenn ich genug hatte, schwamm ich zu ihm, und er hob mich aus dem Bassin. Einmal, als er mich aus dem Wasser zog, mußte ich pinkeln. Ich strengte mich an, meine Blase in der Gewalt zu behalten. Ich schaffte es nicht. Während ich naß und frierend zwischen den Händen meines Vaters hing, schoß ein gelber Strahl aus mir heraus und lief ihm über die Brust. »Hast du mich angepinkelt?« fragte er. Entsetzt schüttelte ich den Kopf. Er stellte mich am Beckenrand ab.

Seitdem ließ er mich allein aus dem Schwimmbecken klettern. Er nahm mich auch nicht mehr an die Hand, wenn wir über die Straße gingen. Die Berührungen zwischen ihm und mir hatten aufgehört. Jahre später habe ich einmal meinen ganzen Mut zusammengenommen. Wir standen gemeinsam am Abwaschbecken. Ich spülte, und er trocknete ab. Ohne ihn anzusehen, fragte ich: »Daß du mich nie mehr angefaßt hast, Papa, das hatte mit der Sache im Schwimmbad zu tun, nicht wahr?«

Er gab mir einen Teller zurück, auf dem noch ein Rest Kartoffelbrei klebte.

»Ich weiß nicht, wovon du redest«, antwortete er.

»Wirklich nicht?« fragte ich leise und dachte darüber nach, wie ich das Wort Urinstrahl umschreiben könnte.

»Immer bist du mit deinen Gedanken woanders«, schimpfte mein Vater. »Konzentrier dich doch mal auf das, was du gerade machst.«

Er schob noch einen Teller mit Breirest in das Wasser vor mir.

»Wieso hast du die Teller nicht vorher abgespült?« fragte er vorwurfsvoll.

Er ist ein sehr heikler Mensch und ekelt sich schnell. Er vermeidet alles, was mit Krankheit, Schmutz oder menschlichem Unrat zu tun hat. Er ist auch nie mitgekommen, wenn wir kranke Verwandte besuchten. Einmal hatte ich meine Mutter vorsichtig danach gefragt, und sie hatte mir zugeraunt: »Als Kind hat er zuviel davon gesehen. So viel, das kannst du dir gar nicht vorstellen.«

Daß er aufgehört hatte, mich zu berühren, war ihm nicht einmal aufgefallen. Ich dagegen wurde ständig von Phantasien gequält. Zwanghaft stellte ich mir vor, wie mein Vater mir mit der Hand durchs Haar strich. Das war eine Vorstellung von so unerträglicher Schönheit, daß ich sie mir nur selten gestattete. Als ich das Konzert in Amsterdam hörte, brauchte ich nur daran zu denken, und schon fing ich zu weinen an. Der Mann neben mir merkte es, und mit einem Mal nahm er meine Hand. Kurz darauf wischte auch er sich ein paar Tränen aus den Augenwinkeln. Dabei drückte er meine Hand noch fester und streichelte mit dem Daumen über meine Finger. Die Streitereien um die harte Butter schienen lächerlich und absurd, und ich dachte, die Tränen, die wir jetzt um unsere Väter weinten, könnten uns wieder versöhnen.

In der Pause, als wir im Foyer des Theaters standen, dachte ich, es würde dem Mann vielleicht guttun, wenn wir über seinen Vater sprachen. Ich wußte nicht viel über ihn, nur, daß er als Kind aus Polen nach Deutschland gekommen war. Das paßte zum Schicksal meines Vaters. Auf mein wiederholtes Fragen hatte ich von meiner Mutter erfahren, wann mein Vater die schlimmen Dinge gesehen hatte. Er war mit seinen Eltern aus der damaligen Tschechei nach Deutschland gekommen. Auf der Suche nach einer neuen Bleibe waren sie durch die zerstörten Städte gezogen.

Der Mann und ich hatten einmal überlegt, daß wir uns so gut verstanden, weil sich das Schicksal unserer Väter glich. Zumindest wußten wir beide, was es hieß, ein Kind von Flüchtlingen zu sein. Es hieß, nicht mit ihnen über den Ort ihrer Kindheit sprechen zu können, auch nicht über ihre Kindheit selbst, es hieß, gar nicht mit ihnen über etwas sprechen zu können, was ihnen zu nahe kam. Als hätten Menschen, die das Haus ihrer Kindheit zu früh verlassen hatten, den Kontakt zu ihren Gefühlen verloren. So weit hatten wir uns schon über unsere Väter verständigt. Aber im Foyer des Amsterdamer Theaters schafften wir es nicht, daran anzuknüpfen. Wir standen voreinander und schwiegen schon wieder, als hätten wir gerade über harte Butter gestritten.

»Es ist sicher nicht einfach für dich, diese Endgültigkeit zu akzeptieren«, sagte ich zögernd.

»Was meinst du?«

»Naja, daß er nie wieder zurückkommen wird, dein Vater, das ist sicher sehr hart.«

»Solange du das nicht erlebt hast, kannst du nicht mitreden«, sagte der Mann. Dann drehte er sich um und ging zur Toilette. Eigentlich wollte ich auch zur Toilette gehen, aber in diesem Moment hatte ich das Gefühl, die Dinge könnten sich zum Guten wenden, wenn ich jetzt meine Blase unter Kontrolle behielt.

Es gelang mir tatsächlich, meinen Harndrang bis zum Ende des Konzerts zu unterdrücken. Und es sah sogar aus, als hätte meine Maßnahme Erfolg gehabt. Als wir anschließend essen gingen, war der Mann mit einem Mal freundlich gestimmt und kam auf meine Frage zurück.

»Du hast recht, es ist hart, den Tod meines Vaters zu akzeptieren. Aber nicht, weil er nie wieder zurückkommt. Das Problem ist: Ich schaff's einfach nicht, ihm zu verzeihen. Dabei sage ich mir immer: Er hat es nicht leicht gehabt. Er war der älteste von sechs Geschwistern, seine Mutter war allein mit ihnen, die Leute im Dorf haben sie als Fremde behandelt. Weißt du, was er mir immer gesagt hat: Die Welt ist gegen dich. Davon mußt du ausgehen. Aber das hat ihm doch nicht das Recht gegeben, all das zu tun.«

»Was denn?« fragte ich zögernd.

Der Mann fuhr mit der Hand durch die Luft. »Ich kann das nicht beschreiben.«

Ich überlegte lange, was ich dazu sagen konnte. Aber mir fiel nichts ein. Plötzlich spürte ich meine Blase wieder. Ich entschuldigte mich und ging zur Toilette. Danach sprachen wir von etwas anderem.

Nach unserer Reise trat ich meine Stelle in einer Anwaltskanzlei an. An den Abenden räumte ich meine Kisten aus. Danach war ich so erschöpft, daß ich sofort einschlief.

Tagsüber versuchte ich, meine Vorstellungen davon, wie mir der Mann mit seiner Hand durchs Haar strich, zu unterdrücken. Ich durfte keine Tränen in die Augen bekommen. Ich kopierte Unterlagen und verdiente ein Spitzengehalt für meine Fähigkeit, niemals zwei schwarzweiß bedruckte Seiten zu verwechseln. Als ich zum ersten Mal eine Seite aus einem Strafprozeß in ein Vaterschaftsverfahren heftete, wollte mein Chef sofort wissen, was mit mir los sei. Es gelang mir, ihn zu beruhigen. Ich war mir absolut sicher, daß mir so etwas nicht noch einmal passieren würde. Schließlich war der Umzug vorbei. Ich hatte alle Kisten ausgepackt. Einen Teil hatte ich in die Schränke im Wohnzimmer geräumt. Dann stellten wir fest, daß meine Kleidungsstücke nicht mehr in den Kleiderschrank des Mannes paßten. Ich kaufte mir einen eigenen Schrank. Da im Schlafzimmer kein Platz mehr war, stellten wir ihn im sogenannten Hobby-Zimmer auf, wo sich ohnehin nur ein Computer befand, den wir so gut wie nie benutzten. Am Vortag hatte ich meine letzten Sachen dort eingeräumt.

Als ich am Abend nach Hause kam, schleppte der Mann gerade sperrige Holzteile aus einem Kleintransporter und trug sie in das Hobby-Zimmer. Zum Schluß brachte er einen Rahmen mit Sprungfedern an. Auf meine Frage, was das sei, sagte er fröhlich, ich solle doch mal raten. Ich hob die Schultern.

»Ein Bett«, sagte er lachend.

»Aber wir haben doch ein Bett im Schlafzimmer«, entgegnete ich.

»Ich dachte, du brauchst deine persönliche Freiheit, und die spürst du doch viel besser, wenn du auch mal allein schlafen kannst.«

»Aber ich möchte bei dir schlafen«, sagte ich.

»Aber das kannst du doch«, rief der Mann und machte sich daran, das Bett, das mein Bett sein sollte, im Hobby-Zimmer aufzubauen.

Ich versuchte, mich zu beruhigen. Ich mußte schließlich ein bißchen kooperativ sein.

Als der Mann fertig war, teilte er mir mit, daß er einen Freund besuchen würde. Ein Yachtenbauer, der Schwierigkeiten mit einem Kunden hatte.

»Es ist doch praktisch, wenn du schon schlafen gehen kannst und keine Angst haben mußt, daß ich dich aufwecke«, sagte der Mann. Dabei nahm er mich in die Arme und küßte mich. Das hatte er schon lange nicht mehr getan.

In der ersten Nacht in meinem neuen Bett träumte ich von einem verfallenen Haus, das voller Menschen war. Sie waren armselig gekleidet und saßen auf zerschlissenen Möbeln. Boden und Tische waren mit Müll übersät. Fenster und Türen waren kaputt. Ich ging von einem Zimmer zum anderen und fragte nach dem Mann, aber immer war er kurz zuvor hinausgegangen.

Ein Poltern in der Küche riß mich aus dem Schlaf. Es war nachts um drei, ich überlegte aufzustehen, aber da hörte ich schon, wie der Mann die Tür unseres Schlafzimmers hinter sich schloß.

Am Morgen brauchte ich für alles viel länger als sonst und mußte mich schließlich beeilen, um in die Kanzlei zu kommen. Mein Chef machte mich darauf aufmerksam, daß ich mir die Bluse falsch zugeknöpft hatte.

An diesem Abend blieb der Mann zu Hause und sah fern. Das heißt, er zappte durch die Programme. Ich dachte nach. Als er sich die Zähne putzen ging, zog ich mich aus und legte mich in unser gemeinsames Bett. Es war mir egal, ob ich mich dabei besonders freiheitlich verhielt. Ich hatte Angst um meinen Job. Ich wollte keine Fehler machen, und das gelang mir nur, wenn ich gut schlief. Als der Mann hereinkam, stutzte er kurz, sagte aber nichts und legte sich zu mir. Er starrte eine Weile an die Decke. »Du kommst mir zu nahe«, stellte er fest.

»Wir müssen uns eben aneinander gewöhnen«, sagte ich und drehte ihm den Rücken zu.

»Ich will es ja versuchen«, sagte er nach einer Weile und legte seinen Arm um meinen Bauch, so behutsam, als wäre ich aus Glas. Ich konnte schlafen.

In den folgenden zwei Wochen schliefen wir jede Nacht im großen Bett. Wir hatten keinen Sex, aber wir kochten jeden Abend und tranken Rotwein zum Essen. Nach zwei Wochen schafften wir drei Flaschen pro Abend. Jeden Morgen kam ich schwerer aus dem Bett, bis an einem Freitag eine Katastrophe in der Unterschriftenmappe meines Chefs landete. Er wies mich scharf zurecht: »Sie haben eine Seite aus der Anklageschrift in die Verteidigung geheftet. Das ist eine Katastrophe, ist Ihnen das klar? Wenn Sie krank sind, sagen Sie es lieber, und setzen Sie nicht die ganze Kanzlei einem solchen Risiko aus. Dann müssen wir eben Ersatz schaffen.«

Ich versprach, mich am Wochenende auszukurieren.

Am Abend aß ich mit dem Mann, ohne Rotwein zu trinken. Ihm war das egal. Er trank zwei Flaschen allein aus. Als wir zu Bett gingen, drehte er mir den Rücken zu und schlief sofort ein. Ich lag wach. Nüchtern sah ich der Tatsache ins Auge, daß ich mich seit Wochen in der Hölle befand, vor der ich mich in Amsterdam gefürchtet hatte. Bis auf wenige Momente lehnte der Mann jede Berührung ab, aber er machte immer häufiger blöde, anzügliche Witze. Er wollte und wollte nicht, und ich zerbrach mir den Kopf darüber, was ich tun konnte.

Am Samstagmorgen wartete ich lange darauf, daß er aufwachte. Als ich merkte, daß er in jenen Zustand zwischen Schlaf und Wachsein geriet, wo jeder Mensch besonders anschmiegsam ist, legte ich meinen Arm um ihn. Er ließ es mit einem zufriedenen Seufzen geschehen. So blieben wir sehr lange, bis ich vorsichtig begann, meinen Berührungen eine neue Richtung zu geben und die Partien seines Körpers anzufassen, in denen ich sein Verlangen vermutete. Seine Pobacken, die Innenseiten seiner Lenden. Er rührte sich nicht. Ich hatte das Gefühl, mich auf einem Hochseil zu bewegen. Ich stellte mir vor, daß ich nur noch ein bißchen weiterbalancieren mußte, bis das Seil überquert war. Dann würden wir aus der überstandenen Anspannung heraus gemeinsamen Schwung holen und mit unseren vier Händen unsere Körper erobern, wir würden ineinander eindringen und uns von dieser quälenden Distanz befreien. Es schien beinahe geschafft. Sein Schwanz lehnte hart an meinem Handgelenk. Da strich er meine Hand fort.

Ich mußte dieses Bett augenblicklich verlassen. Ich ging in das Bett, das er mein Bett nannte. Ich war todmüde und wollte schlafen. Aber ich konnte nicht. Ich konnte nirgendwo sein, es gab keinen Platz für mein Verlangen, es gehörte nicht in diese Wohnung und nicht zu diesem Mann. Um an diesem Ort überleben zu können, durfte dieses Verlangen nicht länger zu mir gehören. Ich stellte mir vor, es loszuwerden. Eine Vorstellung, die so weh tat, daß ich schreien mußte.

Der Mann öffnete meine Tür. Er sagte, er fände mich entsetzlich. Ich versuchte, leiser zu schreien. Ich hörte, wie er telefonierte. Danach teilte er mir mit, daß sein Freund, der Yachtenbauer, ihn gebeten hätte, an einer Testfahrt teilzunehmen, die bis zum Sonntagabend dauern würde.

Es folgte eine Zeit, in der ich alles verlor. In einem Supermarkt ließ ich meine Geldkarte liegen, mein Funktelefon wurde mir gestohlen, mein Adreßbuch warf ich aus Versehen in den Müll, und einmal waren auch meine Wohnungsschlüssel weg, und ich mußte bis spät in der Nacht warten, ehe der Mann von einem seiner Freunde nach Hause kam. Ich ging noch immer ins Büro und kopierte Schriftsätze. Aber man hatte inzwischen eine Praktikantin eingestellt, die alles noch einmal überprüfte. Von Tag zu Tag fand sie mehr Fehler. Am Ende der Probezeit wurde mir gekündigt. Es war nicht anders zu erwarten gewesen. Nach der Kündigung fing ich zu saufen an. Wenn ich soff, blieb der Mann zu Hause. Es machte ihm nichts aus, verkatert in seine Werkstatt zu gehen und sich am nächsten Abend erneut zu betrinken. Immer, wenn er nach Hause kam, fragte er mich, ob ich eine Wohnung gefunden hätte. Jeden Tag ging ich zu Besichtigungsterminen, aber als Arbeitslose hatte ich wenig Chancen, etwas zu finden. Damit er sich beruhigte, fing ich an, meine Kisten wieder einzupacken. Er hatte recht, wir konnten nicht zusammen wohnen. Aber noch hatten wir die Hoffnung nicht ganz aufgegeben. Wir dachten, wir könnten unsere Liebe wiederfinden, wenn ich meine eigene Wohnung hätte.

Wir redeten unendlich viel, als suchten wir ein Wort oder einen Satz, der erklären könnte, warum der Mann nicht nach mir verlangte und warum ich das nicht ertragen konnte. Jedes Mal, wenn unser nächtliches Gespräch zu Ende war, schloß der Mann sich in seinem Zimmer ein. Betrunken und halb wahnsinnig von der Vorstellung, er müsse mich sofort berühren, trommelte ich gegen seine geschlossene Tür. Er schrie, daß ich sofort still sein sollte. Dann schwieg er, während ich auf dem Flurteppich hockte, mir die Hand in den Mund schob und auf meine Finger biß.

Wenn wir am nächsten Abend wieder von neuem anfingen, konnten wir uns nicht mehr an das erinnern, was wir schon gesagt hatten. Unsere Worte tauchten im Dunkel des Alkoholrausches auf, und in diesem Dunkel verschwanden sie auch wieder.

Wenn der Mann seine Tür wieder vor mir verschlossen hatte, quälte sich mein wacher Körper durch die Zeit. Bis wir die letzte dieser Nächte erreichten.

Es war eine Nacht von Samstag auf Sonntag. Wieder hatten wir maßlos viel getrunken und maßlos viel geredet. Als es draußen hell wurde, stellten wir fest, daß wir eine ganze Kiste Rotwein ausgetrunken hatten. Aber anstatt schlafen zu gehen, setzten wir uns auf unsere Fahrräder und fuhren zur nächsten Tankstelle. Am Ende der Straße stieg orangerotes Licht auf. Plötzlich rief der Mann: »Jetzt weiß ich, warum ich den Morgen so toll finde. Ich muß es dir nachher erzählen!«

Mit zwei Flaschen Rotwein kamen wir zurück. Der Mann setzte sich in einen Sessel, entkorkte eine Flasche und fing an zu sprechen. Er sah dabei so konzentriert ins Leere, als beschreibe er mir einen Film.

»Meine Eltern haben auch jede Nacht gesoffen. Aber viel mehr als wir. Und dann hat er sie immer verprügelt. Ich hab's nie gesehen. Ich wollte nicht. Aber ich hab ihre Schreie gehört. Deswegen kann ich das auch nicht ausstehen, wenn du so heulst, verstehst du?«

Er nahm einen Schluck aus seiner Rotweinflasche. »Aber dann eines Tages hat sie sich im Schlafzimmer eingeschlossen und gesagt, er soll auf der Couch schlafen. Meine Schwester und ich, wir haben die Luft angehalten. Wir konnten uns nicht vorstellen, daß sie das durchhält.«

Der Mann kicherte. »Aber sie hat's getan. Sie hat ihn echt nicht reingelassen.«

Er machte eine Pause, in der er sich eine Zigarette drehte und sie sich ansteckte.

»Und dann kam er zu uns«, fuhr er fort. »Das heißt, er kam zu meiner Schwester.«

Ich kannte seine Schwester. Wir sahen uns ein bißchen ähnlich, und zufälligerweise trugen wir denselben Vornamen. Sie war nett zu mir, aber sie wirkte auch immer sehr gleichgültig, wenn wir uns trafen.

Der Mann blies geräuschvoll Rauch aus. »Er hat einen Arm unter ihre Decke geschoben und dabei auf sie eingeredet. Irgend so ein Zeug, von wegen, wenn einen die eigene Frau verrät, dann müssen doch wenigstens die Kinder zum Vater halten. Meine Schwester hat angefangen zu weinen. Sonst hat sie nie geweint. Sie hat sich im Bett zusammengekrümmt, als wenn sie sich um seine Hand gekrümmt hätte. Er fing auch an zu weinen. Es war mehr so ein Winseln. Das war total eklig. Und er hat immer weitergemacht bei ihr. Das hat überhaupt nicht mehr aufgehört. Meine Lippe fing an zu bluten, weil ich die ganze Zeit daraufgebissen habe. Ich dachte, diese Nacht geht überhaupt nicht mehr zu Ende. Mit einem Mal hat er zu mir rübergeguckt und mit der freien Hand in seiner Hosentasche gewühlt. Geh mal Zigaretten holen, hat er gesagt. Du bist sowieso schon die ganze Zeit wach. Er hat mir Geld rübergeworfen. Ich hab gemacht, daß ich rauskam. Draußen wurde es gerade hell. Ich hab mich aufs Fahrrad gesetzt und bin losgefahren. Du kannst dir gar nicht vorstellen, was das für ein befreiendes Gefühl war.«

Der Mann stand auf und ging auf den Balkon. Die Sonne stand als milder gelber Ball am Himmel. Der Mann rauchte langsam eine Zigarette zu Ende. Die Kippe schnippte er in einem hohen Bogen ins Morgenlicht.

»Jetzt können wir bei mir schlafen«, sagte er.

Wir legten uns nebeneinander und schliefen sofort ein. Als ich aufwachte, dachte ich, daß wir es jetzt geschafft hätten. Ich dachte, daß wir nur bis zu diesem Bild vordringen mußten, und jetzt hatten wir es erreicht. Jetzt würde alles gut werden. Ich sah den Rücken des Mannes an und dachte, daß ich ihn liebte. Ich strich mit meinen Fingern über seine Hüfte. Er schob meine Hand weg. Entschiedener, als er es je zuvor getan hatte. Die Stille spannte sich wie ein Drahtseil durchs Zimmer. Ich begriff. Ich war seiner Schwester ähnlich. Und ich träumte noch immer von den Berührungen meines Vaters. Das konnte nicht gutgehen.

Der Mann stand auf. Ich stand auch auf. Beim Frühstück sagte keiner von uns beiden ein Wort.

Wenige Tage später habe ich eine Wohnung gefunden. Und seit meinem Umzug haben der Mann und ich uns nicht wiedergesehen.

Gestern, als ich den Tango von Piazzolla gehört habe,

begriff ich, daß wir damals in Amsterdam um die falsche Sache geweint haben. Wir hätten nicht um unsere Väter weinen sollen, sondern um uns selbst. Vielleicht hat der Mann das sogar versucht, vielleicht hat er es in seiner stummen Art zu weinen sogar getan. Hätte ich das damals verstanden, wäre vielleicht alles anders gekommen.

Seit ich seinen Vater am Bett seiner Schwester gesehen habe, habe ich nie wieder geweint. Ich würde gern darüber weinen, daß ich nicht mehr weinen kann. Aber das geht ja nicht.

Michael-André Werner
Schwarzwälder Kirsch

»So, Mutti, nun setz dich mal.« Cornelia rückt mir den Stuhl zurecht. »Soll ich dir schon mal Kaffee eingießen?«

Ich schüttle den Kopf. Dann kann ich wieder die ganze Nacht nicht schlafen. Ich nehme Tasse und Untertasse und reiche sie ihr. »Geh mal in die Küche, da steht eine Kanne mit Früchtetee. Und davon gießt du mir was ein. Aber mach die Tasse nicht ganz voll.«

Sie geht in die Küche. Ich schaue ihr kurz nach, dann drehe ich mich wieder um: Mit mir sitzen meine Enkelinnen Ramona und Irina am Tisch. Ramona starrt Löcher in die Luft und Irina malt mit Buntstiften ein Bild. Ein richtiger Frauentisch. Wie früher. Wenn Mama, Oma und ich in unserem Haus beim Abendbrot zusammensaßen, sagte Oma manchmal zu mir: »Ist so ein richtiger Frauentisch, nicht wahr, Renatchen?« Und Mama hat dann so ein komisches Gesicht gemacht, als fände sie unseren Frauentisch nicht schön. Manchmal war Lilli auch mit dabei. Aber nur manchmal, im Winter oder wenn es draußen kalt war oder ein Sturm. Und jetzt ist hier auch wieder so ein richtiger Frauentisch. Fast. Frank kommt herein, bleibt in der Tür stehen und klappt sein Telefon zu. Cornelia steht genau hinter ihm.

»Geh doch mal zur Seite und setz dich hin!« Sie drängelt sich an ihrem älteren Bruder vorbei und bringt mir meine Tasse. »Der Tee ist ja schon ganz kalt«, flüstert sie mir zu, »und abgestanden. Soll ich dir den noch mal warm machen? Oder neuen aufbrühen?«

»Nein, ist ganz wunderbar so.« Ich nehme ihr die Tasse schnell aus der Hand. »Kalter Tee ist gesund.«

Sie zuckt mit den Schultern, als wollte sie sagen »Na gut«. Dann dreht sie sich um. »Papa, kommst du?« ruft sie den Korridor entlang, und ich höre Georg ein »Ja, sofort« zurückbrummen. Cornelia klappert in der Küche herum, ich höre, wie sie den Porzellanfilter in der Spüle abstellt. Als sie wieder hereinkommt, hat sie die Kaffeekanne in der Hand und ruft: »Weg, weg, weg! Ist schwer.« Sie stellt sie in die Mitte des Tisches.

»So. – Frank, nun setz dich doch mal bitte. Irina, leg die Malsachen weg.«

»Gleich, Mama, ich muß nur noch das Haus ausmalen.«

»Das kannst du nachher noch. Leg jetzt die Malsachen weg. – Papa, wir fangen jetzt an!«

»Jaha, ich komme!«

Frank setzt sich neben Ramona. Georg hat sich seinen guten Schlips umgebunden und nimmt links neben mir Platz. Der Stuhl neben Irina ist noch frei, für Ralf.

»Warten wir denn nicht auf Ralf?« frage ich.

»Mutti«, sagt Cornelia und legt ihre Hand auf meine, »Ralf ist doch in Paris. Das habe ich dir doch erzählt.« Sie schaut mich an und lächelt. Ralf in Paris? Ja, sie hat es mir erzählt. Sicher. Warum hätte sie es mir nicht erzählen sollen? Sie erzählt mir immer alles. Und wenn ihr Bruder nicht zu meinem Geburtstag kommen kann, erzählt sie es mir natürlich auch. Ich kann mich nur nicht erinnern. Gut, Ralf ist in Paris.

»Ja, richtig«, sage ich. »Ich Dummerchen. Laß uns anfangen.«

Cornelia greift nach der Kanne. »Wer will Kaffee?« Sie gießt erst ihrem Vater, dann Frank und dann sich ein. »Ramona?«

Ramona schüttelt den Kopf.

»Cola?«

»Hm«, brummt Ramona.

»Kannst du dir die bitte selbst holen, steht in der Küche.

Ach, bring doch gleich die ganze Flasche mit. Du willst doch auch Cola, nicht, Irina?«

»Ja.«

Ramona steht gelangweilt auf und schlurft in die Küche, als wäre sie schon so alt wie ich. Dabei ist sie erst fünfzehn. Oder sechzehn? Als ich sechzehn war, hab ich gerade meine Lehre angefangen, als Schneiderin. Ralf ist also in Paris. Ich versuche mich zu erinnern, wieso er dort ist und wie lange schon. Papa war auch in Paris. Hat Mama immer gesagt. Und ist dann auch dort geblieben. Hat Mama auch gesagt. Papa ist in Paris geblieben. Daß er dort gefallen ist, hab ich erst viel später verstanden. Und lange hab ich gedacht, daß er dort bei einer Frau leben würde. Ich hab Papa ja gar nicht mehr richtig kennengelernt. Ich kann mich kaum an ihn erinnern.

Ramona kommt mit einer Colaflasche in der Hand zurück. »'nte Conny, ich weiß nicht, wo die Gläser sind.« Sie verschluckt das »Tante« fast, als sei es ihr peinlich.

»Gieß ruhig in die Tassen«, sagt Cornelia.

»Das sieht dann auch aus wie Kaffee«, sagt Irina leise zu ihr und lacht. »Als ob wir auch Kaffee trinken dürfen.« Aber Ramona reagiert nicht darauf.

»Ist das die Flasche aus dem Kühlschrank?« frage ich.

»Ja. Die andere war fast leer.«

»Das ist doch viel zu kalt für den Magen.«

»Ach, Mutti«, sagt Cornelia.

»Also, ich vertrage das nicht so kalt«, sage ich.

»Kuchen nehmt ihr euch selbst«, sagt Cornelia. »Was möchtest du, Mutti. Schwarzwälder Kirsch?«

»Ja, aber nur ein halbes Stück.«

Sie trennt mit dem Tortenheber von einem Stück die Spitze bis zur Hälfte ab und gibt mir das Stückchen mit der Kirsche drauf. Ich weiß gar nicht, ob ich Schwarzwälder Kirschtorte noch mag. Früher, als Kind, bei uns zu Hause – da haben wir an jedem Geburtstag Schwarzwälder Kirschtorte gegessen. Mit Sahnecreme und kandierten Kirschen.

Oder wenn wir am Wochenende mal ins Café gegangen sind, als Oma noch lebte. Oder später dann, bei meiner Hochzeit mit Georg, lange nach dem Krieg, als es wieder was zu essen gab, ohne Marken, als es endlich wieder richtige Sahne gab. Nein, ich glaube, da hab ich Schwarzwälder Kirschtorte schon nicht mehr wirklich gemocht. Nur, weil wir es uns wieder leisten konnten, weil es etwas Besonderes war. Etwas Besseres als Streuselkuchen. Es klang ja auch so schön: Schwarzwälder Kirschtorte. Georg ißt immer nur gedeckten Apfelkuchen.

»Schmeckt's, Mutti?« fragt Cornelia.

Ich nicke und lächle. Ich teile mit der Kuchengabel ein kleines Stück ab, schiebe es mir in den Mund und lächle. Nein, ich mag Schwarzwälder Kirschtorte nicht.

»Und, Mutti«, fragt Frank, »wie fühlt man sich so an seinem Ehrentag? Wie alt wirst du heute doch gleich?«

»Du weißt doch wohl, wie alt deine Mutter wird!« blafft Georg seinen Sohn an. »Deine alte, greise Mutter.« Er lacht und tätschelt meine Schulter, wie er es immer macht. »Nichts für ungut.«

»Neunundsechzig«, sage ich.

»Ich habe auch bald Geburtstag«, ruft Irina quer über den Tisch.

»Ja, Irina«, sagt Cornelia, »iß mal deinen Kuchen weiter.«

Ich lächle meiner Enkelin verschwörerisch zu, und sie lächelt ebenso verschwörerisch zurück. Meine Oma hat mich auch immer so angelächelt. Omas tun das so. Und jetzt bin ich an der Reihe, so zu lächeln. Wir essen beide unsere Schwarzwälder Kirschtorte weiter. Mir fällt auf, daß der Stuhl neben ihr leer ist. Wo ist denn Ralf? Ich schau mich um. Und da ist auch kein Gedeck für ihn. Für Papa hat Mama immer ein Gedeck aufgelegt, noch jahrelang. »Wenn Papa aus Paris wiederkommt und wir essen gerade und haben nicht für ihn gedeckt – wie soll er das denn finden?« hat Mama immer gemeint. Ach ja, Ralf ist in Paris. Aber wo ist …?

»… eigentlich deine Mutter?« frage ich Ramona.

»Die ist auf Klassenfahrt«, sagt Frank sofort. »Gestern losgefahren.«

»Die hat's gut«, brummt Ramona leise.

»Mona!« ruft Frank und gibt seiner Tochter einen Klaps auf die Schulter. Dann fährt er fort, als sei nichts weiter passiert: »In den Hunsrück.«

»Wir waren früher auch gern im Hunsrück«, sage ich, »nicht wahr, Georg?«

»Hm.«

»Ich hab auch bald Geburtstag«, sagt Irina noch einmal. »In einem Monat. Eigentlich in genau 33 Tagen.«

»Ja, Irina«, sagt Cornelia, »iß deinen Kuchen.«

»Das ist kein Kuchen, das ist Torte.«

»Und was wünschst du dir zum Geburtstag?« frage ich sie.

»Einen Hund.« Sie strahlt mich an und steckt sich ein großes Stück Schwarzwälder Kirschtorte in den Mund.

Ich schlucke. Ich greife nach meiner Tasse und trinke einen Schluck Tee. Dann sage ich: »Tiere sind nichts für die Stadt. Schon gar nicht für die Wohnung.« Ich hatte nie Tiere in der Wohnung. Damals, draußen, ja, da hatten wir welche. Natürlich, auf dem Land hat man eben Tiere. Schweine, Kühe, Hühner. Wir hatten nur Hühner. War ja auch kein Hof, sondern nur ein kleines Häuschen mit Garten. Wir hatten Hühner und …

»Mama sagt, ich darf einen Hund haben.«

Ich schaue zu Cornelia. Die blickt fast schuldbewußt auf ihren Teller. »Einen kleinen«, sagt sie, halb zu sich, halb zu mir, dann dreht sie sich zu ihrer Tochter: »… und ich habe gesagt: mal sehen.«

»Du hast gesagt: bestimmt.«

»Ein Hund ist nichts für die Wohnung«, sage ich. »Auf dem Land ja, da gehören Tiere hin.«

»Als hättest du je auf dem Land gewohnt«, wirft Georg ein, ohne mich anzusehen oder mit dem Kauen aufzuhören.

»Ja! Ich bin dort aufgewachsen.«

»Ihr hattet ein Haus in einem großen Dorf. Ihr hattet nicht mal Schweine.«

Wir hatten Lilli …

»Wir hatten Hühner.«

»Hühner …«

Ich stehe mit Lilli und Mama am Hühnerstall. Mama streut gerade neues Stroh ein, und ich umarme Lilli, meine Schäferhündin. Sie ist zwei Jahre alt und sehr verschmust. Mama sagt, ich soll gut aufpassen, denn beim nächsten Mal muß ich das Stroh auswechseln. Alt genug bin ich ja. Lilli leckt mir das Gesicht ab. Das ist eklig, aber auch ein bißchen schön. »Lilli!« rufe ich und gebe ihr einen Stups auf die Nase. Sie will nach meiner Hand schnappen, aber das kenne ich schon und ich ziehe sie schnell weg. Da steht plötzlich Oma hinter uns.

»Packt eure Sachen zusammen«, sagt sie. »Wir müssen weg.« Und zu Mama sagt sie noch: »Die Russen sind in zwei Stunden hier. Vielleicht auch in einer.«

»Wohin gehen wir denn?« frage ich.

»Wir fahren in die Stadt. Wir besuchen Tante Jutta.«

Wir haben Tante Jutta lange nicht besucht. Das letzte Mal zu Weihnachten, das ist ewig her. Jetzt ist Mai. Tante Jutta ist auch nicht meine richtige Tante, sie ist eine Freundin meiner Oma. Und sie ist genauso lieb wie Oma, eigentlich noch lieber. »Komm mit, Lilli«, rufe ich. »Wir müssen unsere Sachen packen, wir fahren zu Tante Jutta.«

»Renatchen, Schatz – Lilli bleibt hier«, sagt Mama.

»Warum denn?«

»Wir können sie nicht mitnehmen. – Und jetzt beeil dich bitte. Wir fahren in einer Stunde.«

Wir können Lilli nicht mitnehmen? Ich laufe nach oben. Doch, ich werde Lilli mitnehmen.

»Ja, Hühner!«

»Was?« Georg schaut mich verwundert an.

»Wir hatten Hühner!«

»Hühner sind keine Haustiere.«

»Weißt du denn, was für einen Hund du haben willst?« fragt Frank.

»Einen Beagle«, sagt Irina. »Oder einen kleinen Schäferhund.«

»Es gibt keine kleinen Schäferhunde«, sage ich. »Schäferhunde werden immer groß. Schäferhunde sind Nazi-Hunde. Nach dem Krieg haben die Russen alle Nazi-Hunde in unserem Ort erschossen.«

»Mutti.«

»Und jetzt Schluß damit!«

»Jaja, die Russen«, sagt Georg. »Als ich siebzehn war, da hab ich mal ein paar Stiefel im Humboldthain gefunden ...«

Ich kenne die Geschichte. Ich will nicht, daß er sie erzählt. Nicht heute, nicht an meinem Geburtstag. Ich starre ihn an und wünsche mir ganz stark, daß er sie nicht erzählt. Bitte! Bitte nicht! denke ich.

»... und da waren die Füße noch drin!« sagt er.

»Papa!« ruft Cornelia.

»Ihhh«, ruft Irina. Ramona schaut nur erschrocken.

»Fünf Jahre nach Kriegsende. Russische Stiefel. Geschieht ihnen recht!«

»Vati, bitte!« sagt Frank.

»Na, ist doch so. Die Russen waren doch alles Tiere. Die kamen doch aus der hintersten Ecke, Halbwilde aus irgendwelchen sibirischen Wäldern. Die wußten nicht mal, was ein Klo ist oder wie elektrisches Licht funktioniert. Hat Vater später ja auch immer gesagt, als er aus dem russischen Lager kam. '55, da war ich schon erwachsen. Und so was wie Menschlichkeit oder Mitleid wie die Amis später ...«

Ich laufe nach unten ins Wohnzimmer, um Mama zu fragen, welches Kleid ich mitnehmen soll, das blaue oder das gestreifte. Mama wickelt die guten Tassen in Kopfkissen ein.

»Und kann Lilli nicht doch mitkommen?« frage ich sie.

»Nein, das geht wirklich nicht, Schatz.«

»Warum?«

»Wir haben keinen Platz bei Tante Jutta. Und wir werden nichts zu fressen haben für Lilli.«

»Dann teile ich mit ihr.«

Mama schaut mich lange an. Sie schluckt einmal, zweimal. Dann sagt sie: »Pack beide Kleider ein, pack einfach alles ein, was in den Koffer paßt.«

»Und Lilli?«

»Lilli mag die Stadt bestimmt nicht. Da ist doch alles fremd für sie. Hier gefällt es ihr viel besser. Wir bringen sie zu Herrn Müller, du weißt doch, der nette ältere Herr, der drei Häuser weiter wohnt, auf der anderen Straßenseite.«

Ich nicke. Ja, ich kenne Herrn Müller, er ist schon sehr alt und wohnt noch nicht lange hier, früher ist er Jäger gewesen.

»Vielleicht macht er aus Lilli einen Jagdhund«, sage ich.

»Ja, vielleicht. – Aber so lange bleiben wir ja nicht weg. In ein paar Wochen sind wir wieder da.«

»Ich hatte nie ein Haustier«, sagt Cornelia leise. »Ich durfte nicht mal ein Meerschweinchen haben oder einen Hamster.«

»Wir hatten alle kein Haustier, Schwesterchen«, sagt Frank.

»Tiere sind nichts für die Wohnung. Sie machen Dreck und man kann sich werweißwas für Krankheiten holen.«

»Ach, Unsinn ...«, ruft Ramona dazwischen, und ihr Vater wirft ihr einen kurzen Blick zu. Sie ißt ihren Kuchen weiter.

»Du hattest eine Katze, Frank«, sagt Cornelia.

»Das war, bevor du geboren wurdest«, sagt Georg. »Das ist lange her. Außerdem hatten wir die nur ganz kurz. Ist ja nach 'nem halben Jahr gestorben.«

»Und das war auch ganz etwas anderes«, sage ich. »Eine Katze. – Ich finde es nicht gut, wenn das Kind einen Hund bekommt.« Ich steche mit der Gabel einen großen Happen Torte ab, schiebe ihn mir in den Mund und kaue und kaue.

Ich hasse Schwarzwälder Kirschtorte. Ich hasse Schwarzwälder Kirschtorte! Ich hasse Schäferhunde. Ein bitterer, salziger Geschmack kriecht mir den Hals hinauf. Ich will nicht weinen. Nicht an meinem Geburtstag. Nicht, wenn ich Torte esse. Es brennt, als ich schlucke. Ich kann nicht schlucken, der Hals ist ausgetrocknet. Ich schlucke trotzdem. Ich hasse Schwarzwälder Kirschtorte.

Mama kommt in mein Zimmer. Ich will gerade meinen Koffer zumachen. Mama schaut auf mein Bett, wo alle meine Sachen liegen.

»Was machst du denn da?« fragt sie mich mit entsetzter Stimme. »Du hast ja noch gar nichts eingepackt. Und warum ist der Koffer schon voll?«

Der Koffer zappelt, wackelt, ich versuche, den Deckel runterzudrücken, aber von innen drückt Lilli dagegen. Mama steht neben mir und klappt den Koffer wieder auf. Lilli schaut heraus und mich an, dann zu Mama. Dann bellt sie.

»Ach, Renate!« sagt Mama nur und dann: »Lilli, raus!« Lilli springt aus dem Koffer und drängt sich an mich.

»Ich brauche nichts zum Anziehen«, sage ich. »Ich ziehe einfach ganz viel an und mehr brauche ich nicht. Dann kann Lilli in den Koffer. Ich trage sie auch.«

Aber Mama hört nicht zu. Sie greift nach meinen Sachen und stopft sie in den Koffer. Sonst legt sie immer alles sorgsam zusammen, damit auch nichts knittert. »Lilli bleibt hier«, sagt sie noch mal. »Und jetzt beeil dich. Wir müssen bald los. Lilli, komm mit!« Und sie geht mit Lilli hinaus.

Als ich mit dem schweren Koffer die Treppe hinunterkomme, steht Mama schon im Mantel, obwohl es draußen warm ist. »Nimmst du den?« rufe ich. »Er ist so schwer.«

»Schatz, ich habe selbst zwei Koffer. Das schaffst du schon.«

Aber der Koffer ist wirklich schwer. »Ich sage jetzt auf Wiedersehen zu Lilli«. Ich lasse den Koffer los und laufe hinaus.

»Warte!« ruft Mama, aber ich bin schon weg.

Draußen fängt mich Oma ab. Auch sie trägt ihren Mantel.

Sie drückt mich mit einem Arm in den dicken Stoff und dreht mich an der Schulter herum. »Schön hiergeblieben, Kind.«

»Ich will zu Lilli.«

Und da sehe ich, wie der alte Herr Müller auf der Straße schon ganz weit weg ist und Lilli am Halsband mit sich zieht. Oma schiebt mich zurück ins Haus.

»Komm«, sagt sie zu meiner Mutter, »wir müssen los.«

»Ich will noch mal zu Lilli«, sage ich.

»Nimm deinen Koffer, Schatz. Wir sind bald wieder da. Lilli wird nicht mal merken, daß du weg warst.«

Ich nehme meinen schweren Koffer, und dann gehen wir. Oma schließt das Haus ab und steckt den Schlüssel in die Manteltasche. Irgendwo weiter unsere Straße hinunter knallt es. Mama schreckt kurz zusammen.

»Da sind sie schon, die Russen«, sagt Oma. »Na, komm.« Die beiden schauen sich an. »Die Russen hätten sie auch nur erschossen. Und aufgefressen.«

Sie haben Lilli erschossen.

»Die russischen Soldaten«, sagt Georg, »waren ja auch nur arme Schweine. Die Offiziere hatten ja alles, aber der einfach Soldat ... Halbverhungert, mitten im Feindesland, ich wüßte ja nicht, wozu ich da fähig wäre. Die hatten ja selber weniger als wir. Unrasiert und fern der Heimat ...« Er lacht. »Und sie waren ja auch eigentlich im Recht, als Sieger.«

Ich greife nach meiner Tasse und nehme einen hastigen Schluck. Und noch einen und noch einen. Dann ist die Tasse leer.

»Willst du noch Tee?« fragt Cornelia.

Ich schüttle den Kopf.

»Und wenn er ganz, ganz klein ist?« flüstert Irina.

Nein. Sie haben Lilli erschossen. Sie haben meine kleine Schäferhündin erschossen. Die Russen hätten sie sonst aufgegessen.

Meine Augen brennen. Mein Hals brennt. In meiner Stirn prickelt es wie Brausepulver. Ich würde gern weinen.

Ich würde jetzt wirklich gerne weinen. Wenigstens jetzt. Ich habe nie um Lilli geweint. Ich habe sie einfach irgendwann vergessen.

»Mutti?« sagt Cornelia.

Warum hört ihr nicht mit dem Hund auf! will ich sagen. Aber es kommt nur ein Krächzen. »Warum müßt ihr immer alles verderben. Mein schöner Geburtstag.«

Michael Weins

Das blaue Licht

»Leni Riefenstahl«, sagt Gudrun.

Zum ersten Mal seit einer Dreiviertelstunde zeigt ihr Gesicht so etwas wie Ausdruck. Einem Nordlicht gleich flakkert es über die Firmamente ihrer Morbus-Basedow-Augen.

»Sie ist die einzige, der es gelang, in Würde zu altern, und deren Leistungen ich bis zum Schluß anerkenne.«

»Was ist mit den Rolling Stones«, frage ich.

»Ach nee.« Gudruns im Vergleich zum Kopf zu klein geratener Körper zuckt vor Abscheu im Drahtstühlchen. »Da ist doch der künstlerische Funke vor zwanzig Jahren verloschen, die reproduzieren sich doch nur noch selbst. Das ist doch keine Musik mehr. Ich bin mit drei Musikern zusammengewesen, ich muß es wissen. Von zweien habe ich Kinder.«

»Aber sie haben tolle Falten«, sage ich. »Stilvolle, bewundernswerte Falten.«

»Na ja. Leni Riefenstahl sah bis zum Ende auch immer noch toll aus.«

Ich muß an späte Riefenstahl-Aufnahmen denken, eine Mumie mit blonder Großmutterperücke. Ich betrachte Gudruns Gesicht. Über ihre Pausbacken zieht sich ein Geflecht dunkelblauer Adern. Die Augen wölben sich einen halben Zentimeter vor die Lider, ein schauriger Anblick, aber ich habe mich daran gewöhnt. Ich denke daran, wie mich ein Teenager in die Wohnung einließ, nachdem ich das Codewort gesagt hatte. Sie stand in einem schummrigen Badezimmer über ein muschelförmiges Waschbecken gebeugt, die Wohnung roch nach Vogelkot, Korktapete an den Wänden.

Sie sagte: »Ich wasche nur eben das Meerschweinchen zu Ende.«

»Äh«, sagte ich und betrachtete fasziniert das rosa Etwas zwischen ihren Händen, von dem dünne Wollflusen herabhingen.

Danach hat sie mich in dieses Zimmer geführt. Ich sitze schon fast eine Stunde auf ihrem Kunstledersofa. Wir reden über die Vergangenheit, übers Älterwerden, über Leni Riefenstahl. Ich weiß nicht mehr, wie es anfing. Eigentlich will ich bei dieser Frau bloß Drogen kaufen.

»Mein Lieblingsfilm von Leni ist ›Das blaue Licht‹, ihr erster Spielfilm.«

»Kenne ich nicht«, sage ich.

»Wir können ihn ansehen, ich habe ihn drüben auf Video.«

»Gerne«, sage ich. »Ein andermal.«

»Ich kann dir erzählen, wovon er handelt.«

»Gerne«, sage ich, um nicht unhöflich zu sein.

»In einem Dorf in den Bergen lebt eine junge Frau. Das heißt, sie wohnt nicht eigentlich im Dorf, sondern außerhalb, für sich alleine. Die Leute aus dem Dorf meiden sie, weil sie glauben, daß sie eine Hexe ist. Sie ist sehr schön und bezahlt mit Kristallen. Leni Riefenstahl spielt diese Frau. Sie sieht gleichzeitig herb und stark und verletzlich und charismatisch aus.«

Aha, denke ich. Sie spricht über sich. Sie identifiziert sich mit Leni Riefenstahl. Vorhin hat sie mir erzählt, sie wäre einmal eine schöne Frau gewesen, alle hätten sich ständig in sie verliebt. Davon ist nichts mehr zu erkennen. Ich betrachte sie, wie sie dasitzt in ihrem Stühlchen, nach vorne gebeugt in ihrem Schlabberrock, ein Kamel auf dem Pulli. Ihre Finger sind dabei, aus den Utensilien vor ihr auf dem Tisch einen Joint zu bauen, den dritten seit wir uns niedergelassen haben. Ich frage mich, ob das mit ihren Augen vom Kiffen kommt.

»Nur ihr gelingt es, in hellen Vollmondnächten den Berg

zu ersteigen und in die Grotte zu klettern, aus der das blaue Licht strahlt. Immer bei Vollmond bricht sich das Licht des Mondes in den Kristallen der Grotte. Es ist der Lieblingsplatz der Frau. Es gibt ihr Ruhe, wenn sie im blauen Licht sitzt. Niemand außer ihr kann die Grotte erreichen.«

Sie raucht, ihr Gesicht wird länger, und ich höre ihren Geschichten zu in diesem Hippiemuseum mit selbstbemaltem Kleiderschrank und gebatikten Tüchern an den Wänden, mit Sandstein-Buddha auf der Box, Salzkristallampe und veralgtem Aquarium.

Ein alter Hippie, der auf Leni Riefenstahl steht. Ich nehme meine Hand vom Sofa, um mich im Gesicht zu kratzen: Es klebt.

»Das Vollmondlicht verdreht den jungen Männern aus dem Dorf den Kopf. Immer bei Vollmond versucht einer, den Berg zu erklimmen. Jeden Monat stürzt einer in den Tod. Die Leute aus dem Dorf haben Angst vor der Frau.«

Sie zieht an ihrer Tüte, reicht sie mir hin, aber ich winke zum dritten Mal ab. Ich möchte einen klaren Kopf behalten. Ich schaue den Schwaden hinterher, die aus Gudruns Mund strömen.

»Eines Tages kommt ein Maler aus der Stadt in das Dorf. Er verliebt sich in das Mädchen mit den Kristallen, obwohl er vor ihr gewarnt wird. In der nächsten Vollmondnacht folgt er ihr heimlich auf den Berg. Es gibt nur diesen einen speziellen Weg, den niemand sonst kennt.«

Die Schwaden ziehen zum Fenster, aber das Fenster ist geschlossen. Es gibt kein Entweichen für den Rauch. Durch das Fenster sieht man die gegenüberliegenden Balkone.

»Er läßt sie vorانklettern und findet die Grotte. Er erschleicht sich das blaue Licht. Er ist wie verzaubert, bis sie ihn bemerkt. Erst weint sie, und dann küssen sie sich. Aber am nächsten Tag verrät er den Weg über die Steilwand an die Dorfbewohner. Er glaubt, so zwischen der Frau und den Dörflern vermitteln zu können.«

»Oha«, sage ich.

»Die Dorfbewohner plündern die Grotte. Sie brechen alle Kristalle aus dem Stein. Das blaue Licht erlischt. Die Bewohner des Dorfes kommen zu Reichtum. Die Frau stürzt sich vom Berg in den Tod. Der Maler aus der Stadt bereut, obwohl er nicht wirklich begreift, was er getan hat, er hat es ja gut gemeint.«

»Hm«, mache ich nach einer Weile. »Ein Märchen. Und eine frühe Parabel auf die Umweltzerstörung.«

»Es ist viel mehr als das.« Gudrun schaut mich mißbilligend an.

»Es ist Poesie und es ist ein Meilenstein der Filmgeschichte. Sie hat dafür eine eigene Technik entwickelt. Sie hat das Vollmondlicht erfunden. Und sie hat alles an Originalschauplätzen gedreht, was ebenfalls neu war.«

»Ah«, sage ich.

»Und sie war die erste Frau, die Regie und Schnitt gemacht hat. Und vorher war sie Tänzerin und Bergsteigerin.«

Sie drückt ihren Joint in einem Jugendstilaschenbecher aus.

Wie paßt das zusammen, frage ich mich. Das Kiffen, diese gebatikte Hippiewelt und Leni Riefenstahl.

Ich frage, ob Leni Riefenstahl nicht ein Nazi gewesen ist.

Sie sei niemals in der Partei gewesen, sie habe sogar jüdische Freunde vor dem Zugriff von Goebbels geschützt.

Ich sage, daß sie aber diesen Parteitagsfilm gedreht hat.

Die Ästhetik sei bahnbrechend gewesen, so etwas habe es vorher noch nicht gegeben. Dieses Gespür für Rhythmen, die Choreographie der Bewegungen.

Ich sage, daß sie für Adolf Hitler den Olympiafilm gedreht hat, um den arischen Körper zu feiern.

Da sei es um die Ästhetik gegangen, und jeder, der den Film anschaue, müsse zugeben, daß es Bilder von überwältigender Schönheit seien.

»Die Bilder, ja«, sage ich, weil man das immer hört, wenn man über Leni Riefenstahl spricht.

»Wie paßt das zusammen«, frage ich und weise in den Raum.

Ich zeige auf den Buddha, auf die Steine, die in einer Schale liegen. Mein Blick fällt auf einen Wandteppich, der in einer Ecke hängt, den hatte ich noch nicht gesehen. »Die Ostmark heim im Reich«, lese ich in schwarzer Fraktur auf blutrotem Samt, »1938«.

»Du bist doch ein Hippie«, sage ich. »Oder du bist es gewesen. Geht das denn, Hippie und Leni Riefenstahl?«

»Wieso nicht?«

»Es hat doch etwas mit Werten zu tun, Hippiesein. Das ist doch nicht nur Mode, da geht es doch um mehr.«

»Ach«, sagt Gudrun. »Für mich war das nie ein Widerspruch. Leni Riefenstahl ist ja kein Nazi gewesen. Ich bin ja auch mit der APO auf die Straße gegangen, habe Ho-ho-ho-Chi-Minh gerufen, obwohl ich nicht wußte, was das heißt. Es hat sich gut rufen lassen. Oder L'Algérie française. Ich war für Frieden und gegen Krieg. Und ich war für freie Liebe.«

»Aber die 68er haben doch mit der Nazivergangenheit abgerechnet«, sage ich, weil ich das in der Schule gelernt habe. »Das war doch ganz wesentlich für diese Generation.«

»Ja, aber das war nicht meine Sache.«

Sie beugt sich zu einer bemalten Kommode hinab und zieht einen Schwung Zettel heraus, legt sie vor mich hin. Es ist die Drogenkarte, mit Blumenbildchen und Engeln beklebt, niedlich. Aber ich will es jetzt genau wissen.

»Was war denn deine Sache?«

»Ich bin später in die NPD eingetreten. Irgendwann hatte sich diese APO-Geschichte überholt. Und die NPD war damals pazifistisch eingestellt und antiwestlich, das fand ich gut. Die waren für ein atomwaffenfreies, neutrales, blockfreies Deutschland.«

Königsdope, lese ich auf der Karte, 14 Euro, teuer.

»Ich war für Frieden und gegen Amerika. Ich bin auch bei den Ostermärschen mitgelaufen.«

»Mit der NPD«, sage ich.

»Ja. Ich war für Sozialismus, aber das Nationale hat mich auch angezogen. Größe und Schönheit, das waren Begriffe, mit denen ich etwas anfangen konnte. Ich dachte, ich könnte die NPD von innen verändern, als Frau. Und sie wollten mich natürlich dabeihaben, weil ich so hübsch war. Deshalb bin ich eingetreten.«

»Und die Drogen«, frage ich. »Sind die Rechten nicht gegen Drogen?«

»Hitler war selber morphinabhängig. Und Leni Riefenstahl hat sich regelmäßig in den Knöchel gespritzt.«

»Ah«, sage ich. Ich hatte keine Ahnung. Ich lerne ständig etwas dazu. Ich wußte nicht, daß es das überhaupt gibt, Nazihippies. Für mich schloß sich das bislang aus. Rechts und links, das waren für mich Gegensätze, Widersprüche. In der Welt, in der ich aufgewachsen bin, gab es die Guten, das waren die Deutschlehrer in den Jeansanzügen mit den Naturledertaschen, bei denen man Böll gelesen hat. In ihrer Jugend waren sie Hippies, da ging es um Liebe und Solidarität und Frieden und andere schöne Dinge, die wir ihnen von den Lippen ablasen und in unsere Schülerzeitungen schrieben. Und es gab die Bösen, die mit den Glatzen und den Stiefeln und den Baseballschlägern oder die alten Männer beim Vertriebenentreffen. Die redeten von Krieg und Sühne und Nationaler Bewegung. Aber es gab keine Nazihippies, bei denen man Drogen kaufen konnte. Woran soll man sich noch halten?

Ich muß an meine Großmutter denken. Einmal habe ich in ihrem Fotoalbum ein Bild von Adolf Hitler mit Widmung gefunden. »Das findest du jetzt nicht gut, oder«, hat sie mich gefragt.

»Nein«, habe ich gesagt, obwohl ich sie verstehe. Die dreißiger Jahre waren die Zeit ihres Lebens. Sie war jung, und ihr Mann lebte noch. Außerdem ist meine Großmutter noch einmal 1000 Jahre älter als Gudrun, da war es normal, Nazi zu sein. Und meine Oma ist nie Hippie oder Drogenverkäuferin gewesen.

»Es hat dann aber nicht geklappt mit dem Verändern«, sagt Gudrun. Ich habe mich verändert. Ich war dann plötzlich weder jung, noch sah ich weiter gut aus. Das war hart für mich. Ich hatte mich immer darauf verlassen, schön zu sein. Aber ich bin auch schon nach zwei Jahren wieder raus aus der NPD.«

Sie guckt auf ihre Hände, die schlaff auf den Oberschenkeln liegen.

Ich muss an Mirko denken. Den Tip habe ich von Mirko bekommen. Er hat mir einen Zettel in die Hand gedrückt mit der Telefonnummer und dem Namen *Gudrun* darauf. Ich habe ihn fragend angeschaut.

»Du hast mir einmal erzählt, du hättest niemand mehr, bei dem du etwas zu rauchen kaufen kannst. Früher hättest du immer jemanden gehabt. Das sei nett gewesen. Man sitzt bei jemandem am Sofatisch, plaudert und kauft nebenbei etwas zu rauchen.«

Stimmt, das hatte ich ihm erzählt, um anzugeben.

»Wer ist Gudrun«, fragte ich.

»Meine Mutter«, sagte er. Er strengte sich an, mir nicht in die Augen zu blicken.

Er hatte mir noch nie von seiner Mutter erzählt. Ich wußte nur, daß er keinen Kontakt zu seinen Eltern wollte. Ich wußte auch, daß er eines von sechs Geschwistern von vier verschiedenen Vätern ist. Ich habe ihm auch nicht viel über meine Eltern erzählt. Meine Eltern sind Spießer, mein Vater besitzt im Keller eine Schraubensammlung, dieses Kaliber. Es muß sonderbar sein, als Kind einer Kiffernazihippiemutter aufzuwachsen. Ich möchte nicht tauschen. Ich stelle es mir irgendwie – prägend vor.

»Königsdope«, sage ich, weil ich hinaus will aus dieser Höhle. Ohne zu wissen, was es ist und ob es den Preis wert ist. Ich tippe leise auf die Karte.

Gudrun schaut mich eine Weile aus verschleierten Augen an. Sie nickt.

Als sie aus dem Zimmer gegangen ist, um Königsdope zu holen, verliere ich mich im Ausblick ihres Kleiderschranks. Ein kreisrunder Blick durch die Blätter eines Südseedschungels auf das Meer, auf ein Schiff, das zum Horizont segelt, in den Sonnenuntergang.

»Das blaue Licht«, sage ich.

Ich sitze auf einem durchgesessenen Sofa und beobachte einen Kleiderschrank. Meine Augäpfel wölben sich hervor, ich spüre es. Ich altere von Augenblick zu Augenblick. Mich beschleicht das Gefühl, in dieser Nazihippiehöhle festzustecken, wo alles verwischt, alles verschwimmt, was Gültigkeit besitzt. Am liebsten würde ich durch das Loch im Schrank dem Schiff nachschwimmen, um über den gemalten Horizont zu entkommen.

»Das blaue Licht.«

Es hört sich schön an. Ich muß es mir merken. Als ich es sage, sticht etwas in meiner Brust, eine schwache Sehnsucht nach Größe und Schönheit. Ich fühle Sehnsucht nach dem blauen Licht.

Sollte mir die Flucht gelingen, werde ich das Licht ausprobieren. Ich werde zu Hause nach dem blauen Edding suchen. Ich werde eine Glühbirne anmalen. Ich verwandele das Zimmer in eine blaue Grotte. Ich setze mich in das Licht auf dem Fußboden. Ich rauche etwas von dem Königsdope. Ich denke an Gudrun und an Leni Riefenstahl. Ich bin im blauen Licht. Ich wasche mich rein darin. Alle Geschichten fallen von mir ab.

Ich spüre, wie mich in Wellen Größe und Schönheit erfüllen.

Marko Martin
In Jerusalem

Kaum war er am Damaskustor aus dem Bus gestiegen, wurde er von einem Mann mit unrasiertem Gesicht angesprochen, der ein werbendes Lächeln aufgesetzt hatte und ihm einen kleinen grünen Zettel in die Hand drückte.

»Just look, only look, but read it now.«

Gleich einer hohen Welle schwappten Geräusche an Roberts Ohr, Taxihupen, Trillerpfeifen, heisere, kehlige Laute, Lachen und dazwischen die immer leiser werdenden englischen Stimmen der anderen Traveller, die von ähnlich aussehenden Männern ebenfalls Faltblätter angenommen hatten und nun zum Lesen gedrängt wurden.

Nice atmosphere hot showers free kitchen use free tea music and television roof terrace sports room valuables stored safely nice people the sun goes down behind the Old City Hostel.

»Do you read this? Do you want this?« Das gespannte Lächeln des Mannes, seine gleichgültigen Augen, die Hast in seiner Stimme, der harte Akzent.

»Why not?« sagte Robert. Machte es einen Unterschied, wo er übernachtete, solange der Preis niedrig war und die Lage zentral?

In der Nische über dem Damaskustor saß ein israelischer Soldat. Er trug eine Sonnenbrille und hatte den Rücken gegen die Steinwand gelehnt, auf seinen Knien ein Gewehr mit Zielfernrohr. Der Mann mit dem grünen Faltblatt folgte Roberts Blick. Als Robert versuchte, einen mißbilligenden Ausdruck auf sein Gesicht zu zaubern, hatte sich der andere schon achselzuckend abgewendet und mit einer fahrigen Handbewegung bedeutet, ihm zu folgen.

Schwierig, durch das Gewühl vor dem Tor zu kommen, hinein in das dunkle Nadelöhr, das zwischen seinen Wänden die Menschen noch mehr zusammendrängte, sie zu blinden, panisch oder gerissen um sich tastenden Wesen machte, Körper an Körper, und Gerüche wie flatternde Fahnen freisetzte. Robert, den Rucksack hoch über seinen Kopf haltend, sich schlank machend und dabei jeden seiner Rückenmuskeln anspannend, dachte an den Rat, den man ihm gestern in der Herberge in Tiberias gegeben hatte.

»Geh ab Sonnenuntergang nicht mehr in die arabische Altstadt, besonders nicht durch das Damaskustor, im Gedränge werden immer wieder Leute erdolcht. Solche, die sie Kollaborateure nennen, manchmal auch ein Tourist.«

Robert bemühte sich, im Dämmer die eilige Gestalt seines Herbergsführers nicht zu verfehlen. Auch versuchte er, nicht zu taumeln, als er aus dem Torweg heraustrat und ihm das Sonnenlicht so in die Augen fuhr, daß er für einen Moment nur noch verschlungene gelbe Linien sah. Die Gasse war eng und abschüssig und durch Säcke und Verkaufstische mit Gemüse, Stoffballen, Töpfen und bauchigen Flaschen zusätzlich verstellt. Verschleierte Frauen befühlten die Ware, stritten mit den Händlern, und daneben saßen auf Plastikstühlen uralte Männer, die an ihrer Wasserpfeife zogen; leinenfarbene Gewänder spannten über ihrem Bauch, mit einer Kordel zusammengehalten. Wie ein Theaterstück, dachte Robert. Oder ein Ölschinken in ehemals prunkvollem und nun lädiertem, abgeschürftem Rahmen. Wie ein Schlund zog ihn die Gasse in sich hinein, umnebelte ihn mit Gerüchen von Schweiß, Parfüms, verfaulenden Früchten, Gewürzen.

Kurz vor dem Eingang zum Souk winkte ihn sein Führer in ein düsteres Gewölbe. Sie stiegen eine Steintreppe hinauf, deren Stufen seifig waren und nach Desinfektionsmittel rochen. Dennoch war der Modergeruch auf dem abbröckelnden Putz der Wände übermächtig. Gerüche, hart voneinander geschieden und ohne Vorwarnung alles andere okkupierend. Die Treppe endete in einem Raum im ersten Stockwerk. Hinter einem schmalen Holztisch saßen zwei ältere Männer, die ihn bereits zu erwarten schienen.

»Salam, my friend, welcome.« Sie hatten den gleichen Akzent wie der Mann mit dem unrasierten Gesicht.

»Salam«, sagte Robert. Die Männer beobachteten ihn. Dann baten sie ihn, seinen Paß aus dem Rucksack zu holen und in dem Safe hinter der Wand zu deponieren.

»Soll ich im voraus bezahlen?« fragte Robert.

»Aber nein!« Für einen Moment setzten sie eine beleidigte Miene auf, ehe wieder ein Lächeln über ihre Gesichter lief. Einer der beiden verschwand hinter einem zerschlissenen Vorhang, machte sich dort geräuschvoll zu schaffen und kam mit einem Glas dampfendem Minztee zurück.

»You are welcome!«

»Shukrom«, sagte Robert, ehe er das Glas an die Lippen führte, dort, wo der Dampf die schlierigen Spuren bereits hatte verschwinden lassen.

Den Paß wollten sie haben, nicht die zwanzig Schekel, dachte er, während er zwischen Zinnen und Schießscharten den schmalen Weg auf der Stadtmauer entlanglief. Er war fast allein hier oben, nur selten mußte er einigen Touristen ausweichen, die kleine Sonnenschirme an ihren Mützen befestigt hatten und Reiseführer in den Händen hielten. Er hatte gesehen, daß in der Ablage des rostbraun gestrichenen Schranks noch andere Pässe lagerten, zusammengehalten von blaßrosa Gummibändern. Sie mußten den Inhabern all der anderen Rucksäcke gehören, die Robert unter den Betten im Nachbarraum gesehen hatte. Alles schien in Ordnung zu sein. Und doch blieb das Gefühl, daß in diesem zerbeulten Metallschrank hinter dem Rezeptionstisch nicht Pässe lagerten, sondern Vergangenheiten, all die harmlosen Interrail-Budget-Abiturreise-Roundtrip-Vergangenheiten westeuropäischer Kindertouristen, die hier keinen Wert mehr besaßen, nicht hier, im umgrenzten

Quadrat der Altstadt mit ihren Moscheen, Kirchen und Synagogen, wo die Währung, mit der bezahlt wurde, vielleicht kein Geld war und die Fragen, wo man herkam, nicht in irgendwelchen Pässen ihre Antwort fanden. Täuschte er sich? Nachdem er den Paß abgegeben hatte, war er in einen riesigen, ungelüfteten Nebenraum geführt worden, wo er sich ein Bett aussuchen konnte. Die Doppelstockliegen quietschten, sobald man ihre abgegriffenen Metallverstrebungen berührte, das einzige Fenster im Raum war mit einem schadhaften Gitter versehen; dahinter lag ein Hof voller Antennen zwischen den Wäscheleinen. *Nice atmosphere.*

Am Löwentor stieg Robert hinunter auf die Straße und lief auf das Tal zu, das zum Ölberg führte. Vielleicht wäre es klüger gewesen, sich in ein schattiges Café zu setzen, doch er wollte die Zwiebeltürme von nahem sehen, den Garten Gethsemane mit seinen Oliven und Pinien, den Blick auf den Tempelberg gegenüber.

Alles ließ sich beschreiben und fotografieren, nichts wirklich deuten. Durchgänge, Innenhöfe, Torbögen, tote Winkel mit versteckten Eichenholztüren – die ganze Stadt schien ein Labyrinth, durch das die Fremden ahnungslos tappten, während sie von den Einheimischen mit schnellem Blick gemustert wurden. Kleine Jungen riefen »Wie geht's?«, sie riefen es nahezu akzentfrei, und als Robert auf deutsch antworten wollte, griffen sie schon nach seiner Hand, um ihn aus den schmalen Gassen des muslimischen Viertels – oder war es das christliche? – zu einem der Läden zu ziehen, wo hinter einem Perlenvorhang ihr Vater oder Onkel oder Großonkel den gleichen Spruch, nur eine Spur sonorer, wiederholte, Roberts lächerliche Freude, angesprochen worden zu sein, ausnutzte und ihn in das Innere seines Geschäfts dirigierte, das überquoll vor golden glänzenden Kannen, Tellern, Spiegeln, Lüstern. Myriaden von Staubkörnern tanzten im diffusen Licht; Schriftzeichen, die er nicht zu entziffern wußte.

»Just look, my friend.«

My friend, my friend ... Wie freigiebig man war mit solchen Worten! Und doch waren die bis auf die Gassen quellenden Auslagen der Läden und die beringten, ausgestreckten Hände der Händler ungreifbar, auf ihre Art ebenso verschlossen wie die Mauern der Koranschulen und Klöster. Sogar die altmodischen Friseurläden, wo Scheren blitzten und klapperten und kleine Tischventilatoren summten, wirkten verwunschen, hineingebannt in diesen Moment, in dem Robert hier vorbeiging, statisch und dem Durchreisenden ein Rätsel. War das schlimm?

Er jedenfalls würde sich das Privileg herausnehmen, von Viertel zu Viertel zu wandern, vom Ölberg hinüber zum Tempelberg, Berg war schließlich Berg. Am Tor, das sie Bab al-Silsila nannten, hatte man ihm einen langen Umhang gegeben, damit er seine Beine bedecken und auf dem heiligen Boden die beiden Moscheen besichtigen konnte. Die meisten Männer, die dort mit den Knien auf dicken Teppichen lagen und beteten, trugen weiße Kopfbedeckungen; es hatte ihn verwundert. Juden in der Al-Aqsa-Moschee, Moslems mit Kippa? Aber die Käppchen waren größer, hutförmiger als die Kippot, in den Gassen, die zum jüdischen Viertel führten, begriff er den Unterschied. Immer wieder kreuzten israelische Soldaten seinen Weg, dazu eilige Orthodoxe mit Schläfenlöckchen und Gebetsfäden, die aus ihren schwarzen Anzügen heraushingen. Oft hielten sie Zigaretten zwischen ihren Lippen. Robert sah Touristen und Reisegruppen, verschleierte Frauen mit schwarz nachgezogenen Augenbrauen, arabische Jugendliche in schmuddligen T-Shirts, die ihr Lächeln vorzeigten und nicht näher deutbare Zeichen machten, ältere Männer an den Tischen der Cafés, die zerbeulte Jacketts trugen wie die russischen *Olim* in Tiberias, darunter aber bis zu den Sandalen reichende Dschelabahs, schließlich Greise, die mit einem Stock über das Kopfsteinpflaster der Gassen humpelten, Orangenschalen und Unrat ausweichend, und plötzlich hinter einer verborgenen Tür verschwanden, und zwischen all dem die Rufe des Muezzin, Kirchglockengebimmel, die sich wiederholenden *Wie-geht's-come-in-my-shop-just-look*-Schreie.

Robert grinste. Es hatte etwas, hier *nicht* dazuzugehören, auf die Blicke – abschätzende, spöttische, vielleicht Verbotenes versprechende Blicke – *nicht* zu reagieren, sich in jahrtausendalte Händel *nicht* hineinziehen zu lassen. Was war schon eine Geschichte wert, die sich nur deshalb enthüllte, weil man in einem bestimmten Viertel lebte? Robert freute es, den unausgesprochenen Forderungen der Stadt etwas entgegensetzen zu können. Selbst wenn es nur darin bestand, als Jude – und das *war* er, nie zuvor hatte er es gespürt wie hier – in einer arabischen Herberge zu wohnen, aus dem Osten Deutschlands zu kommen und einen Westpaß zu besitzen, zwischen den östlichen und westlichen Teilen auch *dieser* Stadt zu pendeln, ohne daß irgendwer von ihm wußte. War er ein größenwahnsinniges Rumpelstilzchen?

Es war nicht das Gesicht von Georges Habbasch, das ihn zurückschrecken ließ, als er das Foto an der Wand über dem Safe entdeckte. Es war das gleiche Bild, das er am Nachmittag im Café gesehen hatte, dem einzigen, das in der Altstadt noch geöffnet hatte. Selbst dort aber hatte man ihn mit einem Lächeln, das um Verzeihung bat und dennoch hart und ungeduldig war, bald gebeten, den Tee zu bezahlen und zu gehen. Wieder betraf es nicht das Bezahlen, nicht die winzigen Schekelmünzen, sondern das Gehen, das Befolgen eines Streikbefehls, den die mächtigen Herren im fernen Tunis seit dem Beginn der Intifada ausgegeben hatten. Kaum hatte sich Robert entfernt, rasselte hinter seinem Rücken das Eisengitter herunter. Schmuck- und Andenkenläden verschwanden hinter Rollläden mit Intifada-Parolen, der Souk zog sich wieder in sich zurück. Die vor einer Stunde noch angepriesenen

Dinge, der Lärm, die klagenden Stimmen und Geigenschluchzer aus den scheppernden Kassettenrecordern – alles begann, zu einer Sinnestäuschung, einem unglaubwürdigen Gerücht zu werden. Ostjerusalem, steinerne, feindliche Wüste. Jetzt rief niemand mehr »Come in my shop, just look«, keiner lockte mit »Wie geht's?«, und in den Augen der wenigen Araberjungen, die jetzt noch unterwegs waren, meinte Robert eine plötzliche Feindseligkeit zu spüren, so daß er den Kopf senkte, wenn er an ihnen vorbeilief.

Er versuchte, dem Gewirr der Gassen zu entkommen und nicht jedesmal in verwaisten Höfen zu stranden, wo es kein Weiterkommen gab. Das Foto von Habbasch, dem Terroristen, der auch in Europa für Anschläge verantwortlich war, aber hatte ihn nicht erschreckt. Mit so etwas war ebenso zu rechnen gewesen wie mit den Porträts Saddam Husseins an den Mauern und hinter den staubigen Scheiben der Geschäfte. In einem der Souvenirläden hatte er zwischen alten französischen Illustrierten ein Schwarzweißfoto von Golda Meir entdeckt. Daneben lag ein Stapel T-Shirts mit der Aufschrift *I get stoned in Ramallah*, während an der Wand schreiend bunte Bildchen hingen, glutäugige Palästinenser mit Kaffiyah, die Steinschleudern bedienten oder ihre Arme um Mütter und weinende Kinder legten. Ikonen und Gegen-Ikonen, ein Meer aus Propaganda; Robert hoffte es so unbeschadet zu überqueren wie einst Jesus die Wasser des Sees Genezareth.

Und doch drehte er den Stadtplan hin und her, wie kleine Eidechsen huschten die grün eingezeichneten Linien der Gassen unter seinen Augen davon, und die Tore an der Stadtmauer, die ihm hätten sagen können, wo er sich befand, blieben gleich weit entfernt und unsichtbar hinter den Häuserwänden und menschenleeren Balkonen. Nicht einmal Touristen sah er noch – jene jungen Leute mit den Pocket-Reiseführern, die, eine gutgelaunte internationale *Community*, einander zunickten, mitunter den einen oder anderen Tip tauschten und sich abends in den Herbergen der Stadt wiedertrafen. Alle schienen sie verschwunden und in Sicherheit zu sein, während das Stück Himmel zwischen den porösen Fassaden der Gemäuer längst von Hellblau zu den diffusen Farben der Dämmerung gewechselt hatte. War es Nachmittag oder schon früher Abend? Von Gasse zu Gasse, Hausecke zu Hausecke gab es unterschiedliche Antworten, je nach Einfall des Lichts. Roberts Uhr steckte noch in seinem Rucksack; er wußte nicht, wieviel Stunden er in dieser Zeitmaschine verbracht hatte.

Irgendwann ertappte er sich dabei, nach einer israelischen Armeestreife Ausschau zu halten. Doch waren die Soldaten nicht Besatzer, die bestimmt nicht das jüdische Viertel schützten, indem sie hochbewaffnet durch die Straßenzüge patrouillierten, in denen die Araber ihren Geschäften nachgingen? Was für Geschäften? Schon ihre äußere Fassade hatte ihn so verwirrt, daß er die Zeit vergessen hatte. Wenn er an die Soldaten dachte, dann auch deshalb, weil sie der Melancholie dieser Gassen, der ewigen Wiederkehr der Gesten und dem Lauf des Lichts, das hier schneller als irgendwo sonst zu Schatten wurde, etwas Mobiles entgegenzusetzen schienen, eine Unruhe, die ihm wie Freiheit vorkam. Oder irrte er sich auch da? Langsam begannen seine Gedanken zickzack zu laufen.

Als er die Herbergshöhle wiederfand, war er erleichtert. Gleich dahinter sah er das Damaskustor. Er könnte jetzt das Dunkel des Torbogens schnell durchqueren, um danach links in die Helligkeit Westjerusalems abzubiegen, die er sich wie die des abendlichen Tel Aviv vorstellte, voll junger Leute auf den Straßen, in den Restaurants und den bis nach Mitternacht geöffneten Pubs. Robert Kovitzky, polnisch-deutscher Jude, in der arabischen Altstadt von Jerusalem vom Westteil der Stadt träumend. Er lauschte der Definition, die er sich und der Situation gegeben hatte, ungläubig nach.

Es war also nicht das Gesicht von Georges Habbasch, das ihn zurücktaumeln ließ. Noch bevor er das riesige Zimmer betreten hatte, von dessen gewölbter Decke eine Glühbirne flackerndes Licht verbreitete, konnte er ihre Stimmen hören. *Zwei* Stimmen, deren harter deutscher Akzent sich aus dem Gemurmel der Unterhaltung heraushob. Die Typen aus Haifa!

»Ja guck an, du auch hier?«

Nice people, hatte das Faltblatt versprochen. Robert versuchte, lässig die Hand zu heben und den beiden zuzuwinken.

»Willkommen in Al-Quds«, sagte der Schlaksige. Mit einer Heineken-Dose prostete er Robert und dem Mann am Rezeptionstisch zu, der all dem jedoch keine Aufmerksamkeit schenkte. Halb geschlossenen Auges lehnte er in seinem wackligen Korbstuhl und schaute hoch auf die von Grieseln durchzogenen Bilder des Fernsehers, der in einem Metallgestell an der Decke installiert war.

»Jordanisches Fernsehen«, sagte der Kleinere von beiden. Er trug noch immer sein grünes T-Shirt. »Ami-Dreck mit arabischen Untertiteln. Komischerweise mögen die hier so was.«

»Sollen sie sich vielleicht das *Kleine Fernsehspiel* anschauen?« Robert lächelte.

Die beiden Traveller blickten sich wortlos an. Sie lehnten an der Kante des einzigen Tischs im Raum und nippten an ihren Bierdosen. Robert sah die breiten Silberringe an ihren Fingern, die Freundschaftsbänder an den Handgelenken des Schlaksigen, die vielen kleinen Leberflecke.

Sie waren nicht allein im Raum. Seit dem Vormittag hatten sich die Betten gefüllt, ein paar Deutsche, dazu Skandinavier mit dunkelblonden Dreadlocks und nacktem Oberkörper.

Erst jetzt merkte Robert, wie schwül es war. Er brauchte unbedingt eine Dusche. Als er sich zu seinem Rucksack hinunterbeugte, hörte er erneut die Stimme des Schlaksigen mit dem Pferdeschwanz. »Das hier ist hier schon was andres als dieses Drecksnest Tel Aviv. Mal keine McDonald's und Schickimicki-Bars, was?«

»Die Hitze?« fragte Robert. Er zog ein Netzhemd und frische Bermudas aus dem Rucksack. »Ist die Hitze anders?«

Ein Bierglucksen, gedämpftes Aufstoßen. »Mann, ich mein die *Atmosphäre*. Nicht so hektisch, nicht so oberflächlich. Hier sind die Leute viel netter. Sie lächeln dich an, anstatt dir mit Uzis vor der Nase herumzufuchteln und blöden Bombenalarm auszulösen.«

»Vielleicht sind sie es, die den Alarm *provozieren*«, sagte Robert grinsend. Ein Wanderer zwischen den Welten mit schrägem Humor. Er hielt das Netzhemd und die Bermudas hoch. »Könnt ihr mir mal sagen, wo es zu den Duschen geht?«

Statt einer Antwort traf ihn ein langer Blick der beiden. Sie schwiegen, bis sich von der anderen Seite des Raums, unten aus einem Doppelstockbett, eine weitere Stimme meldete.

»Und wenn schon. Es ist schließlich ihr Land.«

»Auch Tel Aviv?« fragte Robert und wandte sich um. Er konnte das Gesicht des Deutschen nicht erkennen, das flackernde Licht der Glühlampe leuchtete kaum die Mitte des Zimmers aus.

»Die Stadt hieß ja wohl nicht immer Tel Aviv.«

»Weil sie vorher nicht existierte und die Einwanderer die Sanddünen erst kaufen mußten, Quadratmeter für Quadratmeter.«

»Und ihre Nachbarn mußten sie deshalb gleich vertreiben, oder?«

»Das Massaker in Yafo ging wohl eher von den anderen aus.«

»Weil es verdammt noch mal *ihr* Land ist.«

Im jordanischen Fernsehen stöckelten zwei Freundinnen durch New York. Unterbrochen von Bildstörungen und Rauschen, führten sie ein Gespräch über ihre Liebhaber. Hinter der bogenförmigen Türöffnung, im Schlafraum der Traveller, wurde es totenstill.

Die weißen Oberkörper der Skandinavier beugten sich vor, richteten sich auf, Sprungfedern quietschten, Hände fischten nach Zigaretten. »Any problems?«

»Just with his Zionism.« Der Schlaksige ließ ein mekkerndes Lachen hören, aber keiner stimmte ein. Robert drehte sich zu dem Mann am Rezeptionstisch um, doch der schien weiter dösend die Fernsehserie zu verfolgen.

»Die Dusche ist eine Etage höher, rechts neben der verrammelten Tür zur Terrasse.« Der andere, der Kleinere, dessen Sommersprossen sogar jetzt sichtbar waren, versuchte, die Spannung aufzulösen.

Robert war froh, endlich das Thema zu wechseln. »Die Tür zur Terrasse ist zu?«

Roof terrace, hatte auf dem Zettel gestanden, den man ihm vor dem Damaskustor in die Hand gedrückt hatte. Wo war eigentlich der Mann geblieben, der ihn hierhergelotst hatte?

»Bedank dich bei deinen Israelifreunden.«

Wieder griff der Schlaksige ein, seine näselnde Stimme hatte etwas Hartes bekommen. »Seit die Intifada läuft, darf nach Einbruch der Dunkelheit keiner mehr auf die Dachterrassen. Egal, ob Leute wie wir oder Mütter, die nur mal ihre Wäsche von der Leine holen wollen. Wer nicht spurt, kriegt von den Scharfschützen eins reingeballert.«

Es war Zeit, etwas zu entgegnen. Wenn er nicht aufpaßte, würde man ihn hier noch für sämtliche Taten des Likud verantwortlich machen.

»Was soll das?« fragte Robert. Er versuchte, nicht eifernd zu klingen. »Glaubst du, daß ich alles rechtfertige, was die Armee hier tut?«

»Nicht alles, *aber* ...« Das war die Stimme aus dem Doppelstockbett, auch sie war voller Häme. Das ist kein Spiel mehr, dachte Robert.

Trotzdem. Wenn du meinst, in Gefahr zu sein, irrst du dich. Es liegt an dir, und du kannst alle gesagten Worte vergessen machen. Sag etwas Nettes über die Altstadt, über die *Atmosphäre* dieser Herberge ohne Ventilator, deren Wände grün vom Moder sind, wo es aber weniger *oberflächlich* als im verhaßten Tel Aviv zugeht. Verlange eine Zigarette, nein: eine *Kippe*, und sie werden dir, Traveller unter Travellern, bestimmt eine geben oder rollen, wie es die Skandinavier tun. Warte ein paar Minuten und beginne dann, über die verschiedenen Typen von Rucksäcken zu fachsimpeln, über Karabinerhaken und Klettverschlüsse und über den besten Weg von Eilat hinunter nach Dahab, denn das war Ägypten, dort konnte man kiffen, dort herrschte eine andere *Atmosphäre*. Warum willst du nicht so sein wie die anderen hier? Siehst du nicht, wie gelassen sie sind, wie sie sich wohl fühlen in ihren Körpern, wie sie um die Welt reisen, nach Mallorca, Djerba, *Amiland* – und all das ohne verwirrende Fragen? Komm, Robert, mach dich ihnen gleich. Warte kurz ab, damit es nicht nach einer Unterwerfung aussieht, und interessiere dich wenigstens für die Taschenbücher, die dort auf dem Tisch liegen, gleich hinter der Stelle, wo der Schlaksige jetzt seine Freundschaftsband-Handballen aufstützt. Blättere ein wenig in den stockfleckigen Seiten mit ihrem Geruch nach Bier, Sonnenöl und Zigaretten, auch wenn es wieder nur Bücher von Burroughs, Hesse und Huxley sind – nicht von Orwell, niemals von Orwell, hatte nicht schon dein Lehrer im Englischkurs gesagt, *1984* sei nur eine *Vision*, *Brave New Word* dagegen *unsere Realität*? – blättere darin und sei nicht enttäuscht, wenn du hier nirgendwo Romain Gary findest, nicht einmal Leon Uris. Und sieh nur: Da vorn im Eisschrank neben der Rezeption stehen die Bierdosen, wenige Schekel nur, und du kannst eine von ihnen öffnen, es zischen lassen, den weißen Schaum ablecken und in einer Geste der Einvernehmlichkeit alles andere vergessen und begraben. Du bist in Jerusalem, der steinernen Stadt der

Wörter, wo streng nach Viertel die Silben gewogen und beurteilt werden. Es ist allein deine Schuld, wenn du jetzt nichts sagst, nichts bereust, nichts widerrufst.

Wortlos drehte er sich um. Er ging unter dem Türbogen hinaus, vorbei an dem dösenden Mann, eine schmale Steintreppe hoch, wo das unruhige Licht aus dem Fernseher zersplitterte und zur Vorsicht zwang. Er mußte aufpassen, um sich nicht an Kisten und Säcken zu stoßen. Was mochte da wohl drin sein, in Behältnissen eines Hauses, in dem ein riesiges Bild von Georges Habbasch an der Wand hing?

Die Dusche war ein ältliches Monstrum wie jenes, unter dem er in seiner ersten Nacht in Tel Aviv gestanden hatte. Er ließ das unregelmäßig aus dem Duschkopf schießende Wasser über seinen nackten Körper laufen und schloß die Augen.

Was hatte er hier zu suchen? Weshalb war er so willenlos durch das Damaskustor gelaufen, wo er doch genau wußte, daß es *nicht* das Davidstor war? Wollte er testen, wo er sich am meisten fremd fühlte, ehe er nach etwas zu suchen wagte, was eine Art Heimat sein könnte? Mußte er jede Situation bis zum Schluß ausreizen, ehe er seine Scheu überwand? Aber wohin sollte einer wie er gehören, ein Bastard ohne Wurzeln, für den der Himmel schwieg und dem genau dies heimliches Vergnügen bereitete? In der Anonymität Tel Avivs hatte er die Museen durchstreift, war mit Sandalen in den Händen am Strand entlang hinaus nach Yafo gegangen, dabei an Arafat in Tunis und den fröhlichen Lärm vom Ku'damm denkend und tausend andere meschuggene Dinge konstruierend. War er da nicht in seinem Element gewesen? Hatte er nicht abends mit Tomer in diesem Café nahe der Allenby Street gesessen, wo sie über die fanatischen Siedler sprachen, aber auch über all die guten Typen von *Peace Now*?

Der Schlaksige hatte seinen Pferdeschwanz aufgedröselt und entfernte aus dem farblosen, verfilzten Haar kleine Krümel. Als er Robert mit nassem Haar zurückkommen sah, schüttelte er belustigt den Kopf. »Da ist ja unser Mister Ich-find-hier-alles-toll. Frag mich nur, ob du in allen Ländern, wo du hinkommst, die gleiche Show abziehst.«

»Kommt ganz auf die Länder an«, sagte Robert. Er zögerte. »Außerdem ... Israel ist ja wohl noch immer eine Demokratie.«

»De-mo-kra-tie.« Der Schlaksige spuckte auf den Pferdeschwanz, um irgend etwas aufzulösen, das zwischen den Haaren hing. »De-mo-kra-tie, hör ich richtig? Das alte Schleimwort, das Big Kohl nach dem Mauerfall in jede Kamera gerotzt hat. Wahrscheinlich hat dir das auch gefallen. So wie du dich anhörst, mit *dem* Dialekt.«

»Ich bin im Frühjahr 89 in den Westen gegangen.«

Roberts Atem ging normal, seine Stimme klang klar. Das Herz aber schlug ihm bis zum Hals und an der Stirn traten die Adern hervor.

»In die Demokratur gegangen, verstehe. Hinein in unsren Supermarkt.«

»What a bullshit you are discussing, fuck?«

Einer der Skandinavier war taumelnd aufgestanden und legte seine Hände beruhigend auf Roberts und des Schlaksigen Schulter. Im Hintergrund musterte ihn der Kleine mit dem grünen T-Shirt.

Robert roch den Bieratem des Skandinaviers, den Schweißgeruch seines nackten Oberkörpers. Nur nicht das, dachte Robert. Kein Getue! Nur nicht die Wiederholung all dieser deutschen Abende, an denen großmäulige Naivität weggetrunken wurde und sich in verlogene Harmonie verwandelte. Keine üblen Worte über Tel Aviv, sein Westberlin unter Palmen. Und kein Verrat an Tomer. Abrupt riß er sich los.

»In die Demokratie«, wiederholte er herausfordernd. »Bei uns Juden scheint das so eine Art Defekt zu sein, immer dieses Ding mit der Demokratie.«

»Pech für dich, mein Freund.« Der andere grinste ihn breit an. »Mein Ding ist eher geil auf Weiber.«

Robert rannte mit seinem Rucksack durch die nächtlichen Gassen, und er tat dies, weil er Jude war. Zumindest sagte er sich das, während er bei jedem Geräusch hinter sich schaute. Er durfte die kleine Abzweigung auf der rechten Seite nicht verfehlen. Wäre er in Gefahr gewesen, wenn er die Nacht in der Herberge verbracht hätte? Der Mann am Rezeptionstisch hatte jedenfalls *nicht* die ganze Zeit vor sich hin gedöst. Er mußte dem lautstarken Wortwechsel im Zimmer der Traveller gefolgt sein, denn als Robert plötzlich vor ihm stand, in seinem lächerlichen Aufzug aus Netzhemd und Bermudas, und nach seinem Paß verlangte, hatte er lang und wissend gelächelt. Mit grausamer Pedanterie hatte er die Schekel gezählt, Münze für Münze, und sich dann von seinem Korbstuhl erhoben, um den Safe zu öffnen und Robert mit verächtlicher Geste den Paß zuzuwerfen.

»Good luck in the darkness!« Es klang drohend. Robert hörte das erregte Flüstern unter den Travellern, und schon war er die Treppe hinunter zu der offenen Tür gestürmt. Blitzschnell versuchte er sich zu orientieren. Undenkbar, mitten in der Nacht durch die arabische Altstadt hinüber ins jüdische Viertel zu laufen. Ebenso unmöglich, durch das Damaskustor zu gehen und den Weg in die Weststadt zu suchen, wo die Hostels weit außerhalb des Zentrums lagen. Es blieb nur eine Möglichkeit. Er mußte diese Gasse entlanglaufen und irgendwann rechts abbiegen, um das Hospiz in der St. Mark's Road zu erreichen. Robert hatte, bevor er losgerannt war, noch schnell auf den Stadtplan geschaut; von dem Hospiz trennten ihn nicht einmal hundert Meter Luftlinie. Sie nehmen mich auf, dachte er, während er fröstelte und gleichzeitig Schweißperlen auf der Stirn fühlte. Sie nehmen mich auf, ich muß nur läuten und etwas Unverfängliches erzählen, als Christen sind sie zum Verständnis verpflichtet. Wahrscheinlich sprechen sie sogar deutsch.

War er tatsächlich in Gefahr gewesen, während der

Nacht als Sympathisant der Zionisten erdolcht zu werden? Unsinn, die Traveller waren harmlos, auch wenn das nicht für ihre Worte galt. Worte, die mit Sicherheit gehört worden waren, auf deutsch, auf englisch und anschließend verzerrt und verschärft übertragen in das Koordinatensystem der Einheimischen, von dem weder die Traveller noch Robert etwas verstanden. War es nicht Wahnsinn gewesen, jetzt abzuhauen, den Schuldspruch zu akzeptieren und sich, allein in den Gassen der Altstadt, viel größerer Gefahr auszusetzen?

Robert hörte Schritte. Hinter, neben, vor ihm? Er blieb stehen, lauschte mit angehaltenem Atem. Nichts. Dann lief er weiter, und das Geräusch kehrte zurück, Echo seiner eigenen Schritte, die wie ein Bumerang von den festungsartigen Hauswänden zurückgeworfen wurden.

Wie er sich nach dem Meer und dem Lärm Tel Avivs sehnte! Keinen Zeugen, keinen einzigen, würde es geben, stieße ihm hier etwas zu, ein Unfall, ein Mißverständnis, ein leiser Tod.

Robert drückte den in das Mauerwerk eingelassenen Klingelknopf. Ein Summton zerriß die nächtliche Stille. Wieder sah er sich um. Nach einer Ewigkeit waren schlurfende Schritte über einen Kiesweg zu hören, dann wurde die Tür einen Spaltbreit geöffnet. Hinter einer Eisenkette sah Robert das rundliche Gesicht einer alten Frau. Sie trug ein weißes Häubchen und eine dickrandige Brille. Ein gutmütiges Käuzchen, dachte er erleichtert. Flüsternd und eindringlich sagte er, was es zu sagen gab. Die Frau schüttelte den Kopf.

Dann drückte sie die Tür ein Stück zu, bis die Kette nicht mehr so straff gespannt war, und ließ Robert ein.

»Es ist gefährlich, sich so spät eine Herberge zu suchen, das wissen Sie doch, oder?«

Die Frau sprach deutsch und musterte ihn besorgt. Er sah die Falten in ihrem Gesicht, die vom Schlaf noch kleinen Augen. Er roch ihren warmen Atem. Am liebsten hätte er sie umarmt. Gute Oma, rettende Fee, Gestalt aus einer biblischen Geschichte!

Ohne seinen Paß sehen zu wollen, zeigte sie auf einen kalkweißen Flachbau im hinteren Teil des Gartens. Ein Springbrunnen plätscherte dort, so leise, als müsse auch er den Frieden dieses Ortes schützen.

Robert wollte sich ein wenig umsehen, aber die alte Frau drängte ihn sanft auf dem Kiesweg vorwärts. Im Parterrezimmer hinter der Veranda brannte ein winziges Licht. Das Licht der Christenheit!

Immerhin, dachte er, waren die ersten von ihnen Juden gewesen.

Er wandte sich um, aber das Käuzchen schüttelte den Kopf. »Wir unterhalten uns morgen. Sie sehen aus, als brauchten Sie erst eine Menge Schlaf. So, und jetzt« – wieder der sanfte Druck ihrer faltigen Oma-Hand auf Roberts schweißnassem Rücken – »machen Sie leise die Gazetür auf und suchen sich drinnen ein Bett. Außer zweien sind alle noch frei und schon bezogen. Sie müssen kein Licht machen, von draußen schimmert genug Helligkeit herein. Gegenüber gibt es einen Waschraum, aber« – die Oma begann zu flüstern – »ich fürchte, die Dusche macht zuviel Lärm, entscheiden Sie selbst. Es gibt auch Waschbecken. Die Seife liegt in einer Schale auf dem Holztisch, gleich neben dem Spiegel.«

»Von draußen schimmert genug Helligkeit herein«, wiederholte Robert halblaut.

Das Käuzchen lachte. »Aber gewiß. Wir haben keine Gardinen, keine Heimlichkeiten. Nur die weiße Mauer, die uns von der Straße trennt. Und darüber Gottes Sterne.«

Tatsächlich: Der schwarzblaue Himmel funkelte und Tausende Lichter flackerten am Firmament. Robert hatte sie nicht gesehen, als er durch die engen Gassen gehetzt war.

Er war Jude. Natürlich war er Jude.

Robert ließ die Stadtmauer hinter sich und lief im Licht des Vormittages die Ha-Zanhanim Street in Richtung Weststadt hoch. Meinte er sich oder seinen Urgroßvater? Gleichviel. Er selbst hatte vor zwei Jahren beschlossen, in den Westen zu gehen, weshalb sollte er dann nicht beschließen, Jude zu sein? Wo die ersten Hebräer, er hatte es gelesen, doch *ivrim* genannt wurden, »jene, die hinübergehen«; Martin Buber hatte es mit *Wanderer* übersetzt. Konnte das ein Zufall sein?

Die Großmutter mußte es gewußt haben. Weshalb aber hatte sie dann jahrzehntelang geschwiegen? Robert hatte, vorbei an der Kirche Notre Dame, die Jaffa Road erreicht. Er bog nach rechts ab, und mit einem Mal ahnte er die Antwort. Wegen Slánský. Wegen der Kreml-Ärzte. Wegen Arthur London. Wegen Paul Merker, den die Partei als »Zionistenfreund« ins Gefängnis geworfen hatte. Wegen der Kampagnen damals, der Prozesse und Todesurteile gegen Abweichler und angebliche Konterrevolutionäre, *kosmopolitische Verräter*, die eines gemeinsam hatten: Sie waren Juden. Hatte seine Großmutter deshalb vergessen, wer ihr Vater gewesen war, noch lange über das Ende des ostdeutschen Staates hinaus, bis genau zu jenem Tag, an dem Saddam Hussein Tel Aviv und Haifa mit Raketen beschießen ließ? War das der Grund, weshalb sie trotz allem Roberts Reise so skeptisch gegenüberstand? Die unübersehbaren Löcher in dieser Art Chronik. Das Unergiebige, diese Geschichte immer wieder durchzukauen.

Die Lebensmittelgeschäfte waren zur Straße hin offen, auf den Kühltruhen lagen die Morgenzeitungen aus; quadratische hebräische Lettern und Fotos palästinensischer Jugendlicher. Mit ausgestreckten Armen, Steinen in den Händen und der schwarzweißen Kaffiyah vor ihrem Gesicht waren sie in einer Kampfpose festgehalten, seltsam bewegungslos und im Kontrast zu den dahineilenden Fußgängern auf der Jaffa Road, den ins Haar gesteckten

Sonnenbrillen, den farbigen Blusen der älteren Frauen, dem Gewusel der Touristen, ihrem törichten Gelächter. Robert sah sie an und dachte: Ich weiß etwas, was ihr nicht wißt. Oder begann auch er dem *Jerusalem-Syndrom* anheimzufallen, vor dem die Reiseführer warnten, jenem Wahn der Auserwähltheit, geboren von einer gnadenlosen Sonne und den Mythen des Ortes? Hatte er nicht, als das Käuzchengesicht mit dem weißen Häubchen Zentimeter für Zentimeter die Pforte des Hospizes öffnete, an Maria und Josef gedacht, an das Rettende, Schützende eines warmen Stalls voll kleiner blinkender Lichter und sanftmütiger Kühe?

Am Zionsplatz bog er in die Fußgängerzone der Ben Yehuda Street ein. Auch hier gab es Cafés und Andenkenläden, aber alles war überschaubarer als in der Altstadt. An den Metallstangen vor den Kleidergeschäften hingen T-Shirts, auf die der Davidstern gedruckt war, Pullover, die für die *Zahal*, die israelische Armee, warben. Ein kleines Flugzeug folgt einem großen, und darunter stand zu lesen: *America, don't worry, Israel is behind you.* Ein anderes T-Shirt zeigte ein vergnügtes dickbäuchiges Baby, das an seinem winzigen, beschnittenen Schwanz herumspielte: *Proud to be Jewish.* Robert mußte lachen. Er konnte sich, im Vormittagslicht in der Ben Yehuda Street vor diesen Läden stehend, noch so oft sagen, daß all diese Selbstironie einfach zu haben war, daß Israels Kraft auch nach Saddams Attacken ungebrochen war, daß *ihr* Land keiner besetzte, während sie den Palästinensern einen eigenen Staat vorenthielten, daß sich der stärkere Konfliktgegner mühelos Witze erlauben konnte. Und doch und doch. Es war nicht diese Todessehnsucht mit großäugigen Märtyreraugen und heroischen Gesten, nur dieses Blinzeln, das – vielleicht – das Bewußtsein der eigenen Fehlerhaftigkeit, des selbstverschuldeten Anteils an der Tragödie, mit einschloß.

Als Robert eine halbe Stunde später wieder am Zionsplatz stand, hatte er sich in einem der Läden eine Silberspange und eine weißblaue Kippa gekauft; er fand, daß sie gut zu seinem dunklen Haar paßte. Um seinen Hals hing ein dünnes Goldkettchen mit dem Davidstern. Er hatte bei dem Juwelier, dessen Schmuck auf rotem Samt in einer Vitrine lag, erst an der Tür läuten müssen, ehe man ihn einließ, und danach hatte er lange überlegt, welches Kettchen sein Reisebudget erlaubte. Wenn die Faktenbasis seiner Identität so unsicher war, lag es da nicht nahe, auch nur ein schmales Kettchen zu kaufen? Der Davidstern, auf einer Seite fein geriffelt, leuchtete golden. Warum hatte ihn nur der Händler, ein Mann mit Pinzette und blütenweißem Hemd, die ganze Zeit so mitleidig angeschaut?

Er schob die Kippa auf dem Hinterkopf zurecht. Vielleicht kam er jetzt endlich dem Geheimnis seiner Herkunft näher. Was tat es schon, daß sich kein Mensch an diesem Vormittag um ihn kümmerte? Da trug er nun Davidstern und Kippa, und kein einziger Passant beachtete ihn.

Auszug aus einem noch unveröffentlichten Roman mit dem Arbeitstitel »Jenseits der Züge«.

Die Autoren

JÖRG BERNIG, geb. 1964 in Wurzen, lebt in Radebeul. Studium in Leipzig. Mehrjähriger Aufenthalt in Schottland und Wales. 1996 Promotion in Literaturwissenschaft. Er veröffentlichte zuletzt »Niemandszeit« (Roman, 2002) und »billett zu den göttern« (Gedichte, 2002).

STEFAN BEUSE, geb. 1967 in Münster, lebt als freier Autor in Hamburg. Er veröffentlichte die Romane »Kometen« (2000), »Die Nacht der Könige« (2002) und »Meeres Stille« (2003) sowie »Gebrauchsanweisung für Hamburg« (2001). Zahlreiche Preise, u. a. Preis des Landes Kärnten beim Bachmann-Wettbewerb Klagenfurt 1999.

Die hier abgedruckte Geschichte »Superball« stammt aus dem Kurzgeschichtenband »Wir schießen Gummibänder zu den Sternen« (© Reclam Verlag Leipzig, 1997). Wir danken dem Reclam Verlag Leipzig für die freundliche Genehmigung zum Abdruck.

BARBARA BONGARTZ, geb. 1957 in Köln, studierte Filmwissenschaft und Philosophie in Paris, München, Köln und lebt in Berlin. Sie veröffentlichte u. a. die Romane »Örtliche Leidenschaften« (1997), »Die Amerikanische Katze« (2001) und »Inzest oder die Entstehung der Welt« (mit Alban Nikolai Herbst, 2002).

VERENA CARL, geb. 1969 in Freiburg, lebt nach dem Studium in München als freie Journalistin und Schriftstellerin in Hamburg. Sie veröffentlichte in Anthologien und Zeitschriften sowie die Romane »Lady Liberty« (2001) und

»Eine Nacht zu viel« (2003). Mehrere Literaturpreise, u. a. den Hamburger Literaturförderpreis (2000).

KATRIN DORN, geb. 1963 in Thüringen, lebt in Hamburg. Sie studierte in Leipzig Psychologie und gründete die Literaturzeitschrift »Edit – Papier für neue Texte«. Längere Aufenthalte in Berlin und Buenos Aires. Dozentin für Kreatives Schreiben. Sie veröffentlichte: »Der Hunger der Kellnerin« (Erzählung, 1997), »Lügen und Schweigen« (Roman, 2000) und »Tangogeschichten« (Erzählungen, 2002).

TANJA DÜCKERS, geb. 1968 in Westberlin, lebt in Berlin. Sie studierte Germanistik und Amerikanistik. Zahlreiche Preise und Auslandsstipendien, u. a. für Barcelona, Los Angeles (Villa Aurora), Allegheny College/Pennsylvania, Gotland, Prag, Kraków. Regelmäßig journalistische Arbeiten. Sie veröffentlichte die Lyrikbände »Morsezeichen«, »Fireman« (beide 1996) und »Luftpost« (2001), »Café Brazil« (Erzählungen, 2001) sowie die Romane »Spielzone« (1999) und »Himmelskörper« (2003) und gemeinsam mit dem Komponisten Bertram Denzel »Falsche Sprache/Richtige Sehnsucht« (Lyrik-CD, 2004).

MATTHIAS GÖRITZ, geb. 1969 in Hamburg, lebt dort als Schriftsteller und Literaturwissenschaftler. Längere Aufenthalte in Moskau, New York und Paris. Er veröffentlichte u. a. den Gedichtband »Loops« (2001).

ANNETT GRÖSCHNER, geb. 1964 in Magdeburg, lebt in Berlin, seit 1997 freiberuflich als Autorin. Sie studierte Germanistik und arbeitete als Historikerin und Redakteurin der Zeitschriften »Sklaven« und »Sklaven-Aufstand«. Sie veröffentlichte u. a. den Roman »Moskauer Eis« (2000), zuletzt »Kontrakt 903 – Erinnerung an eine strahlende Zukunft« (mit Arwed Messmer, 2003).

NORBERT KRON, geb. 1965 in München, Studium der vergleichenden Literaturwissenschaft. Zahlreiche Stipendien u. a. Los Angeles (Villa Aurora), Deutscher Kulturfonds, Berliner Senat, Alfred-Döblin-Haus, Wewelsfleth. Lebt als Autor und Journalist in Berlin. Er veröffentlichte u. a. den Roman »Autopilot« (2002), zahlreiche TV-Features, Essays und Artikel.

TANJA LANGER, geb. 1962 in Wiesbaden, lebt als freie Autorin in Berlin. Sie inszenierte zahlreiche Theaterstücke, u. a. ihre eigenen »Ich bin die Nacht« (1992) über die jüdische Dichterin Selma Meerbaum-Eisinger und »Hagazussa« (1994). Neben journalistischen Publikationen veröffentlichte sie »Fluchtpunkte« (Hörspiel, 1999), die Romane »Cap Esterel« (1999) und »Der Morphinist oder Die Barbarin bin ich« (2002), »Bitte streicheln Sie hier!« (Erzählungen, 2000). Zuletzt das Stück »Keine Ananas für Herrn von Kleist« (mit Wolfgang Siano). Mitglied des deutschen P.E.N.

MARKO MARTIN, geb. 1970 in Sachsen, lebt als Schriftsteller in Berlin. Mehrjähriger Aufenthalt in Paris. Er veröffentlichte literarische Reportagen, Essays und Erzählungen in Anthologien sowie »Taxi nach Karthago« (Reiseprosa und Gedichte, 1994), »Orwell, Koestler und all die anderen« (Essay, 1999), »Eine Zeitschrift gegen das Vergessen. Bundesrepublikanische Traditionen und Umbrüche im Spiegel der Kulturzeitschrift ›Der Monat‹« (2003), »Der Prinz von Berlin« (Roman, 2000). »In Jerusalem« ist eine Passage aus einem neuen Roman.

NORMAN OHLER, geb. 1970 in Zweibrücken, lebt in Berlin und New York. Er veröffentlichte den weltweit ersten nichtlinearen Roman im Internet »Die Quotenmaschine« (1995), als Hardcover 1996. Danach erschienen die Romane »Mitte« (2001) und »Stadt des Goldes« (2002). Er erhielt den Martha-Saalfeld-Preis und 2003 den

Förderpreis zum Staatspreis des Landes Rheinland-Pfalz und zahlreiche Auslandsstipendien. »Der Schwarze Vorhang« ist dem Anfang seines gleichnamigen neuen Romans entnommen, an dem er z. Z. schreibt.

GEORG M. OSWALD, geb. 1963 in München, lebt dort als Schriftsteller und Rechtsanwalt. Er veröffentlichte den Roman »Im Himmel« (2003).

Die hier abgedruckte Erzählung »Das Loch« ist dem gleichnamigen Erzählungsband (© 1995, Albrecht Knaus Verlag, München, einem Unternehmen der Verlagsgruppe Random House GmbH) entnommen. Wir danken der Verlagsgruppe Random House GmbH für die freundliche Genehmigung zum Abdruck.

NINA PETRICK, geb. 1965 in Berlin, lebt dort als freie Autorin. Zahlreiche Veröffentlichungen in Anthologien sowie u. a. »Die Regentrinkerin« (Roman, 1997), ausgezeichnet mit dem Peter-Härtling-Preis. 2004 erscheint der Roman »Geheimzeit«.

ARNE RAUTENBERG, geb. 1967 in Kiel, lebt dort als Autor und Künstler. Letzte Ausstellung »stehen im lauf der zeit« (Kiel 2003). Er veröffentlichte zuletzt »Der Sperrmüllkönig« (Roman, 2002) und in »Poetische Sprachspiele« (2003).

LEANDER SCHOLZ, geb. 1969 in Aachen, lebt in Bonn. Er studierte Philosophie und Literatur in Bonn und Paris und promovierte mit einer Arbeit über höfische Klugheitslehren. Er veröffentlichte den Roman »Rosenfest« (2001). Sein zweiter Roman »Die theoretische Friseuse« erscheint 2005.

TORSTEN SCHULZ, geb. 1959 in Ostberlin, lebt in Berlin. Seit 2002 Professor für Praktische Dramaturgie an der

Filmhochschule Potsdam-Babelsberg. Autor preisgekrönter Spielfilme (u. a. »Raus aus der Haut«, »Im Namen der Unschuld«), Regisseur von Dokumentarfilmen und Sachbuchautor »Der Boxermacher« (2002).

Der vorliegende Textauszug »Die wahren Kommunisten« ist seinem ersten Roman, »Boxhagener Platz«, entnommen, der im Frühjahr 2004 erschienen ist. Wir danken der Ullstein Buchverlage GmbH für die freundliche Genehmigung zum Abdruck.

VLADIMIR VERTLIB, geb. 1966 in Leningrad, lebt in Salzburg. 1971 Emigration der Familie nach Israel, lebte u. a. in Wien, den Niederlanden, Rom, den USA. Er studierte in Wien, arbeitet als freier Schriftsteller, Sozialwissenschaftler, Übersetzer und Redaktionsmitglied der Wiener Literaturzeitschrift »Zwischenwelt. Zeitschrift für Literatur des Exils und des Widerstands«. Er veröffentlichte u. a. die Romane »Zwischenstation« (1999), »Das besondere Gedächtnis der Rosa Masur« (2001) und »Letzter Wunsch« (2003). Zahlreiche Preise und Stipendien. Die vorliegende Geschichte erschien in »Viele Kulturen – Eine Sprache. Hommage an Harald Weinrich. Zu seinem 75. Geburtstag von den Preisträgern und Preisträgerinnen des Adelbert-von-Chamisso-Preises der Robert Bosch Stiftung« (2002).

CORINNA WAFFENDER, geb. 1964 in Mainz, Romanistin, lebt als Autorin, Übersetzerin und Dozentin in Berlin. Mehrjähriger Aufenthalt in Spanien. Sie veröffentlichte Lyrik und Prosa in Anthologien sowie den Roman »Zwischen den Zeilen« (2002).

MICHAEL WEINS, geb. 1971 in Köln, lebt als Schriftsteller, Literaturveranstalter und Psychologe in Hamburg. Er studierte dort Psychologie und ist Mitbegründer und Mitglied der Literaturfusion »Macht – Organisierte Literatur«. Er veröffentlichte »Feucht« (Kurzgeschichten, 2001) und »Goldener Reiter« (Roman, 2002).

MICHAEL-ANDRÉ WERNER, geb. 1967, lebt als freier Autor in Berlin.

Er veröffentlichte in Zeitungen, Zeitschriften, Anthologien, im Fernsehen und im Rundfunk sowie den Roman »Schwarzfahrer« (2003). Mehrere Literaturpreise und Stipendien, u. a. den Walter-Serner-Preis (1995) und ein Autorenstipendium für Dublin (2000).

MAIKE WETZEL, geb. 1974, lebt und arbeitet als freie Journalistin und Schriftstellerin in Berlin und München. Sie studierte an der Filmhochschule in München, ihre Kurzfilme (Drehbuch und Regie) liefen auf Festivals im In- und Ausland; für ihre Erzählungen erhielt sie u. a. den Bayerischen Staatsförderpreis für Literatur sowie den Bettina-von-Arnim-Preis. Sie veröffentlichte die Erzählungsbände »Hochzeiten« (2000) und »Lange Tage« (2003).

Noch mehr Herz als Kopf: Junge Literatur bei AtV

TANJA DÜCKERS
Spielzone
Sie sind rastlos, verspielt, frech, leben nach ihrer Moral und fürchten nichts mehr als Langeweile: junge Leute in Berlin, Szenegänger zwischen Eventhunting, Hipness, Überdruß und insgeheim der Hoffnung auf etwas so Altmodisches wie Liebe. – »Ein Roman voller merkwürdiger Geschichten und durchgeknallter Gestalten.«
DER TAGESSPIEGEL
Roman. 207 Seiten. AtV 1694

ANNETT GRÖSCHNER
Moskauer Eis
Voller Erzählfreude hat Annett Gröschner ihre biographischen Erfahrungen als Mitglied einer Familie von manischen Gefrierforschern und Kühlanlagenkonstrukteuren zu Metaphern für das Leben in deutschen Landen vor und nach 1989 verdichtet.
»Ein wunderbares Debüt.« FOCUS
»Ein unbedingt lesenswertes, witziges Schelmenstück par excellence, leicht wie ein Softeis.« ZEITPUNKT
»Ein von Witz sprühender Roman« NEUE ZÜRCHER ZEITUNG
Roman. 288 Seiten. AtV 1828

SELIM ÖZDOGAN
Mehr
Er ist jung, entspannt und verliebt, aber leider pleite. Als ein Freund ihn als Dialogschreiber für Serien unterbringen will, lehnt er ab: keine Kompromisse. Irgendwann jedoch ertappt auch er sich dabei, Zugeständnisse zu machen. Was ist mit ihm passiert, daß er seine Ansprüche an sich selbst aufgegeben hat? – »Eine Studie über das Scheitern und die grenzenlose Lust (ehrlich und aufrichtig) zu leben.«
JUNGE WELT
Roman. 244 Seiten. AtV 1721

EDGAR RAI
Ramazzotti
Rai lebt ein karrierefreies Leben. Als Barpianist hält er sich über Wasser, ansonsten treibt er mit seinen Freunden durch die Berliner Nächte. Aber dann ist er einmal zur falschen Zeit am falschen Ort; zwar rettet er die junge schöne Mila vor ihrem Vergewaltiger, doch er selbst verfällt der Frau mit den zwei verschiedenen Augen ...
Ein erfrischendes und spannendes Buch über die Liebe und das Leben.
Roman. Originalausgabe. 249 Seiten. AtV 1739

Mehr Informationen über die Autoren erhalten Sie unter www.aufbau-verlag.de oder bei Ihrem Buchhändler

AtV

Victor Klemperer: »Bücher, die unser Jahrhundert überdauern werden.« Spiegel Spezial

Curriculum Vitae
Erinnerungen 1881–1918
Zwangsweise emeritiert, durch vielerlei Verbote in seiner wissenschaftlichen Arbeit gehindert, begann der Dresdner Romanist Victor Klemperer 1939 mit der Niederschrift seiner Autobiographie. Es entstand ein geschliffenes Zeit- und Sittenbild des deutschen Mittelstandes vor und nach der Jahrhundertwende: von höchster Genauigkeit, ohne Sentimentalität oder Bitterkeit. – »... ein außergewöhnlicher Text, der aus der deutschen Literatur nicht wieder wegzudenken sein wird.« Freitag
Herausgegeben und mit einem Nachwort von Walter Nowojski. 2 Bde in Kass. Mit 6 Abbildungen. 1367 Seiten. AtV 5500

Leben sammeln, nicht fragen wozu und warum
Tagebücher 1918–1932
Mit einem gefälschten Dienststempel entkommt Klemperer der Front. Die Rückkehr ins normale bürgerliche Gesellschaftsleben gelingt zunächst schwer. Die Tagebücher reflektieren seinen Alltag mit den ständigen Sorgen um Geld und Gesundheit.
Herausgegeben von Walter Nowojski unter Mitarbeit von Christian Löser. 6 Bände in Kassette. 2012 Seiten. AtV 5513

Ich will Zeugnis ablegen bis zum letzten
Tagebücher 1933–1945
Victor Klemperers Tagebücher haben sich als unverzichtbare und unvergleichliche Zeitdokumente von außergewöhnlicher Faszination erwiesen. Seine minutiösen Notizen über den Alltag der Judenverfolgung mitten in einer deutschen Großstadt lösten die selbstgesetzte Chronistenpflicht des zwangsemeritierten jüdischen Professors ein. »Es ist ein ganz außergewöhnliches Werk, wahrscheinlich, neben dem Tagebuch der Anne Frank, das bedeutendste, das sich aus jener finsteren Epoche erhalten hat.«
Die Zeit
Herausgegeben von Walter Nowojski unter Mitarbeit von Hadwig Klemperer. 8 Bände in Kassette. 1800 Seiten. AtV 5514

PETER JACOBS
Victor Klemperer
Im Kern ein deutsches Gewächs
Eine Biographie
Erstmals bietet diese Biographie eine Gesamtschau auf die Vita des Dresdner Professors, dessen Tagebücher über den alltäglichen deutschen Holocaust zur literarischen Sensation wurden. Sie folgt den Spuren des manischen Tagebuchschreibers durch vier deutsche Geschichtsepochen: ein bizarres Schicksal und ein dramatisches Leben.
381 Seiten. Mit 32 Abbildungen. AtV 1655

AtV

Anna Seghers: »Die größte deutsche Erzählerin in unserem Jahrhundert.« Hans Mayer

Das siebte Kreuz
Aus sieben gekuppten Platanen wurden im Konzentrationslager Westhofen Folterkreuze für sieben geflohene Häftlinge vorbereitet. Sechs der Männer müssen ihren Fluchtversuch mit dem Leben bezahlen. Das siebte Kreuz aber bleibt frei.
»Der bedeutendste Roman, den eine Frau in deutscher Sprache geschrieben hat.«
Marcel Reich-Ranicki
Ein Roman aus Hitlerdeutschland. Mit einem Nachwort von Sonja Hilzinger. 433 Seiten. AtV 5151

Transit
Flüchtlinge aus allen Ländern Europas treffen 1940 in Marseille ein. Sie hetzen nach Visa, Stempeln und Bescheinigungen, ohne die sie das Land nicht verlassen können. Unter ihnen der Ich-Erzähler, der eine schmerzliche Liebe zu einer Frau durchlebt, die nicht an den Tod ihres Mannes glauben will.
»Dieser Roman wurde zum schönsten, den Anna Seghers geschrieben hat.« Heinrich Böll
Roman. Mit einem Nachwort von Sonja Hilzinger. 290 Seiten. AtV 5176

Aufstand der Fischer von St. Barbara
Als Anna Seghers 1933 aus Deutschland fortging, hatte sie zwei Bücher geschrieben. »Aufstand der Fischer von St. Barbara«, ihr erster Roman, war ein kleines Buch gewesen, dessen bestechende Dichte und nüchterne Schwermut, mit hoher erzählerischer Zucht verbunden, staunen machte, fesselte und die Verleihung des Kleistpreises an die Verfasserin rechtfertigte.
Erzählung. Mit einem Nachwort von Sonja Hilzinger. 119 Seiten. AtV 5150

Der Ausflug der toten Mädchen
Die berühmteste Erzählung von Anna Seghers, »Der Ausflug der toten Mädchen«, entstand wie die beiden anderen dieses Bandes im mexikanischen Exil. Auf eigentümlich schwebende Weise gibt sie eine traumhafte Vision wieder, in der sich die Erzählerin als Kind während eines Schulausfluges erlebt und zugleich als erwachsene Frau in Mexiko.
Erzählungen. 140 Seiten. AtV 5171

Hier im Volk der kalten Herzen
Briefwechsel 1947
Im April 1947 kehrte Anna Seghers aus dem Exil nach Berlin zurück. In ihren Briefen aus dieser Zeit ist sie auf sehr persönliche Weise kennenzulernen. Ihre Rückkehr ist keine Heimkehr, und sie ist unsicher, ob sie bleiben wird.
Herausgegeben von Christel Berger. Mit 12 Fotos. 281 Seiten. AtV 5172

Mehr Informationen über die Bücher von Anna Seghers erhalten Sie unter www.aufbau-verlag.de oder bei Ihrem Buchhändler

AtV